UN JOUR NOUVEAU

ÉGALEMENT CHEZ POCKET

CE QUI RESTE DE NOUS
UN JOUR NOUVEAU

JILL SANTOPOLO

UN JOUR NOUVEAU

Traduit de l'anglais (États-Unis)
par Valérie Bourgeois

fleuve
ÉDITIONS

Titre original :
MORE THAN WORDS

MIXTE
Papier issu de sources responsables
FSC® C003309
FSC
www.fsc.org

L'éditeur de cet ouvrage s'engage dans une démarche de certification FSC® qui contribue à la préservation des forêts pour les générations futures.

Pour en savoir plus :
www.editis.com/engagement-rse/

ISBN : 978-2-266-31538-8
Dépôt légal : avril 2021

À mon père
1949-2015

PROLOGUE

Il avait imaginé que l'enfant serait un garçon. Un fils qu'il emmènerait voir des matchs de base-ball, à qui il ferait découvrir ses films préférés, à qui il apprendrait à conduire. Un fils pour tuer le méchant Jabberwoc et combattre les monstres manxiquais au côté de son vieux avec sa vorpaline épée[1]. Tout comme *lui* l'avait fait. Un fils qui perpétuerait son héritage, celui de leur famille. Un héritier.

En contemplant la tête de sa petite fille nichée dans le creux de son bras, il éprouva le besoin de lui dire qu'il était désolé. De s'excuser d'avoir pensé qu'elle était un garçon. Car dès l'instant de sa naissance, dès l'instant où il avait posé les yeux sur elle, il avait eu l'impression qu'une graine avait été plantée dans son cœur. Elle avait vite pris racine, et trois jours plus tard,

1. Allusion au « Jabberwocheux », poème de Lewis Carroll qui figure dans *De l'autre côté du miroir*. La traduction française utilisée tout au long du roman est celle d'Henri Parisot dans *Lewis Carroll, Œuvres* publié sous la dir. de Jean Gattégno, Paris, Gallimard, Coll. « Bibl. de la Pléiade », 1990, p. 267-268.

il la sentait grandir et l'emplir de fierté, d'amour et de détermination.

« Nina, murmura-t-il au fragile bébé dans ses bras. Je ferai de toi une femme forte. Une femme puissante. Une femme sans peur. »

Sa fille tourna vers lui ses yeux bleus pareils aux siens et ses joues roses et rebondies.

« Et je te protégerai, ajouta-t-il. Je te protégerai jusqu'à ma mort. Je t'en fais le serment. »

L'enfant tendit la main vers lui, effleura son menton.

Le pacte était conclu. L'accord, scellé. Et Joseph Gregory allait passer le reste de sa vie à essayer de tenir sa promesse.

1

Nina Gregory perdait parfois la notion du temps. Quand elle était très concentrée sur quelque chose, il semblait s'étirer comme un élastique tendu au maximum, jusqu'à ce que, *clac !* un bruit quelconque, comme un raclement de gorge ou un coup de klaxon, retentisse et qu'il s'écoule de nouveau normalement.

C'était le cas à cet instant précis où elle apportait la touche finale au discours que son patron, Rafael, allait prononcer le soir même lors d'un dîner visant à lever des fonds pour sa campagne électorale. « Tu es dans la “zone Nina” », aurait dit Leslie, sa camarade de chambre à l'université, si elle avait été là.

Au moment où elle arrivait à la dernière phrase, son téléphone vibra et la fit revenir à la réalité. C'était Tim.

Mon conf'call s'éternise. J'aurai sans doute 20 minutes de retard env. Désolé !

Ne t'inquiète pas, répondit-elle. *On se retrouve sur place.*

Hâte de te voir, ajouta-t-il.

Nina sourit.

Idem.

Tim réagit avec un smiley et un émoji en forme de pouce levé.

Quand il était coincé dans des conférences téléphoniques interminables avec les start-up pour lesquelles il travaillait, il lui envoyait des séries entières d'émojis afin de lui résumer sa journée. Ces textos la faisaient toujours rire. Ils lui rappelaient les rébus qu'ils déchiffraient, enfants, sur la banquette arrière de la voiture de son père, à l'époque où ils ne savaient pas encore que leurs avenirs respectifs allaient s'entremêler.

Alors qu'elle lui répondait, Jane, la chargée de communication de Rafael, s'appuya sur un coin de son bureau.

— J'ai un gros service à te demander, dit-elle en tordant ses petites tresses pour les attacher en chignon. « Ça t'ennuie si tu es seule à accompagner Rafael ce soir ? Mac et moi, on a besoin d'un peu plus de temps pour peaufiner sa position sur les écoles privées sous contrat avant que je le prépare à son interview sur New York One.

Nina ne participait pas à de tels événements d'habitude – comme la plupart des rédacteurs de discours –, mais elle avait prévu de se rendre à ce dîner parce qu'il devait avoir lieu dans un club appartenant à sa meilleure amie de lycée. Priscilla avait d'ailleurs organisé cette réception à sa demande, même si Nina avait veillé à ce que personne dans l'équipe de campagne ne soit au courant.

— Pas de souci. Je suis sûre de pouvoir gérer ça. Dis-moi juste ce qu'il y a à savoir.

Pendant que Jane lui faisait un topo, elle imprima le discours et l'envoya sur sa boîte mail pour disposer d'une copie de secours.

— Mia a tout balisé, tu n'as donc pas à t'occuper de la logistique. Tu n'auras rien à faire, à part présenter Rafael aux donateurs et lui fournir des infos utiles pour entamer la conversation avec eux. J'ai la liste des invités avec leur photo et une petite biographie – je vais te la faire suivre, mais tu pourrais probablement t'en passer.

Nina hocha la tête.

— Assure-toi qu'il a toujours un verre à la main – un alcool pas trop fort de préférence, continua Jane. Il aime la vodka tonic avec un zeste de citron vert. Attention à ce que personne ne lui tienne la jambe trop longtemps. Mia aura préparé les petits cadeaux distribués aux donateurs. Du coup, tu n'auras pas à t'occuper de ça non plus. Et elle peut t'aider si tu as besoin de quoi que ce soit.

— Compris.

— Je te promets que ça n'a rien de difficile, dit Jane en s'éloignant.

— Ne t'en fais pas. Tout ira bien.

Nina prit son sac à main, son blazer et son discours, puis sortit dans le couloir, où Rafael attendait devant l'ascenseur. Il avait parfaitement ajusté sa cravate et tenait sa veste de costume grise pliée avec soin sur son bras.

— On sera seuls tous les deux ce soir, si j'ai bien compris ? dit-il alors que Nina le rejoignait.

— À ce qu'il paraît, oui.

Elle leva les yeux vers lui et il lui sourit.

Le *Daily News* avait déjà mentionné deux fois ce sourire « ravageur » et « irrésistible », partie intégrante selon le journal de « l'offensive de charme de Rafael O'Connor-Ruiz ». Nina voyait très bien pourquoi. Son naturel et la manière dont il faisait pétiller ses yeux ne vous laissaient pas d'autre choix que de sourire vous aussi.

— On devrait y arriver, dit-il en passant une main dans ses épais cheveux bruns.

Jusqu'à l'automne précédent, Rafael était avocat, spécialisé dans la défense des immigrés menacés d'expulsion. Puis sa femme et lui avaient divorcé, il avait obtenu un congé auprès de son cabinet et annoncé en janvier sa candidature à la mairie de New York. Cela remontait à quatre mois. Nina avait été sa quatrième recrue après Jane, Mac – le directeur de campagne – et Christian, qui s'occupait de la levée de fonds.

— Je nous fais confiance pour ça, déclara-t-elle.

L'ascenseur arriva au moment où son téléphone vibrait.

— Notre voiture est garée dehors, dit-elle. Jane me charge de vous prévenir que le chauffeur s'appelle Frank. Il vous a conduit chez vous la semaine dernière et il est fan des Yankees.

— Frank, répéta Rafael. Un fan des Yankees. OK, je me souviens de lui.

Il avait bien fait comprendre durant sa première réunion avec les cadres de son équipe qu'il voulait connaître le nom de toutes les personnes avec qui il serait en contact durant la campagne, afin de s'adresser à elles correctement lorsqu'il les saluerait et les remercierait. Il tenait à ce que chacun se sente apprécié, quel que soit son travail.

« Est-ce que tu te rends compte de la corvée que ça va être ? » avait râlé Mac à la fin de la réunion.

Mais Nina adorait cette exigence de la part de Rafael. Cela lui rappelait son père, qui connaissait le nom de tous les barmen, femmes de chambre et chasseurs des hôtels Gregory.

« Il ne t'est jamais venu à l'esprit que tu devrais déjà connaître le nom de ces personnes, Mac ? » avait lancé Jane.

Nina avait toussé pour masquer son envie de rire mais, depuis ce jour-là, elle avait toujours pris le parti de Jane face à Mac. Et elle appréciait que Rafael fasse de même.

2

— Parlons de ce dîner, dit Rafael alors qu'ils descendaient les onze étages jusqu'au rez-de-chaussée. Vous connaissez les organisateurs, je crois ?

— Priscilla Winter et Brent Fielding ? Oui. Priscilla et moi avons été ensemble à l'école, de la maternelle au lycée. Sa famille a fait fortune dans l'acier, mais s'est reconvertie dans les biotechnologies. Brent, lui, dirige un fonds d'investissement. Il a grandi à Boston.

Les portes de l'ascenseur coulissèrent, et ils sortirent de l'immeuble.

— Frank ! lança Rafael en apercevant le chauffeur debout près de sa voiture. Ravi de vous revoir. Merci d'être si ponctuel.

— De rien, monsieur, répondit Frank, qui ouvrit la portière à Nina avant de contourner le véhicule pour faire de même avec Rafael.

Nina examina la banquette. De l'eau. Des mouchoirs en papier. Pas de sucreries. Ses chauffeurs préférés étaient ceux qui apportaient des caramels.

Tandis qu'ils s'inséraient dans la circulation, elle partagea avec Mia la localisation GPS de son téléphone afin que sa collègue puisse suivre leur avancée dans les rues de la ville, puis remit à Rafael la sortie papier de son discours. Il le mémorisa en remuant les lèvres en silence et en agitant les mains, comme s'il se livrait à une sorte de performance artistique.

Elle s'adossa à la banquette et le regarda s'entraîner à prononcer les mots qu'elle avait écrits. Avec ses larges épaules et sa fossette au menton, il incarnait l'idéal hollywoodien de l'homme politique. Séduisant. Charmeur. Intelligent, aussi. Elle adorait traduire ses idées et sa passion à travers des formules précises capables d'enflammer son auditoire. Mais, derrière cette façade lisse, ce sourire électrisant, il demeurait une énigme. « À quoi pensez-vous ? » aurait-elle parfois aimé lui demander.

Son téléphone vibra une fois de plus. Elle baissa les yeux, s'attendant à un message de Jane ou à un nouveau texto de Tim rempli d'émojis, mais c'était son père.

La femme qui occupe la chaire d'enseignement subventionnée par ta grand-mère au Smith College prend sa retraite et une réception est prévue en son honneur dans six semaines. On m'a prié de préparer un discours, seulement il ne me semble pas raisonnable de faire des projets si longtemps à l'avance. Tu veux bien répondre oui à ma place, ma chérie ? Je vais te transférer l'e-mail.

Nina lut et relut ces quelques phrases. Innocentes au premier abord, elles lui firent pourtant l'effet d'un étau qui se resserrait autour de sa poitrine et l'empêchait de respirer. *Il ne me semble pas raisonnable d'avoir des projets si longtemps à l'avance.*

Chaque jour, elle s'efforçait d'oublier que son père était de nouveau malade et que les médecins avaient déclaré ne plus rien pouvoir faire. Elle avait détesté le voir subir une chimiothérapie trois ans auparavant mais, à cette époque au moins, il y avait eu de l'espoir, une chance qu'ils puissent continuer ensuite à vivre comme avant. Cette fois, il n'y en avait plus – raison pour laquelle elle refusait d'y penser.

Sauf que c'était impossible quand il lui envoyait ce genre de message.

Ses yeux la picotèrent. *Merde*. Elle ne se laissait plus aller à pleurer. Pas devant quelqu'un en tout cas. Pas même Tim. Elle s'obligea à se concentrer sur des choses dépourvues de toute charge affective. *Fourchettes*. *Ampoules*. *Galets*. Mais, malgré tous ses efforts, elle ne put retenir ses larmes. Elle balaya la voiture du regard. Aucune issue de secours en vue. Elle renifla doucement en espérant que Rafael ne le remarquerait pas.

Il leva les yeux de son téléphone.

Elle détourna le visage. *Maman*, songea-t-elle, lançant un appel au secours muet dans l'espace. *Aide-moi, s'il te plaît. Fais que je reste forte et concentrée. Fuerte y centrado. Fuertrado*. Depuis ses huit ans, elle s'adressait mentalement à sa mère quand elle se sentait vraiment perdue. C'était plutôt efficace en général.

— Qu'y a-t-il, Nina ? demanda Rafael d'une voix douce qu'elle ne lui avait encore jamais entendue. Ça ne va pas ?

Elle ferma les yeux et inclina la tête en arrière, comme si la gravité pouvait empêcher ses larmes de couler, mais elles s'échappèrent de ses paupières closes.

— Hé, insista-t-il. Je peux faire quelque chose ?

Elle inspira profondément. Refit une tentative. *Serviettes en papier. Cuillères en plastique. Cure-dents en bois.* Peu à peu, elle retrouva les idées claires.

— Je suis désolée, dit-elle en s'essuyant les yeux. C'est mon père.

Durant quelques instants, Rafael resta silencieux. Il se contenta de poser sa main sur la sienne, comme pour dire : *Je suis là. Je comprends.* C'était un geste auquel elle ne s'attendait pas du tout. De même qu'elle ne s'attendait pas à ces doigts calleux, aussi rugueux que ceux d'un guitariste. Mais cela la réconforta, et elle le remercia d'un sourire.

— Je suis vraiment désolée, répéta-t-elle en fouillant dans son sac à la recherche d'un mouchoir. Mon père vient de m'envoyer un texto pour me demander de faire un discours à sa place pendant une réception parce qu'il n'est pas sûr de pouvoir s'en charger et… ça m'a prise au dépourvu.

— La maladie de mon père m'a beaucoup secoué, moi aussi. Je suis impressionné par la façon dont vous avez fait face ces derniers mois.

Nina savait que le père de Rafael était mort d'une insuffisance cardiaque congestive cinq ans plus tôt – elle avait bien mémorisé toute sa biographie –, mais elle avait cru jusqu'alors qu'il avait surmonté cette perte avec autant de pragmatisme qu'il semblait avoir traversé son divorce. Depuis qu'elle le connaissait, il s'était toujours montré très factuel, animé par le seul désir passionné d'améliorer le quotidien des New-Yorkais. Mais quant à ses émotions… il les gardait secrètes, à l'abri des regards. Ou peut-être ne les affichait-il que devant ses proches.

— Je déteste être comme ça, dit-elle.

Il hocha la tête avec compassion.

— Ce genre de coup dur change votre vision du monde, déclara-t-il. Et il est difficile de ne pas s'écrouler quand tous vos repères vacillent.

Elle le fixa, étonnée. Il avait mis des mots sur un sentiment qu'elle tentait en vain d'expliquer à Tim depuis des semaines.

— La mort de mon père influence chacune de mes décisions. J'essaie de l'oublier, mais elle est là, toujours présente à mon esprit, et réduit l'éventail de mes choix.

Nina finit par trouver un mouchoir avec lequel elle tapota doucement ses yeux pour préserver son maquillage.

— Ma sœur était enceinte au moment où notre père vivait ses derniers jours, continua Rafael. Elle m'a dit qu'elle avait pris toutes les décisions concernant sa fille – de son prénom à la décoration de sa chambre – avec en tête l'idée qu'il ne la verrait peut-être jamais. C'est pour ça que ma nièce s'appelle Emilia.

— En hommage à votre père, Emilio.

— Oui. Ma sœur a toujours adoré le prénom Tiffany. Si mon père n'avait pas été malade, je suis sûr que c'est celui qu'elle aurait donné à sa fille. Ce n'est qu'un petit exemple, mais… (Il haussa les épaules.) Je suis désolé que vous ayez à vivre ça, conclut-il, avant de lui presser la main.

— Et moi je suis désolée que vous ayez eu à vivre ça deux fois, dit-elle en pensant à son ex-femme.

— J'ai toujours ma mère.

— Je faisais allusion à Sonia, répondit-elle en souriant. C'est une autre personne qui a disparu de votre vie, que vous avez perdue.

Rafael eut l'air de soupeser ses paroles et ce qu'il allait dire en retour.

— Je n'avais encore jamais vu le divorce sous cet angle, mais vous avez raison. La douleur, le choc, toutes ces émotions à démêler… Ce n'est pas pareil mais, pour l'essentiel, vous avez raison.

— J'imagine qu'on est tous les deux en train de changer de point de vue sur la vie en général.

— J'en ai bien l'impression, dit-il en lui pressant de nouveau la main.

3

Le temps qu'ils retrouvent Mia devant le Norwood Club, cet instant d'échange était passé. Mais quelque chose avait changé. En sortant de la voiture, Rafael attendit Nina afin de monter les marches du perron à ses côtés. Elle se fit moins l'impression d'une simple employée que celle de… En fait, elle n'aurait su dire de quoi. D'une collègue peut-être, voire d'une amie.

Une toute petite femme blonde tenant une coupe de champagne la serra dans ses bras lorsque Rafael et elle franchirent la porte.

— Priscilla ! s'exclama Nina. Je suis contente de te voir.

— Tout va bien ? murmura son ancienne camarade d'école. J'ai entendu dire que ton père n'avait pas été très présent à son bureau cette semaine.

— Oui, oui, tout va bien, mentit Nina. Il a travaillé à la maison.

— Oh, tant mieux. Je vais rassurer mon père. Il manque un joueur à un tournoi de poker caritatif mercredi et il espérait que Joseph pourrait y participer.

Nina hocha la tête et se tourna vers Rafael, qui les observait en silence.

— Priscilla, je te présente Rafael O'Connor-Ruiz. Rafael, Priscilla Winter.

Puis elle se rappela les instructions de Jane.

— Priscilla et Brent vont bientôt partir assister au festival de Cannes.

— Merci beaucoup d'accueillir ce dîner au profit de ma campagne, dit-il en serrant la main de leur hôtesse.

— Tout le plaisir est pour nous, répliqua-t-elle. Quand Nina dit qu'un candidat mérite d'être soutenu, nous l'écoutons.

Nina grimaça. Elle était démasquée. Rafael lui jeta un coup d'œil en haussant un sourcil, puis refit face à Priscilla.

— Parlez-moi de ce voyage à Cannes.

Brent les rejoignit à cet instant. Pendant que Priscilla et lui discutaient avec Rafael, Nina fit signe à une serveuse et lui commanda un verre de sauvignon blanc pour elle et une vodka très diluée pour Rafael. Elle s'approcha de quelques femmes qu'elle connaissait pour les avoir croisées au conseil d'administration du New York City Ballet, où elle siégeait avec Priscilla.

— Quand comptez-vous aller voir le dernier ballet de Balanchine ? lui demanda Maggie Lancer. Il paraît qu'il est fantastique.

— Tim et moi avons des billets pour le mois prochain, mais j'ai entendu dire que le *Roméo et Juliette* prévu cet été sera encore meilleur. C'est Zachary qui interprétera Roméo.

— C'est vrai qu'il est divin, approuva Maggie. Oh, Hayley est arrivée ! Il faut que j'aille lui parler du dîner que nous avons prévu ce week-end.

Tandis que Maggie s'éloignait, Nina reporta son attention sur Rafael. Plusieurs personnes réunies autour de lui riaient à l'une de ses remarques. On ne pouvait pas nier son charisme et sa capacité à attirer les gens, mais elle avait tout de même l'impression que ses amis le traitaient comme le divertissement de la soirée, et cela la mit un peu mal à l'aise.

Elle s'apprêtait à le rejoindre quand elle sentit quelqu'un l'enlacer par-derrière et déposer un baiser sur sa tête. Elle prit une profonde inspiration. Cette odeur de savon au beurre de karité et de crème de rasage parfumée au bois de santal… Depuis qu'il avait commencé à se raser, Tim dégageait toujours le même mélange de senteurs. C'était un homme d'habitudes – chose qu'elle appréciait. Elle savait toujours à l'avance ce qu'il y aurait dans son frigo. Elle aurait même pu lui acheter ses vêtements : des slims Brooks Brothers bleu indigo, des chemises à rayures, des pulls à col en V et des blazers bleu marine dans lesquels il fourrait ses chewing-gums à la menthe – ceux de la marque Éclipse, des petites pastilles carrées et blanches, sous blister. Il n'y avait jamais de surprise avec Tim, c'était ce qu'elle aimait chez lui.

Elle se tourna vers lui sans se dégager de son étreinte. Blottie contre son corps, elle lui arrivait juste sous le menton.

— Désolé d'être en retard.

Elle inclina la tête et se mit sur la pointe des pieds pour l'embrasser.

— Tu l'es à peine, dit-elle. Ne t'en fais pas.

Il pressa son épaule d'une main tout en faisant signe à un serveur.

— Tu ne prends que du vin ce soir ?

— En théorie, je travaille là. Tu veux rencontrer mon patron ?

— Bien sûr. Depuis le temps que j'entends parler de lui.

Une fois qu'il eut commandé un verre et salué quelques-uns de leurs amis, elle l'entraîna vers Rafael, qui discutait à présent avec Priscilla et une relation de travail de Brent.

— Tim ! s'exclama Priscilla, avant de l'embrasser sur la joue.

— Rafael, dit Nina, je vous présente mon compagnon, Tim Calder. Tim, voici mon patron, Rafael O'Connor-Ruiz.

Les deux hommes échangèrent une poignée de main. Priscilla souriait en voyant Nina et Tim côte à côte.

— Je l'avais prédit, Rafael, affirma-t-elle. Déjà au lycée, je savais qu'ils finiraient ensemble. C'est comme… comme s'ils étaient nés pour ça.

— Vraiment ?

— Nos pères partageaient la même chambre à la fac, expliqua Nina.

— Nous avons grandi ensemble, dit Tim au même moment.

— Et le père de Tim est P.-D.G. de la société appartenant au père de Nina, ajouta Priscilla. Autant dire qu'ils forment pratiquement une famille.

Rafael leur sourit, mais ce n'était pas le sourire décrit par le *Daily News*.

— Ça doit être agréable d'être avec quelqu'un qui sait tout de vous.

Nina tourna la tête vers Tim. Il savait probablement tout d'elle, certainement. Du moins pour autant qu'une personne puisse tout savoir d'une autre. Elle se demanda si le sourire de Rafael s'était estompé parce qu'il n'avait pas connu ça avec son ex-femme.

— Avez-vous rencontré les Lancer ? Ils ont fait partie des grands donateurs de la dernière élection présidentielle.

— Allons les saluer.

Cette fois, le sourire de Rafael éclaira tout son visage, même si Nina commençait à lui trouver des nuances, légères, mais perceptibles : parfois sincère, parfois de façade.

Alors qu'elle le guidait vers les Lancer, il jeta un rapide coup d'œil à Tim par-dessus son épaule.

— Votre compagnon a l'air gentil, dit-il.

— Merci. C'est le cas.

Plus tard ce soir-là, alors qu'elle se brossait les dents dans la salle de bains de Tim, elle repensa à ce mot, « gentil ». Un mot tout à fait convenable pour décrire quelqu'un. Un compliment, même – mais un compliment plat. Fade. C'était donc ainsi que Rafael voyait Tim. Elle s'étonna d'en être aussi contrariée.

4

Les New-Yorkais dans l'entourage de Nina et Tim brunchaient le dimanche. C'était une tradition. Presque un pilier culturel. Et le plus fameux des brunchs était celui de l'hôtel Gregory, sur Park Avenue. Le grand-père de Nina en avait élaboré le menu lorsqu'il avait ouvert cet établissement au début des années 1930. Il était composé de quatre plats, et arrosé au champagne, bien sûr. D'une décadence absolue. Les touristes savaient que, s'ils voulaient prendre le thé l'après-midi, il n'y avait pas de meilleur endroit que le Palm Court, le restaurant du Plaza. Mais pour un brunch, c'était au Grove, le restaurant du Gregory, qu'il fallait aller.

Quand Joseph Gregory avait succédé à son père dans les années 1980, il avait décidé d'ajouter un brunch le samedi. Le premier avait été servi le troisième samedi du mois de janvier 1989. Nina avait alors trois ans, et Tim, cinq. Tous deux avaient pris place avec leurs parents à la table située près de la porte afin d'accueillir les clients au fur et à mesure de leur arrivée. Ces derniers adoraient manger dans la même salle que Joseph Gregory – chose que Nina attribuait à présent à la fascination de tout un chacun pour les grosses fortunes, et aussi au personnage que Joseph incarnait en public, celui d'un millionnaire affable, capable de prendre autant de plaisir à discuter avec les propriétaires du club des Yankees qu'avec leurs fans. Elle savait que ce n'était pas tout à fait vrai, mais qu'importe, les gens le percevaient ainsi. C'était leur vérité.

Le succès avait été tel que son père avait décidé d'être présent au Grove tous les troisièmes samedis du mois, à l'exception du mois de juillet, qu'il passait dans les Hamptons. Nina l'avait accompagné avec sa mère jusqu'à la mort de celle-ci. Elle avait ensuite continué seule, avant que les parents de Tim, TJ et Caro, prennent le relais quand elle était partie à l'université. Désormais, elle participait à ces brunchs avec Tim chaque fois qu'ils le pouvaient.

Tim adorait s'installer à la table la plus en vue, faire signe aux enfants qui entraient et saluer les adultes d'un hochement de tête. Nina, pas du tout. Depuis son retour à la fin de ses études, elle se sentait mal à l'aise durant ces brunchs qui l'obligeaient à être toujours bien habillée et exposée à tous les regards. Mais c'était bon pour les affaires – et important aussi aux yeux de son père –, alors elle ne se plaignait jamais, sauf auprès de Leslie. Son amie l'encourageait à se rebeller et à venir un jour au restaurant vêtue d'un jean déchiré. Bien qu'elle ne l'eût jamais fait, elle y pensait souvent.

Lorsque Tim et elles entrèrent dans la salle décorée avec les appliques murales en fer forgé et les moulures élaborées choisies par son grand-père, Joseph se leva de sa chaise. Il connaissait bien les lieux et savait où se placer pour être à son avantage. Ce samedi-là, un rai de lumière tombait sur lui en lui donnant un air resplendissant. Nina s'avança et le serra fort dans ses bras. À peine consciente des téléphones portables braqués sur eux, elle respira les effluves de tabac, de cuir et de thym de son eau de Cologne, ce parfum qu'elle ne pouvait plus dissocier de lui.

— *Joseph Gregory, enchanté de retrouver sa fille à l'occasion d'un brunch*, dit-il en légendant lui-même les photos que prenaient les clients, comme si elles avaient dû paraître dans la presse.

C'était un jeu qu'il avait inventé lorsque Nina était enfant : trouver les meilleurs et les pires titres possibles pour décrire n'importe quel instant de leur vie, de manière à lui faire comprendre les notions de conséquence et de répercussion. Mais depuis que son cancer avait récidivé, au mois de janvier, il avait cessé de proposer des titres négatifs. Elle le serra encore plus fort sans se soucier de se donner en spectacle.

— Je t'aime, papa.

— Et moi plus que tout au monde, répondit-il – sa réplique habituelle depuis la première fois qu'elle avait prononcé ces mots.

Pendant que chacun s'asseyait – Joseph en bout de table, elle à sa gauche, à côté de Tim, et TJ et Caro à sa droite –, Nina se coupa un instant de la conversation pour enregistrer la scène. Elle voulait s'en souvenir plus tard. Elle voulait garder en tête l'image de son père présidant la famille qu'il avait créée grâce à ses amitiés.

— La campagne se passe bien ? s'enquit-il.

Parler de politique avec lui était toujours délicat. Nina avait surpris un jour une de ses conversations avec TJ. « Elle traverse une phase idéaliste », avait-il dit. Cela l'avait poussée à réévaluer ce qu'elle faisait, à se demander si tout le monde trouvait ridicule qu'elle se soit mise au service d'un homme politique au lieu de rejoindre la Gregory Corporation à la fin de ses études de commerce. Mais elle avait décidé au bout du compte que, même s'il avait raison, elle n'allait pas revenir en arrière.

Travailler en politique lui donnait l'impression d'être actrice de certains changements, chose qu'elle n'éprouverait jamais autant dans l'hôtellerie. Durant ses études, elle avait participé bénévolement à la campagne de réélection du maire de New Haven et s'était découvert une passion pour la rédaction de discours. Elle avait assisté à des réunions, puis s'était essayé à synthétiser les idées exprimées, à les formuler avec justesse afin de convaincre les gens. C'était un défi, aux enjeux majeurs. L'équipe du maire sortant avait gagné, et elle avec. Jamais les succès de l'empire Gregory ne l'avaient rendue aussi ivre de joie qu'elle l'avait été ce jour-là.

— Ça se passe bien, répondit-elle. Nous sommes au coude à coude avec Marc Johnson.

Son père avala une gorgée de café. Il avait contribué au financement de la campagne menée par Marc Johnson pour décrocher le poste de contrôleur général des finances de la ville quatre ans plus tôt.

— Préviens-moi quand il sera sûr de gagner.

— Je n'y manquerai pas, dit-elle en lissant sa serviette de table sur ses genoux.

Joseph Gregory ne soutenait que les vainqueurs, indépendamment de leur parti, et indépendamment aussi des dons qu'il avait pu faire par le passé.

— Mais, dans tous les cas, je voterai pour lui à la primaire, ajouta-t-il.

— Ah oui ?

— Bien sûr. Ça donnera une bonne image de nous si tu as bien su choisir ton candidat.

Chaque fois que le nom Gregory était associé à un succès, il gagnait en pouvoir et en prestige dans l'esprit des gens. C'était quelque chose que le grand-père de Nina avait toujours dit, et que son père lui avait répété ensuite : *Les noms ont de l'importance. Tu n'es rien sans le tien.*

— Croisons les doigts, alors, répliqua-t-elle en même temps qu'elle prenait un petit pain dans une corbeille remplie à ras bord. Du nouveau à l'hôtel cette semaine ?

— Nous allons bientôt remplacer les arums par des roses, annonça Caro en balayant du regard les bouquets de fleurs répartis dans la salle.

C'était elle qui gérait toute la partie événementielle, ce qui incluait les changements de fleurs saisonniers au Grove ainsi qu'au Garden, le restaurant du deuxième hôtel Gregory. Les chrysanthèmes dominaient à l'automne, puis venaient les perce-neige en hiver, les arums au printemps et les roses en été. La grand-mère de Nina s'était occupée elle-même des premières compositions florales, mais Caro s'appuyait à présent sur un fleuriste. Tous les bouquets étaient renouvelés chaque semaine, de bonne heure le vendredi matin avant que les restaurants ouvrent pour le petit déjeuner.

— Ça te dit de venir voir ça ? demanda-t-elle à Nina.

Nina avait adoré observer ce temps fort avec sa mère quand elle était enfant. Chaque fois, des milliers de fleurs emplissaient la salle de leur parfum et de leurs couleurs. On aurait dit une cérémonie, un rituel de bienvenue pour la nouvelle saison, d'une beauté stupéfiante.

— Ça pourrait être sympa, en effet. Il y a longtemps que je n'y ai pas assisté.

— Super. Est-ce que je peux te retenir ensuite pour le petit déjeuner ?

— Hum ! hum ! intervint Tim en se raclant la gorge. Et moi ?

Nina lui donna une bourrade taquine.

— Tu as peur qu'on parle de toi ? Ta mère et moi avons d'autres sujets de conversation, tu sais.

Caro avait toujours été là pour Nina. C'était elle qui lui avait expliqué ce qui allait se passer quand elle aurait ses premières règles, et elle aussi qui l'avait emmenée faire les boutiques en quête d'une robe de soirée pour le bal de fin d'année de son lycée – celui de Tim et le sien. Et même s'il lui en avait coûté une grosse dispute avec Joseph, elle avait veillé à ce que Nina soit sous contraceptif avant de partir à l'université.

Elle replaça derrière son oreille ses cheveux blonds grisonnants. *Un blond Nantucket*, comme elle disait depuis qu'ils avaient commencé à devenir blancs. À l'image du sable des plages de cette petite île prisée des touristes fortunés.

— Bien sûr que tu peux venir, Timothy, dit-elle. Je vous retrouverai tous les deux vendredi à 6 heures.

— Quoi, si tôt ? râla Tim. Tu ne peux pas changer les fleurs, disons… à 8 heures ?

Nina se mit à rire tandis que TJ secouait la tête.

— Fiston, soupira-t-il, qu'allons-nous faire de toi ?

Le père de Nina avait suivi cet échange d'un air amusé. Il s'esclaffa, mais fut bientôt pris d'une quinte de toux qui se prolongea. Nina cessa de sourire.

— Papa, dit-elle tout bas. Tu as ton inhalateur sur toi ?

Il fit signe que oui et jeta un coup d'œil autour de lui.

— Je ne peux pas faire ça ici, lâcha-t-il sans cesser de tousser. Je reviens.

Il se leva et quitta la salle du restaurant pour se rendre aux toilettes en essayant de ne rien laisser deviner de cet accès de faiblesse.

— Je vais voir s'il a besoin d'aide, dit TJ en lui emboîtant le pas.

Caro, Tim et Nina restèrent silencieux. Rongée par l'inquiétude, Nina peinait à faire bonne figure, et Caro s'en aperçut très vite.

— Tu veux qu'on aille prendre l'air ?

Puis, tout doucement, du ton de celle qui détestait être obligée de dire ça, elle ajouta :

— Pas de larmes devant les clients.

Le père de Nina le lui avait souvent rappelé lorsqu'elle était petite, mais cela faisait des années qu'il n'avait pas eu à le faire.

Nina ferma les yeux un instant. Elle contint sa panique, réprima sa peur. Et comme à huit ans, durant les mois qui avaient suivi la mort de sa mère, elle fit appel à toute sa volonté pour se montrer invulnérable. Ils devaient assurer un spectacle et, dans ce spectacle, l'héritière ne pleurait pas. Elle rouvrit les yeux.

— Ça va, dit-elle. Quelqu'un pourra faire signe à Kristin quand elle repassera ? J'aimerais un autre café.

Elle tourna ensuite la tête, mais pas pour chercher la serveuse. Son attention rivée sur la porte, elle attendait que son père revienne à table. Elle n'était pas invulnérable. Loin de là.

5

Après le brunch, Nina ne fut guère emballée par les distractions que lui proposa Tim.

— Désolée, s'excusa-t-elle devant l'hôtel. Fais ça sans moi. Je vais juste… rentrer à la maison et… je ne sais pas. Lire un livre ou trouver une occupation quelconque en attendant le vernissage de ce soir. Je n'ai pas vraiment la tête à m'amuser aujourd'hui.

— J'aimerais t'aider, dit-il en entortillant ses cheveux autour de son doigt, si bien que, l'espace d'un instant, ils formèrent une longue spirale dans le dos de Nina. Dis-moi ce que je dois faire.

Mais, à vrai dire, elle n'en avait aucune idée. Elle lui prit la main et regarda les arbres, les fleurs écloses et les calèches en attente de touristes de l'autre côté de l'avenue. Elle puisait un certain réconfort à être là avec lui, à sentir leurs doigts entremêlés.

— Allons marcher.

Ils entrèrent dans Central Park par la porte des Artistes. Alors qu'ils s'engageaient dans la grande allée qui en faisait le tour, un léger coup de vent agita la jupe de Nina.

— Désolée de plomber l'ambiance. C'est juste que… j'ai l'impression d'avancer dans une sorte de brouillard ces derniers temps.

— Même quand je suis là ?

Avant qu'elle puisse répondre, un bruit de sabots s'éleva derrière eux. Elle se retourna et découvrit un cheval pommelé qui approchait en tirant une famille dans une calèche blanche.

— Oui, répondit-elle.

Ce n'était pas sa relation avec Tim qui était en cause, et elle espérait qu'il ne le prendrait pas mal. De fait, même s'il accusa le coup, il se ressaisit vite et afficha cette expression espiègle qu'elle connaissait si bien.

— Il n'y a rien qui puisse te remonter le moral ? Pas même un tour de manège ?

Elle esquissa un sourire. Elle l'avait si souvent traîné au manège de Central Park.

— Non. Je n'ai pas très envie qu'on me remonte le moral. Je veux seulement… tu peux rester avec moi dans ce brouillard ?

Elle s'était repassé son trajet en voiture avec Rafael un nombre incalculable de fois au cours des semaines précédentes en essayant de comprendre ce qui l'avait tant réconfortée. La réponse était là : il était resté à ses côtés dans ce brouillard noir et lui avait donné le sentiment qu'elle n'avait rien à craindre. C'était ce dont elle avait eu besoin à ce moment-là – et ce dont elle avait besoin à cet instant précis.

Ils continuèrent à marcher, à côté des cyclistes et des joggeurs qui ne cessaient de les doubler.

— Tu te rappelles quand on est allés skier à Park City ? lança Tim.

Elle acquiesça en silence, sachant déjà ce qu'il allait dire. Elle avait onze ans à l'époque et elle était terrifiée.

— On n'y voyait pas à plus d'un mètre.

Elle hocha de nouveau la tête. Elle avait paniqué, et lui aussi.

— Pourtant, même si on avait peur et qu'on ignorait ce qui nous attendait sur le chemin, on a avancé lentement, tous les deux ensemble, et on a descendu la piste. Eh bien là, c'est pareil. On va descendre cette montagne, Nina. Mais ce n'est pas la peine de s'inquiéter en se demandant comment. Ton père se porte encore bien. On affrontera les problèmes à mesure qu'ils se présenteront. En attendant, et en souvenir du bon vieux temps, allons voir si un tour de manège te rendra ton sourire, d'accord ? Tu veux bien essayer ? Pour moi ?

Elle poussa un long soupir.

— C'est vraiment pour toi, répondit-elle.

Il l'entraîna vers le centre du parc, que baignait le soleil radieux de cette journée.

— Je veux juste que tu sois heureuse, dit-il en se penchant pour l'embrasser.

Elle essaya de tout oublier, de se perdre dans ce baiser comme elle l'avait fait quatre mois plus tôt, la première fois qu'elle avait senti ses lèvres se poser sur les siennes – mais elle en fut incapable.

6

Au lycée privé Brearley, toutes les amies de Nina avaient voulu savoir si Tim et elle étaient ensemble lorsqu'il l'avait choisie comme cavalière pour son bal de promo. Elle était alors en seconde et lui achevait sa terminale. Deux ans plus tard, toutes avaient été certaines qu'il y avait bien quelque chose entre eux – n'était-il pas rentré de Stanford un week-end afin de l'accompagner à son tour à ce même bal ? Et pourtant, non, ce n'était toujours pas le cas. Du moins pas en ce qui concernait Nina. Tim était le garçon sur qui elle pouvait compter et s'appuyer. Celui qu'elle estimait aussi. Pas celui qu'elle rêvait d'embrasser.

Priscilla l'avait de nouveau interrogée sur leur relation après que Tim était venu la voir à l'université, traversant tout le pays pour passer le week-end avec elle à New Haven. Mais, à ce moment-là encore, Nina ne voyait en lui qu'un ami. Elle l'appelait quand sa famille lui manquait ou qu'elle n'avait pas le moral. Seulement ce n'était pas son nom qu'elle griffonnait dans son cahier d'espagnol. Et ce n'était pas lui non plus qui la rendait muette chaque fois qu'elle le croisait au réfectoire.

Il en fut ainsi jusqu'à ce mois de janvier où il enroula un bras autour de sa taille pendant que Joseph Gregory annonçait à la presse que son cancer avait récidivé et qu'il quitterait à terme son poste de président du conseil d'administration. Durant tout ce temps, Tim la serra contre lui.

— Qui vous remplacera au conseil d'administration ? demanda un reporter.

— Je conserverai mes fonctions tant que je le pourrai. Ensuite, ma fille prendra le relais, tout comme je l'ai fait avec mon père. Notre entreprise reste une entreprise familiale.

Nina s'arma de courage. Tout ça était bien réel. Et imminent. Avant d'entrer en école de commerce, elle avait conclu un marché avec son père : elle se consacrerait à la politique jusqu'au jour où il faudrait qu'elle lui succède à la tête de la société. Elle pensait que, le moment venu, elle serait prête à prendre en main l'héritage familial, après avoir bâti et consolidé le sien. Sauf qu'elle n'avait même pas eu dix ans pour y arriver. Elle allait perdre non seulement son père, mais aussi la vie qu'elle avait espéré mener. L'avenir qu'elle avait imaginé.

— Ça va ? lui souffla Tim à l'oreille durant la conférence de presse.

Se serait-il agi de n'importe qui d'autre, elle aurait répondu oui.

— Non, avoua-t-elle.

Ce n'était pas juste une entreprise qui était en jeu. Ce n'était pas juste un hôtel. C'était sa famille, son père, son grand-père, tout ce à quoi ils avaient renoncé, tous les compromis auxquels ils avaient consenti, tous les risques qu'ils avaient pris pour conforter leur place dans la bonne société new-yorkaise. Désormais, ce poids allait reposer sur elle. Elle n'était pas prête.

— OK, allons-nous-en.

Tim sortit son téléphone de sa poche en faisant comme si celui-ci vibrait. Il le porta à son oreille, l'air faussement contrarié, et tout en prétendant avoir quelqu'un au bout du fil, il tapota l'épaule de Nina et lui fit signe de le suivre.

Ils se retirèrent dans une salle de réunion vide.

— Cette conférence de presse était à chier, déclara-t-il.

— Pire que ça, même. C'était comme se chier dessus devant un millier de personnes.

Il fronça les sourcils, surpris de l'entendre s'exprimer ainsi.

— Heureusement que je t'ai fait sortir, alors.

Nina ne put s'empêcher de rire. Elle était heureuse que Tim soit avec elle. Heureuse qu'il ait orchestré leur fuite.

Puis il s'approcha d'une machine à café pour préparer deux espressos.

— Mon père m'a dit qu'on irait dîner chez le tien ce soir ?

— Oui, il veut être entouré par les gens qu'il aime.

— Tu n'auras pas à me forcer la main, répliqua-t-il en s'asseyant et en lui tendant sa tasse. C'est toi qui cuisines ?

— Avec Irena. On va lui préparer tous ses plats préférés.

— Il y aura du bœuf de Kobé au menu, si je comprends bien ?

Tim s'appuya contre le dossier de sa chaise pour la faire basculer en arrière. Il semblait si détendu. Si à l'aise. Il avait toujours été comme ça, tellement bien dans ses baskets. Nina admirait ce trait de caractère et se demandait parfois ce que cela faisait de ne pas toujours devoir surveiller ses propos, contrôler ses émotions et juger ses actes – autant de choses que son père attendait d'elle. Quelle femme serait-elle devenue si elle n'avait pas été élevée ainsi, dans cet esprit toujours discipliné et vigilant ?

— Oui. Ainsi qu'une tarte au citron meringuée, des haricots verts aux amandes et du pain de maïs au miel.

— On va se régaler, dit-il en reposant les pieds de sa chaise par terre. Vivement ce soir.

Ce jour-là, ils repartirent ensemble à la fin du dîner et passèrent au Weather Up, un bar à cocktails juste à côté de chez Nina. Ils y burent un verre, et encore un autre, avant d'aller s'asseoir au bord du fleuve. Ils discutèrent de la vie, de l'amour et de l'avenir, leur souffle formant de petits nuages dans l'air froid. Puis Nina se mit à pleurer, et Tim la serra contre lui. Était-ce l'alcool, ou simplement le destin ? Toujours est-il qu'il l'embrassa, que Nina s'abandonna dans ses bras et que les lèvres de Tim eurent pour elle le goût du passé, du présent et du futur réunis.

Le temps que Priscilla l'appelle pour savoir à quoi rimaient ces photos prises durant la conférence de presse, Tim et elle sortaient enfin ensemble.

— Vous étiez faits l'un pour l'autre, commenta son amie.

Et peut-être était-ce vrai.

7

Depuis que le cancer de Joseph Gregory avait récidivé, Caro téléphonait plus souvent à Nina.

— Bonjour, ma chérie, lui dit-elle en fin d'après-midi le dimanche suivant le brunch. Je suis à l'hôtel près du port, j'avais quelques problèmes à régler avec nos traiteurs.

— Tout va bien ? s'enquit Nina.

Elle-même était occupée à relire un nouveau discours dans son salon, et elle le faisait en s'efforçant de prendre une voix grave pour voir ce que donneraient ses mots dans la bouche de Rafael.

— Oui, oui, mais comme je suis près de chez toi, que dirais-tu d'aller marcher au bord du fleuve ?

Nina était l'une des rares personnes dans l'entourage de Caro à ne pas détester faire de longues promenades. Caro allait jusqu'à intégrer ces balades dans son agenda – à l'inverse de TJ, qui n'y voyait qu'une perte de temps.

Nina reposa son discours.

— Volontiers, répondit-elle, ravie de pouvoir faire une pause. Je te rejoins tout de suite.

Les deux femmes décidèrent de se retrouver à la réception du Gregory by the Sea. À la mort de son père, Joseph Gregory avait ouvert un second hôtel au sud de Manhattan et baptisé le bar situé sur le toit-terrasse « le Nid de Nina » en l'honneur de sa fille, alors âgée de deux ans. De là, on dominait tout le port de New York. Cette vue sur la ville était l'une des préférées de Nina.

En arrivant, elle salua le personnel, puis patienta près des ascenseurs, là où était encadrée la double page que *People Magazine* avait consacrée à ses parents. L'une des photos les montrait tous les deux hilares, et en contemplant les cheveux châtains de sa mère qui retombaient librement sur ses épaules et lui balayaient le visage, Nina se demanda si elle avait déjà cette allure le jour où elle avait attiré l'attention de son père à Barcelone. À l'époque, elle terminait sa thèse de doctorat sur la description du corps féminin dans la littérature espagnole. Il savourait une paella accompagnée d'un verre de vin sur la plage lorsqu'il l'avait aperçue en train de lire, et il avait toujours dit qu'il l'avait trouvée si belle – si sereine, si délicate – qu'il n'avait pas pu s'empêcher de l'inviter à se joindre à lui.

Les médias adoraient cette histoire, celle du célibataire le plus en vue de New York tombant amoureux d'une inconnue originaire du Colorado pendant ses vacances. Leur mariage avait eu lieu dans la salle de bal au trente et unième étage du Gregory on the Park et avait été couvert par le *New York Times*, le *New York Post*, *Newsday*, le *New York Magazine* et le *Daily*

News. Des entrefilets l'avaient même mentionné dans les magazines nationaux – tous dûment encadrés et éparpillés dans les deux hôtels. Nina avait un jour dessiné une carte détaillant l'emplacement de chacun de ces petits articles, transformant en chasse au trésor personnelle l'histoire d'amour de ses parents.

Elle se rappelait la première fois qu'elle était tombée sur la double page de *People Magazine*. Elle avait cinq ans, et ce portrait de ses parents faisait partie d'un reportage consacré à l'inauguration du bar au sommet du Gregory on the Park. Son père l'avait baptisé Los Tortolitos, les tourtereaux en espagnol – un surnom que la presse ibérique leur avait donné, à sa femme et lui, et qu'ils avaient adopté par plaisanterie. Nina avait apporté le magazine à sa mère en lui demandant de lui lire le titre de l'article.

— « Los Tortolitos : une histoire d'amour qui restera dans les annales », avait-elle dit. Et en dessous, il est écrit : « Ne rêvez-vous pas que votre compagnon vous regarde comme Joseph Gregory regarde Phoebe ? »

— Oh, si, maman !

Sa mère avait éclaté de rire.

— Quand tu seras grande, avait-elle déclaré en la prenant sur ses genoux, tu rencontreras quelqu'un qui t'aimera autant – mais pas avant longtemps.

Nina se demandait si c'était ainsi que Tim la regardait à présent.

— Bonjour, Nina.

Caro l'arracha à sa rêverie en s'avançant vers elle dans le hall de l'hôtel. Elle portait un pantalon blanc à la coupe parfaitement ajustée, un pull à col bateau, un foulard en soie autour du cou et des ballerines – un style volontairement décontracté parce qu'on était dimanche, même si une tenue décontractée à ses yeux demeurait très habillée pour la plupart des gens.

Elles sortirent et commencèrent à marcher au bord de l'eau.

— Mes parents avaient l'air si heureux ensemble, fit remarquer Nina, qui avait toujours en tête la double page de *People Magazine*.

— Ils se complétaient bien tous les deux.

Des bateaux entraient dans le port, et Caro s'arrêta pour en observer un qui jetait l'ancre.

C'était drôle. Durant ses précédentes relations amoureuses, Nina s'était confiée à elle. Elle lui posait des questions, sollicitait son avis – pas nécessairement sur ses petits amis, mais sur les choses à dire ou pas, sur ce qu'elle éprouvait, sur la manière de gérer à la fois les sentiments de ces hommes et ceux de son père. À présent qu'elle sortait avec le fils de Caro, ça ne lui paraissait plus envisageable. Du moins pas en abordant frontalement le sujet.

— À ton avis, quelle est la chose la plus importante, celle qui fait que ta relation avec TJ fonctionne si bien ?

Une corne de brume retentit au loin. Caro se tourna vers elle.

— L'honnêteté, répondit-elle. J'ai toujours dit à TJ qu'on pouvait tout surmonter du moment qu'on restait honnêtes l'un envers l'autre. C'est ce qui fait de nous de vrais partenaires. On forme une équipe. On fait toujours front ensemble. Quoi qu'il arrive, je sais que je peux lui faire confiance.

Nina hocha la tête en se demandant si Tim avait la même vision des choses. S'il pensait pouvoir tout lui confier. S'il lui disait tout. Il le faisait avant, en tout cas. Il partageait ses triomphes avec elle, ses rancards ratés, et même ses échecs les plus secrets, comme cette erreur qu'il avait commise à son travail l'année précédente et qui avait fait perdre un investisseur à sa société. De son côté, elle ne lui cachait rien – ou en tout cas rien de ce qui concernait son travail, ses anciens petits amis, ses moments de gêne et ses peurs. Mais elle s'aperçut qu'elle n'avait jamais mentionné sa conversation avec Rafael avant le dîner de levée de fonds.

Elle songea à interroger Caro pour savoir si c'était mauvais signe selon elle, mais se surprit à lui poser une autre question à la place :

— Quand TJ et toi, vous avez commencé à sortir ensemble, comment tu te sentais ? Est-ce que… est-ce que tu avais le cœur qui battait dès qu'il t'effleurait ?

Caro éclata de rire.

— J'avais le cœur qui battait rien qu'à le regarder marcher dans la rue ! Et je suis contente que Tim et toi partagiez ça aussi.

— En effet.

Caro inclina légèrement la tête comme pour la voir sous un autre angle.

— Vous êtes heureux, tous les deux ?

— Oui, répondit Nina alors qu'elles s'éloignaient du bord de l'eau pour s'engager sur un sentier de promenade. Et maintenant, dis-moi, quel était le problème aujourd'hui avec les traiteurs ?

Elle aurait aimé pouvoir se confier davantage à Caro, mais pour l'heure ça lui semblait tout simplement impossible. De même – et comme souvent –, elle aurait aimé que sa mère soit là à cet instant. Mais ça aussi, c'était impossible.

8

De retour à Tribeca, Nina appela Leslie *via* FaceTime tout en insérant la clé dans l'ascenseur qui menait à son loft. Elle avait besoin de sa meilleure amie. Rien que le son de sa voix l'aidait à se sentir plus forte, capable de gérer les coups du sort.

— Salut Leslie ! Où es-tu ?

— À un match de foot, répondit son amie en tournant son téléphone afin que Nina puisse voir le terrain. Pourquoi fait-on pratiquer ce sport à des enfants de quatre ans ? La moitié d'entre eux ne sont pas fichus de taper dans le ballon même quand il est juste sous leur nez.

En plissant les yeux, Nina reconnut le fils de Leslie, Cole, dont la course faisait tressauter les boucles brunes.

— Cole a l'air de s'amuser, au moins.

— En gros, il passe son temps à traverser le terrain dans un sens et dans l'autre en galopant. Et on paye pour ça. Il pourrait faire la même chose gratuitement dans le jardin.

Cette remarque fit rire Nina.

— Il faut que tu y retournes ?

— Pas du tout.

Nina vit son amie se lever, dire à Vijay qu'elle revenait tout de suite et descendre une série de gradins.

— Je suis contente d'avoir un prétexte pour me dégourdir les jambes, avoua Leslie une fois qu'elle eut atteint un petit bosquet d'arbres à l'écart de la foule. Il pourrait y avoir des coussins sur ces gradins, ce ne serait pas du luxe. Comment ça va, toi ? La campagne ? Ton père ? Tim ?

— Tout va…

Debout devant la grande baie vitrée de son salon, Nina contemplait les rues pavées de Tribeca s'étendant sous ses yeux.

— Je rentre d'une promenade avec Caro. Ma mère me manque, Leslie.

— Oh, Nina, dit son amie en s'asseyant dans l'herbe et en s'appuyant contre le tronc d'un arbre. Ça te tombe toujours dessus par surprise, hein ?

La mère de Leslie était morte quand Nina et elle étaient à la fac et, en dehors de Rafael, qui lui avait témoigné une compassion inattendue, Nina connaissait peu de personnes comme elle capables de la soutenir dans ces moments de tristesse.

— Elle nous a quittés il y a presque vingt-cinq ans, dit-elle en regrettant de ne pas être assise à côté de son amie. Je pensais qu'elle finirait par ne plus me manquer, mais je crois que ça n'arrivera jamais.

Quand elle accompagnait sa mère à l'université de Columbia, enfant, elle s'asseyait dans un petit bureau rempli de livres et les étudiants lui demandaient quel âge elle avait, quelle était sa couleur préférée, et sa mère l'incitait à répondre « *en español* ».

« Elle a vos pommettes », disaient les autres professeurs. Ou bien : « Elle a hérité de vos taches de rousseur. »

Et en effet, c'étaient leurs deux points communs. Pour le reste, Nina était le portrait craché de son père. Ses cheveux soyeux étaient châtain clair, comme ceux de Joseph dans sa jeunesse, ses yeux bleu foncé, là encore comme les siens, et elle avait les mêmes fossettes et le même petit nez retroussé que lui. Quand les gens les voyaient ensemble pour la première fois, ils les dévisageaient tour à tour, l'air de les comparer et de chercher les différences entre eux.

Nina se demandait parfois si elle ressemblerait davantage à sa mère avec les cheveux plus courts, mais ils étaient si clairs… Elle n'avait pas beaucoup de photos de sa mère enfant, alors qu'elle possédait plusieurs albums de famille de son père, dont les grand-tantes, les grands-oncles et les cousins éloignés, encore établis en Angleterre ou au pays de Galles pour la plupart, étaient venus à diverses fêtes familiales au fil des ans.

— Elle ne cessera jamais de te manquer, dit Leslie. Mais peut-être que c'est une bonne chose. Si elle te manque, ça veut dire que tu te souviens d'elle, qu'elle est toujours là.

— Je suppose, oui. Mais ça ne rend pas son absence plus facile à accepter.

Il y eut un bref silence au bout du fil.

— Je n'ai jamais prétendu le contraire.

Nina vit soudain son amie se redresser.

— Oh, je n'en reviens pas ! Mon fils a marqué un but. Super, Cole ! Continue, mon bonhomme !

Nina sourit en entendant les cris de joie des autres parents en arrière-fond.

— Tu devrais y retourner. Dis-lui que je le félicite.

— Ça marche. Je te rappellerai plus tard. Je t'embrasse, Nina. J'espère qu'on se verra vite.

— Moi aussi.

Nina prit son sac à main et ressortit de chez elle. Elle avait envie de s'acheter une glace au yaourt parsemée de vermicelles colorés, comme elle le faisait autrefois avec sa mère. Peut-être était-ce un après-midi placé sous le signe du souvenir.

9

La semaine suivante, un air d'été commença à flotter dans l'atmosphère. Le mois de juin était là. Il faisait assez chaud pour que les femmes portent des robes sans manches dans la rue – chose qu'elles n'avaient pas faite depuis septembre. Le soleil brillait, le ciel était d'un bleu profond et une légère brise soufflait, juste de quoi rendre cette journée vivifiante. Nina se contentait d'habitude du café que Jane préparait à leur QG de campagne, mais elle décida ce jour-là de s'en acheter un glacé sur le chemin du bureau.

Alors qu'elle attendait de pouvoir traverser à un passage piéton, elle tourna le visage vers le soleil et ferma les yeux un instant, au milieu des coups de klaxon, du bruit des moteurs et du brouhaha des conversations qui faisaient de New York une ville si débordante d'énergie.

Ses journées de travail s'allongeaient, et elle savait que la caféine l'aiderait à tenir – au moins durant quelques heures. Perdue dans ses pensées, elle se dirigea vers un café et heurta de plein fouet un homme qui en sortait. Tous deux marquèrent un temps d'arrêt, un peu sonnés. Puis Nina leva les yeux. C'était Rafael.

— Vous ici ? Quelle surprise ! dit-il en la prenant par le bras pour l'aider à recouvrer l'équilibre.

— On est accro au café ou on ne l'est pas.

Ils ne s'étaient pas touchés depuis leur trajet en voiture, près d'un mois plus tôt, et le contact de sa main la fit rougir.

— Amen, répondit-il en la lâchant et lui portant un toast avec son gobelet. J'ai là un triple espresso. Au fait, je viens d'apprendre que le couple que vous m'avez présenté, les Lancer, compte organiser un dîner de soutien pour ma campagne. Christy va l'ajouter à mon agenda ce matin. J'ai une chance de vous convaincre de venir ? Vous êtes douée pour ces choses-là. Les présentations ont l'air si naturelles avec vous.

— Bien sûr. Avec plaisir. Est-ce qu'une date a déjà été fixée ?

— Je ne crois pas. Je demanderai à Christy de vous tenir au courant.

— Très bien.

Rafael laissa flotter sa main au-dessus de son épaule, puis la laissa retomber.

— Super, dit-il. Merci. Ce sera sympa.

Et il lui décocha son fameux sourire. Le sincère.

Tandis qu'il s'éloignait, elle partit faire la queue au café sans pouvoir s'empêcher de penser à la manière dont son corps avait réagi au contact de ses doigts sur son bras. Avait-il été troublé, lui aussi ? Était-ce pour cette raison qu'il avait failli poser la main sur son épaule et s'était ensuite ravisé ?

Elle sortit son téléphone de son sac. *Juste un petit coucou en passant*, écrivit-elle à Tim. *J'espère que tu t'es bien amusé hier soir*.

Elle allait devoir être prudente.

10

Il s'avéra que le dîner des Lancer tombait le même soir que celui prévu au Smith College pour la professeure qui partait à la retraite.

— Je ne comprends pas pourquoi ça te contrarie autant, dit Tim alors que Nina et lui se préparaient à aller travailler.

Il se tenait devant son lavabo, une serviette enroulée autour de la taille. Nina observa ses pectoraux se contracter pendant qu'il passait son rasoir électrique sur son menton.

— Tu n'apprécies pas vraiment Maggie Lancer, en plus.

Le problème n'était pas là. Elle était énervée de ne pas avoir le choix.

— C'est juste que… je ne pouvais pas dire non et je déteste ça, expliqua-t-elle en accrochant autour de son cou le collier de perles de sa grand-mère, dont elle avait hérité le jour de sa naissance. J'ai l'air d'une enfant gâtée en disant ça ? Oui, hein ?

Tim éteignit son rasoir et haussa les épaules.

— C'est le revers de la médaille. L'argent s'accompagne de certaines obligations et celle-là fait partie des tiennes. Qu'est-ce que tu dirais si on avait… je ne sais pas, moi, trois, quatre ou même cinq enfants ? On n'aurait qu'à leur demander plus tard de faire tes discours à ta place. Ou je m'en chargerai, si tu n'en as pas envie.

Nina contempla le visage souriant et familier de Tim en imaginant des petits bambins avec ses cheveux roux à lui et ses yeux bleus à elle. Jamais elle ne leur imposerait de telles chaînes.

— Nos enfants pourront faire le métier qu'ils veulent, dit-elle d'un ton plus sérieux qu'elle n'en avait eu l'intention.

Puis elle se retourna en écartant ses cheveux.

— Tu veux bien remonter ma fermeture Éclair ?

Il s'exécuta, et elle continua sur sa lancée :

— Ils n'auront pas d'obligations à remplir. Pas venant de moi. Je fais ce discours à la demande de mon père, mais la prochaine fois, peut-être que je confierai la tâche à quelqu'un d'autre.

Tim était entré dans la chambre, où un jean et une veste attendaient sur le lit.

— Bien sûr, dit-il en boutonnant sa chemise blanche. Mais il y a pire que de devoir faire un discours parce que ta famille a financé une chaire universitaire.

Nina le regarda de nouveau. Elle savait qu'elle avait une chance extraordinaire à bien des égards, et elle s'efforçait de ne jamais l'oublier. Des millions de personnes auraient échangé leur place contre la sienne sans hésiter. Mais tout de même, à cet instant précis, elle aurait aimé pouvoir prendre celle de Tim. Si seulement c'était lui qui avait été censé diriger à terme la Gregory Corporation, et si seulement elle-même avait été l'enfant de Caro et TJ, sans autre souhait que de réussir dans le domaine de son choix. Sauf que la vie ne marchait pas comme ça. Elle était une Gregory, et cela impliquait certaines responsabilités qui lui incombaient à elle et à elle seule.

11

Le lundi soir suivant, Nina alla dîner chez son père et regarder comme chaque semaine le jeu *Jeopardy !* avec lui. De même que Tim, Joseph Gregory était un homme d'habitude, chose qu'elle avait toujours trouvée réconfortante, surtout après la mort de sa mère. Lorsqu'elle était enfant, tous deux mangeaient chinois au moins une fois par mois le lundi soir, et ils continuaient encore à ce jour. En approchant du traiteur, elle salua Janusz, qui travaillait à la pharmacie sur Colombus Avenue depuis qu'elle était au lycée, puis fit un petit signe à Penny, qui tenait déjà la caisse du snack-bar de l'autre côté de la rue quand elle était à l'école primaire. Les gens critiquaient souvent New York en lui reprochant d'être une ville impersonnelle, trop peuplée pour qu'on puisse y nouer des relations durables, mais Nina n'était pas d'accord. Les rues autour de l'immeuble de son père lui faisaient l'effet d'un petit village. La pizzeria, le primeur, le pressing, la boutique de vêtements… Une fois encore, elle se fit la réflexion que New York était une mosaïque de mondes différents. Aller dans un autre quartier que le sien quand elle avait besoin d'une pharmacie lui aurait paru aussi incongru que d'aller jusque dans le New Jersey.

Plus tôt cette année-là, les parents de Priscilla avaient quitté l'appartement où son amie avait grandi, et celle-ci en avait été plus attristée que Nina ne s'y attendait.

« C'est toute mon enfance qui disparaît ! s'était-elle lamentée.

— Elle n'a pas disparu, l'avait rassurée Nina. Tes souvenirs sont toujours là, eux. »

Mais, depuis ce jour, elle éprouvait un lien affectif encore plus fort avec l'immeuble où elle avait appris à marcher et à parler, où elle avait vécu avec des gens qui l'avaient regardée grandir et mûrir. À Manhattan, un immeuble comme celui-ci était une communauté en soi, une petite ville dans la grande ville. Tout le monde ici, les employés aussi bien que les résidents, avait contribué à faire d'elle la personne qu'elle était à présent.

Après être passée chez le traiteur, elle monta à l'appartement 21-B et s'avança le long du vestibule.

— Papa ! appela-t-elle. C'est moi. Où es-tu ?

— Dans la salle à manger.

Sa voix lui sembla plus faible que d'ordinaire, et une quinte de toux ponctua sa réponse – mais juste une.

Nina traversa le grand salon, qui se composait de plusieurs parties meublées différemment : ici des canapés, là une table et des chaises, et plus loin encore des étagères remplies de livres près d'une causeuse. Des œuvres d'art issues de la collection de sa grand-mère étaient accrochées aux murs.

De l'autre côté de la pièce se trouvaient la cuisine, puis la salle à manger. Leur gouvernante, Irena, avait sorti la vaisselle en porcelaine bordée d'un liseré d'or et disposé un vase rempli de marguerites au centre de la table. Six mois après être entrée au service des Gregory – Nina venait alors d'entamer sa première année au collège –, Irena lui avait rapporté une anecdote sur ses deux fils, eux aussi collégiens, mais à Brighton Beach. Nina avait compris à ce moment-là que, lorsque leur gouvernante était là, dans leur appartement de Manhattan, elle n'était pas à la maison avec ses propres enfants. Suite à quoi, elle avait commencé à prétendre qu'elle devait dîner avec des amis après l'école afin qu'Irena puisse repartir chez elle un peu plus tôt.

Il lui arrivait de se rendre chez Priscilla, dans l'Upper East Side, ou chez Tim, à quelques rues de là, mais parfois aussi, elle passait l'après-midi au Metropolitan Museum et faisait ses devoirs dans la pièce du département des antiquités égyptiennes où était exposé le temple de Dendour, avant de manger de bonne heure au Trustees Dining Room, le restaurant réservé à l'époque au personnel et aux membres du conseil d'administration du musée. Il ne servait pas à dîner en semaine normalement, cependant le chef faisait une exception pour elle – c'était leur petit secret.

— Tu crois que Will va encore gagner ? demanda son père en ouvrant le meuble de télé qu'il avait fait installer exprès pour leurs soirées du lundi.

Toute la semaine précédente, il n'avait cessé de parler de ce candidat, un barman du Texas qui enchaînait les victoires.

— Je te parie une sucette que oui, ajouta-t-il.

Nina déballa les barquettes du traiteur et en vida le contenu dans les plats qu'Irena avait posés sur la table. Son père et elle pariaient des bonbons sur le résultat du jeu depuis qu'ils avaient commencé à le regarder ensemble.

— Je ne sais pas, dit-elle. Les meilleurs candidats tiennent rarement plus de quatre jours. Les chances pour que Will participe une cinquième fois sont très minces. Je te parie une tablette de chocolat qu'il n'y arrivera pas, moi.

Son père éclata de rire.

— Tu joues la sécurité, à ce que je vois. Tu oublies Ken Jennings. Certaines personnes sont tout simplement plus intelligentes que d'autres et peuvent enchaîner les victoires un bon moment. Il a bien battu tous les records, lui.

Nina remit les emballages vides dans le sac du traiteur et jeta le tout à la poubelle.

— Ken Jennings est un cas unique, papa.

— Peut-être que Will aussi.

L'animateur Alex Trebek apparut à l'écran, et ils commencèrent à manger, jusqu'à ce qu'une participante tombe sur le Doublé du Jour.

— Trois caramels qu'elle le rate, dit Joseph.

Le thème était les accessoires dans les arts du cirque, et le Doublé du Jour se trouvait derrière un indice permettant de remporter 800 dollars.

— Impossible. Je te parie deux chocolats que non. Elle a déjà enchaîné trois gains dans cette catégorie.

— Mais aucun aussi élevé. Sa culture générale ne va pas au-delà des 600 dollars.

Son père soutenait que les sommes mises en jeu dépendaient de la difficulté des questions – ce dont elle doutait personnellement –, et il jaugeait les gens dans la vraie vie en effectuant le même rapprochement entre leurs capacités et les différents niveaux de gain de *Jeopardy !*. Elle aurait parfois aimé savoir à combien il estimait ses capacités à elle, tout en ayant trop peur de le lui demander. « Tu es capable de mieux », lui disait-il depuis toujours dès qu'elle accomplissait quelque chose qui ne l'impressionnait pas. Il voulait la pousser à s'améliorer, à travailler plus dur encore, à réfléchir davantage, mais ces paroles avaient le don de la blesser aussi, au point qu'elle s'interrogeait : était-elle vraiment capable de mieux ? Qui sait, peut-être attendait-il qu'elle soit à la hauteur des 2 000 dollars, le niveau le plus élevé, alors qu'elle ne dépassait pas en fait les 1 600 dollars.

— Je crois en elle, moi.

Elle prit une bouchée des légumes qui accompagnaient son porc *moo shu* au moment où la participante, une dénommée Zoe, misait tous ses gains sur le Doublé du Jour.

Un indice apparut à l'écran. « Une version de cet agrès a été inventée par l'homme qui a également popularisé la tenue une-pièce de ses utilisateurs », lut une voix off.

— Qu'est-ce qu'une corde de funambule ? proposa Zoe.

Nina et son père soupirèrent de dépit.

— Qu'est-ce qu'un trapèze volant ? dirent-ils tous les deux en même temps.

— Je suis désolé, la bonne réponse est : « Qu'est-ce qu'un trapèze volant ? » annonça Alex Trebek. Son inventeur s'appelait Jules Léotard, et c'est à lui qu'on doit aussi le justaucorps.

— On devrait passer les auditions pour participer nous aussi, dit Nina afin de masquer sa déception d'avoir perdu son pari.

Son père rit doucement.

— C'est sûr qu'on gagnerait si on nous laissait jouer en équipe. Mais, en attendant, je crois que tu me dois des chocolats.

Nina sourit, même si elle avait le cœur lourd.

— Ajoute-les à mon ardoise.

Son père notait scrupuleusement qui devait des friandises à qui. La dernière fois qu'ils avaient fait les comptes et réglé leurs dettes remontait au départ de Nina à l'université. Leurs soirées du lundi devant *Jeopardy !* s'étaient interrompues, jusqu'à ce qu'elle revienne faire un MBA à l'université de Columbia. Ils avaient alors ouvert un nouveau cahier de comptes qui courait depuis maintenant dix ans.

— Les trapézistes sont des gens remarquables, fit observer son père tout en regardant Zoe choisir l'indice suivant.

Nina imagina ce que ce devait être de voler à travers les airs sans filet de sécurité ni rien, et elle frissonna.

— Je ne pourrais jamais faire ça.

— Tu es si prudente, ma fille. Tu devrais affronter tes peurs.

Elle soupira. Ça aussi, son père le lui avait répété toute sa vie. « Tu ne peux pas être une bonne femme d'affaires sans prendre de risques », lui disait-il. Et peut-être avait-il raison. Mais, parfois, la prudence lui semblait relever du bon sens. Et puis c'était lui qui l'avait amenée à avoir peur – peur de ce que les autres allaient penser d'elle, peur de le décevoir, peur de ne pas satisfaire ses attentes.

— Tu sais que j'ai toujours essayé de te protéger, dit-il soudain d'un air sérieux qui la surprit.

— Oui, papa.

— Quoi qu'il arrive, j'espère que tu t'en souviendras.

Elle se demanda ce qu'il entendait par là, mais déjà, il pariait une tablette de chocolat sur un indice à 1 000 dollars. Elle chassa cette remarque de son esprit en songeant que, fidèle à lui-même, il devait s'inquiéter de ce que les gens diraient de lui quand il ne serait plus là. Malgré tout, elle ne put se défaire totalement de cette impression qu'il tentait de lui faire passer un message.

12

Depuis leur trajet en voiture jusqu'au Norwood Club, et plus encore depuis qu'elle s'était sentie rougir en le heurtant à l'entrée du café, Nina était gênée en présence de Rafael. Concentrée à l'excès sur tout ce qu'il faisait, elle remarquait de petits détails, par exemple la manière dont il se mordait parfois la lèvre pour masquer son amusement. Ou celle dont il passait sa main droite dans ses cheveux, juste au-dessus de l'oreille, quand il s'apprêtait à poser une question potentiellement dérangeante. Ou celle encore dont ses yeux déviaient souvent vers elle pendant les réunions, comme s'il voulait qu'elle lui confirme le bien-fondé de sa dernière décision.

Mais ils ne s'étaient pas retrouvés de nouveau seuls avant de prendre l'ascenseur ce jour-là, à la mi-juin.

— J'ai l'impression qu'on est tombés sur un express, dit-il en constatant qu'ils descendaient les étages sans s'arrêter.

— C'est rare à l'heure du déjeuner, répondit-elle.

Elle grimaça intérieurement. *C'est rare à l'heure du déjeuner*. Quel commentaire stupide. Sans cette fichue timidité qu'elle éprouvait désormais devant lui, elle aurait dit : « Ça m'étonne qu'on n'ait pas encore mis au point un ascenseur intelligent capable de déterminer à quel moment il n'y a plus assez de place dans la cabine pour accueillir une personne supplémentaire. »

Rafael lui aurait probablement parlé d'un scientifique qu'il avait fait venir aux États-Unis grâce à un visa H-1B et qui travaillait justement sur un projet similaire. Et ils auraient eu le genre de conversation qu'elle adorait. À la place, il y eut un blanc.

— Où avez-vous prévu d'aller ? lui demanda-t-il enfin.

— Sans doute au bar à salades, mais j'hésite encore. Et vous ?

— Mon déjeuner a été annulé à la dernière minute, dit-il en s'appuyant nonchalamment contre la paroi de l'ascenseur. Je me suis sauvé avant que Jane trouve de quoi m'occuper. Tant que je reste éloigné du bureau, je peux m'accorder une petite pause. Le snack-bar du coin me tente bien.

Il marqua une pause et passa les doigts dans ses cheveux. Elle se prépara à une de ses questions potentiellement dérangeantes.

— Ça vous dit de venir ?

Nina savait que ce n'était pas raisonnable – elle croulait sous le travail –, mais quelque chose dans la compagnie de cet homme…

— Il n'y a pas d'obligation, ajouta-t-il. Je me doute que vous êtes débordée.

L'ascenseur s'arrêta au rez-de-chaussée, et il s'écarta afin de la laisser sortir en premier.

— Ça me ferait très plaisir, dit-elle en s'étonnant elle-même de sa réponse. Merci.

Ils se dirigèrent vers le snack-bar au bout de la rue et prirent place au comptoir.

— C'est plus sympa que d'être à une table, vous ne trouvez pas ? dit-il après qu'ils eurent commandé leurs plats. Je viens de faire installer un bar de cuisine dans mon appartement. Sonia détestait cette idée, mais moi j'aime bien.

Nina fut surprise qu'il évoque son ex-femme. Peut-être sentait-il simplement qu'il pouvait lui en parler, tout comme elle-même sentait qu'elle pouvait lui parler de son père. Elle hésita à creuser le sujet et à lui demander pourquoi ils avaient divorcé. D'après ce qu'elle avait entendu dire, Sonia et lui s'étaient offert un soir un dîner au restaurant, puis un vol en hélicoptère au-dessus de Manhattan pour fêter leur troisième anniversaire de mariage, et le lendemain matin elle lui avait annoncé qu'elle n'était pas heureuse depuis longtemps et qu'elle le quittait. Tel qu'elle le voyait à cet instant, Nina ne comprenait pas ce qui chez lui pouvait rendre une femme malheureuse.

— C'est assez sympa, en effet, approuva-t-elle.

Le seul souci était qu'ils se trouvaient assis l'un à côté de l'autre, et qu'il y avait donc plus de chances pour que leurs coudes et leurs jambes se frôlent par inadvertance.

— Je suis désolé que vous n'ayez pas pu venir à la soirée des Lancer, dit-il au moment où leurs plats furent servis. Comment va votre père ?

Nina haussa les épaules.

— Plutôt bien la plupart du temps. Mais je n'arrête pas de remarquer des petites choses. De toutes petites choses. Et je sais qu'il y en aura de plus en plus. C'est comme une boule de neige…

Sa gorge se noua. Il n'était pas question qu'elle pleure encore devant lui. Surtout pas au beau milieu d'un déjeuner.

Sur le point de mordre dans son sandwich, Rafael le reposa dans son assiette sans y avoir touché.

— Vous lisez de la poésie ?

Elle s'efforça de se ressaisir.

— Pas beaucoup. Mais un peu quand même. Quand j'étais petite, j'ai appris par cœur le « Jabberwocheux » de Lewis Carroll pour mon père.

— « *Le jeune homme, ayant ceint sa vorpaline épée, longtemps cherchait le monstre manxiquais* », récita Rafael.

— « *Puis, arrivé près de l'arbre Tépé, pour réfléchir un instant s'arrêtait* », dit-elle en terminant la strophe.

Cela le fit rire.

— Vous n'arrêtez pas de m'étonner.

Vous aussi, se retint-elle de répliquer. Elle se contenta de sourire.

— Pourquoi m'avez-vous posé cette question ?

— Eh bien… J'ai suivi quelques cours de poésie à l'université et j'en suis arrivé à envisager la vie comme un poème. C'est une théorie toute personnelle, mais elle m'aide à mieux accepter beaucoup de choses.

— Comment ça ?

— Les gens sont des poèmes pour moi. Telle personne peut être un haïku, telle autre une villanelle, un cinquain ou un sonnet. Notre longueur et notre forme sont prédestinées, mais pas notre contenu. Et chaque forme présente des défis, des difficultés et une beauté qui lui sont propres. Le poème de votre père touche à sa fin, mais ça ne le rend pas moins beau, ni moins précieux ou important.

Nina sentit les larmes lui monter aux yeux. Elle cligna des paupières pour les chasser et mordit dans son sandwich grillé au fromage en se concentrant sur son goût et sa texture.

— Vous avez associé des poèmes à vos collaborateurs ? demanda-t-elle quand elle jugea qu'elle ne risquait plus de pleurer.

— Mmm, pas vraiment. Mais je dirais que Jane est un limerick. Un peu rigide, tout en étant drôle, irrévérencieuse et toujours si surprenante que ça ne me surprend plus.

Sa comparaison amusa Nina.

— Et Mac ?

— Un poème en vers libres. Intense et compact, mais moins rigide que la plupart des poèmes. Innovant, en quelque sorte.

— Pas mal, approuva-t-elle, même si elle aurait peut-être associé Mac à un autre genre de poème, plus susceptible de traduire son arrogance et son impatience. Ça marche pour tout le monde ?

— En réfléchissant bien, on pourrait probablement associer chaque personne à un poème.

— Même moi ?

Ces mots lui avaient échappé avant qu'elle ait pu se rendre compte qu'elle s'aventurait sur un terrain glissant.

— Même vous, affirma-t-il en la regardant bien en face. Je vous associe à une sextine.

Sous l'effet de ses yeux noirs pétillants, Nina prit la mesure du danger. *Cet homme est bien trop séduisant.*

— J'ai peur de devoir vous demander pourquoi, dit-elle sans écouter la voix de la raison qui lui soufflait de changer de sujet.

— Ça n'a rien de négatif. Les sextines sont complexes, sophistiquées, et vous aussi – du moins, c'est l'impression que vous donnez.

Elle mordit de nouveau dans son sandwich et mâcha lentement.

— Et vous ?

— Il est difficile de s'analyser soi-même, mais je dirais peut-être un ghazal. Le concept de couplets indépendants me plaît bien. Ce que je ressens dans un domaine particulier de ma vie n'affecte pas tous les autres.

— Un poème qui compartimente tout, si je comprends bien, observa-t-elle en songeant que cette description lui correspondait parfaitement.

— C'est une façon de voir les choses, acquiesça-t-il en riant.

À ce moment-là, Nina se dit qu'elle aurait bien aimé connaître les autres compartiments de sa vie.

13

Le week-end du 4 juillet arriva sans crier gare. Parce que c'était aussi l'anniversaire de Nina, Jane accepta qu'elle s'accorde quelques jours de congé malgré les objections de Mac.

— Ça ne pose pas de problème à Rafael, dit-elle alors que Nina s'apprêtait à quitter leur QG de campagne avec son sac de voyage. Il te souhaite un bon anniversaire et un bon week-end prolongé avec ton père. Oh, et il m'a donné ça pour toi.

Elle lui remit une anthologie des plus belles sextines.

— Merci, dit Nina en souriant. À toi et à lui aussi. J'apprécie vraiment ce cadeau. Sans parler de ce break. Je déteste demander un traitement de faveur, mais…

— Arrête. File, maintenant. Va piquer une tête dans l'océan pour moi et lis tes poèmes. Je ne savais pas que c'était ton truc.

Nina baissa les yeux sur le recueil en se rappelant les paroles de Rafael : elle était selon lui « complexe et sophistiquée ».

— C'est plutôt son truc à lui, en fait.

— Ma foi, profites-en bien ! lança Jane en la poussant hors du bureau.

Tim et ses parents ayant aussi prévu d'aller au bord de la mer, ils passèrent prendre Nina afin qu'ils puissent faire le trajet tous ensemble.

— Tu crois que ton père nous laissera dormir dans la même chambre ? murmura Tim à son oreille quand elle fut montée dans la voiture.

Ils roulaient dans un SUV noir doté de deux rangées de sièges derrière le chauffeur. TJ et Caro avaient pris place sur la première, et Tim et Nina au fond.

— Dans tes rêves, répondit-elle à voix basse.

— Même s'il m'adore ?

— Même s'il t'adore. Je reste sa petite fille chérie.

Mais elle n'avait pas demandé, en fait, et elle ne comptait pas le faire. Elle n'avait jamais oublié ce jour où elle avait invité Max, son petit ami de l'université, à venir passer un week-end avec eux. Ivre d'amour et impatiente de devenir adulte, elle avait déposé ses affaires dans sa chambre. Son père l'avait alors entraînée dans son bureau et lui avait fait très clairement comprendre dans quelle pièce Max dormirait ce soir-là. Ils avaient eu à cette occasion leur plus grosse dispute et, en plus de marquer le début de la fin avec Max, cet épisode avait changé la relation avec son père.

À partir de ce moment-là, elle avait commencé à peser ses mots avant de lui faire la moindre confidence et à laisser de côté les détails susceptibles de lui déplaire.

Tim enroula un bras autour d'elle et elle se blottit contre lui.

— Il va falloir qu'on s'éclipse, si je comprends bien, dit-il. Prépare-toi à m'entendre frapper à ta porte ce soir. Ou peut-être que je lancerai des coquillages contre ta fenêtre.

Elle éclata de rire.

— Qu'est-ce qu'il y a de si drôle, derrière ? demanda TJ.

Comme sa femme, il avait passé presque tout le trajet à répondre à des mails professionnels.

Nina et Tim échangèrent un regard.

— Oh, bafouilla-t-elle en cherchant quoi répondre. Tim…

— … vérifiait juste que Nina était toujours chatouilleuse, compléta-t-il.

— C'est vrai. Apparemment, je le suis toujours.

TJ les dévisagea tour à tour, puis se tourna vers sa femme.

— Tiens, tiens…, dit-il en se penchant vers elle.

— N'y pense même pas, le prévint-elle d'une voix sérieuse qui masquait pourtant mal son amusement.

Mais TJ se jeta sur elle, et elle éclata de rire.

— Ils sont tous les deux fous, Nina ! s'exclama-t-elle.

— Complètement cinglés, en effet.

Tous riaient à présent, mais bien qu'elle partageât leur hilarité, Nina se sentit en partie détachée de la scène, et même un brin jalouse. La famille de Tim était au complet et intacte, alors que la sienne ne le serait bientôt plus.

14

Le barbecue était déjà allumé dans le jardin lorsqu'ils arrivèrent. Assis à côté, Joseph Gregory donnait des instructions à Carlos, l'infirmier qu'il s'était résolu à emmener quand ses médecins avaient protesté à l'idée qu'il reste seul dans sa maison de vacances. Nina saisit la main de Tim en voyant ça. En temps normal, son père faisait lui-même griller les steaks, un verre à la main.

La nuit venue, il proposa une sortie nocturne sur son bateau, le *Flivoreux*, qu'il avait baptisé ainsi en s'inspirant de la première strophe du « Jabberwocheux ».

— Il paraît qu'un feu d'artifice doit être tiré ce soir au-dessus de l'océan. Pour ton anniversaire, ma chérie – même si je préfère quand ça a lieu le bon jour.

Par plaisanterie, ils prétendaient depuis toujours que les feux d'artifice du 4 juillet étaient tirés spécialement pour elle. Mais parce que la fête nationale tombait un mardi cette année-là, Nina savait qu'il y en aurait tout le week-end.

Quand elle était enfant, ses parents et elle partaient en bateau après le dîner. Pour ne pas rater cette féerie lumineuse, elle s'efforçait de cacher combien les pétarades l'effrayaient, mais son père l'avait compris, et dès qu'une fusée explosait, il la chatouillait ou s'efforçait de la faire rire.

Il avait le don de chasser sa peur sans qu'elle ait à la lui avouer.

— C'est toi le capitaine ce soir, dit-il en lui jetant sa casquette – celle-là même qu'elle lui avait offerte une douzaine d'années plus tôt, pour la fête des Pères.

Elle était un peu trop grande pour elle, mais une fois sa queue-de-cheval coincée à l'intérieur, elle resta parfaitement calée sur sa tête.

— Tu as fière allure, mon capitaine, dit Tim en profitant d'un instant où ses parents et Joseph ne les regardaient pas pour embrasser Nina.

La balade en bateau fut de courte durée. Joseph se mit à frissonner, et même la couverture qu'il enroula autour de lui ne parvint pas à le réchauffer.

— Désolé, ma chérie, dit-il à Nina quand ils eurent regagné la plage. Je sais combien tu aimes ces feux d'artifice sur l'eau.

— Ne t'inquiète pas. On le verra tout aussi bien d'ici.

Il la prit dans ses bras, et tous deux restèrent ainsi, enveloppés dans la couverture, les yeux tournés vers les lumières qui explosaient dans le ciel.

— J'ai failli oublier ton cadeau d'anniversaire, dit-il au bout d'un moment en sortant un écrin de la poche de son pantalon. Il arrive un peu en avance, comme ce feu d'artifice.

Elle sourit en prenant le boîtier à la forme allongée. Il provenait de la bijouterie préférée de son père, celle sur Main Street, à East Hampton. Elle défit le ruban et ouvrit l'écrin. À l'intérieur se trouvait un bracelet rivière entièrement composé de saphirs.

— C'est le même que celui en diamants que j'avais fait faire pour ta mère, expliqua-t-il alors qu'elle effleurait les pierres précieuses. Je me suis dit que tu pourrais les porter ensemble en souvenir de nous deux.

— Il est magnifique, murmura Nina.

Elle appuya la tête contre le torse de son père et laissa sa chemise absorber les larmes silencieuses qui s'échappaient de ses yeux. Il la serra plus fort dans ses bras.

— Quand on rentrera en ville, il faudra qu'on examine ensemble les comptes de la société. Il y a des choses que tu dois savoir avant de prendre ma succession.

Elle se racla la gorge et s'efforça autant que possible de garder une voix posée.

— D'accord.

Coquillages. Méduses. Algues.

Puis une nouvelle fusée explosa dans le ciel, et elle leva la tête pour regarder le spectacle.

15

Ce soir-là, une fois leurs parents endormis, Nina et Tim retournèrent pieds nus sur la plage.

— Tu te rappelles l'été où j'avais peur de l'océan ? dit-elle.

Le vent faisait voler ses cheveux autour de son visage, et Tim et elle s'étaient serrés l'un contre l'autre pour se réchauffer.

— Moi aussi, j'aurais eu peur si j'avais été assommé par une vague.

Elle avait dix ans à l'époque et n'avait pas voulu remettre les pieds dans l'eau pendant plusieurs semaines, jusqu'à ce que son père décide qu'elle devait surmonter son appréhension. Tim et lui l'avaient donc prise chacun par une main pour sauter avec elle par-dessus les vagues.

« Je ne te lâcherai pas tant que tu ne seras pas prête, lui avait-il dit. Mais on n'arrêtera pas tant que tu ne seras pas capable de sauter sans nous. »

Le temps que le week-end s'achève, elle s'était réconciliée avec l'océan, même si elle ne s'était plus jamais sentie autant en sécurité que ce jour-là, avec son père et Tim qui la tenaient fermement par la main.

— Est-ce que je t'ai remercié de m'avoir aidée ?

— Je ne m'en souviens pas, mais je ne suis pas contre un baiser, juste au cas où tu aurais oublié.

Elle se dressa sur la pointe des pieds pour l'embrasser. L'haleine de Tim était encore imprégnée du parfum mentholé de son dentifrice et la peau rugueuse de sa joue lui râpa le menton.

— Je t'aime, dit-il lorsqu'ils s'écartèrent l'un de l'autre.

— Je t'aime aussi.

Il l'entraîna vers le sauna qui jouxtait l'abri construit à côté de la piscine et ferma la porte à clé derrière eux.

— On aura un peu d'intimité ici.

Dans la pièce tout en bois de cèdre se trouvait un banc recouvert d'une serviette et d'un coussin en mousse, visibles grâce au clair de lune qui se déversait par une petite fenêtre.

— Ça ne sera sûrement pas très confortable, mais au moins, on ne risque pas que nos parents nous surprennent.

Nina grimpa sur le banc en faisant tomber le sable collé à ses jambes.

— Ça devrait faire l'affaire, dit-elle tout bas en goûtant le côté secret de ce rendez-vous nocturne.

Tim la rejoignit sur le banc. Pendant qu'il l'embrassait, elle fit courir ses doigts sur la courbe délicate de son oreille, puis sur sa mâchoire.

— Nina…

Il glissa la main dans son short, et elle se frotta contre ses doigts en sentant tout son corps se détendre.

Au bout d'un moment, elle saisit son sexe et le caressa à son tour au même rythme que lui.

— Maintenant ? demanda-t-il.

Il bandait de plus en plus, tandis que son désir à elle ne cessait de grandir.

— Oui.

Elle ôta son short et ses sous-vêtements et s'allongea sur le dos – la position préférée de Tim.

Il se pencha sur elle. Lorsqu'il la pénétra, elle ferma les yeux en se concentrant sur lui, Tim, son Tim. Il allait et venait plus lentement que d'habitude, les genoux en appui contre les planches du banc. Elle préférait comme ça. Cela lui laissait le temps dont elle avait besoin pour savourer la sensation de sa peau contre la sienne, jusqu'à ce que…

— Je vais…

Tim étouffa ses paroles d'un baiser alors qu'un orgasme la traversait doucement. Il jouit à son tour, puis appuya la tête sur sa poitrine et resta ainsi quelques instants, immobile, pendant qu'elle passait les doigts dans ses cheveux courts.

Elle n'en revenait toujours pas que la vie les ait conduits à être ensemble. Elle avait trouvé vraiment bizarre au début qu'il abandonne son statut de meilleur ami. C'était une redéfinition de leurs rapports aussi incongrue que de décider de renommer « lait » le jus d'orange. Et cela lui avait fait un drôle d'effet aussi de voir ses traits se déformer la première fois qu'il avait joui. Il était toujours son Tim, et en même temps quelqu'un d'autre. Cette expression nouvelle l'avait déstabilisée, mais elle s'y était habituée, tout comme elle s'était habituée à l'appeler son petit ami. Elle s'estimait chanceuse.

Si chanceuse qu'elle essayait d'oublier la question que Leslie lui avait posée des mois plus tôt, celle à laquelle elle ne parvenait pas à apporter de réponse : *Pourquoi te sens-tu obligée de t'y habituer ?*

16

Le père de Nina avait prévu de rentrer à New York pour le brunch du troisième samedi d'août. La veille, cependant, il ne se sentit pas assez en forme et décida de rester à East Hampton.

« Tu as juste envie de profiter un peu plus longtemps de la plage, l'avait taquiné Nina en essayant de prendre les choses à la légère. Je vois bien ce qui se passe. »

Il avait réussi à rire, mais tous deux savaient ce qui se passait *vraiment*. Aucun ne voulait l'admettre devant l'autre, voilà tout.

Le lendemain matin, Caro appela Nina.

— Bonjour, ma chérie, dit-elle lorsque Nina décrocha le téléphone de son bureau au QG de campagne.

Tim jouait au golf à Chelsea Piers et elle était censée le rejoindre peu après midi à la marina située au bout de la 79ᵉ. Un ami de Tim, Sebastian, les avait invités à fêter son anniversaire sur son voilier avec sa fiancée Julia et quelques autres couples, parmi lesquels Priscilla et Brent. Nina devait les accompagner et retourner ensuite à son travail.

— TJ et moi serons au Grove pour le brunch, mais c'est ton père que les clients viennent voir, pas nous. Je sais que Timothy et toi, vous comptiez déjeuner sur le voilier de Sebastian, et je déteste avoir à te demander ça, mais est-ce qu'il te serait possible de manger avec nous à la place ? Ton père ne voulait pas que je t'appelle. Pour être franche, Nina, je crois qu'il avait espéré que tu proposerais de le faire. Mais…

Nina soupira. Les paroles de Caro la blessaient. Elle aurait dû le proposer, en effet – cette idée l'avait d'ailleurs traversée quand son père lui avait téléphoné –, mais quelque chose l'avait retenue.

— Bien sûr, dit-elle en bloquant par avance le troisième samedi de chaque mois dans son agenda. Je vais dire à Tim de partir sans moi et je vous retrouverai au Grove.

— Très bien. Et je pensais aussi à septembre…

— C'est déjà noté. Octobre aussi.

— Super. À tout à l'heure, ma chérie. Je sais que ce n'est pas facile, mais tu n'auras pas à affronter ça toute seule.

Nina fut obligée de s'éclaircir la voix avant de pouvoir répondre.

— Merci, Caro. À tout à l'heure.

17

Le père de Nina revint en ville la semaine suivante à la demande de son médecin, soit plus tôt qu'il n'avait pensé le faire. Mais ce qui inquiéta le plus Nina fut qu'il accepta sans protester.

Au lieu de se concentrer sur la douleur qui menaçait de l'étouffer, elle s'investit encore plus dans la campagne de Rafael. Marc Johnson était bien placé dans les sondages, la bataille s'annonçait donc rude.

— On peut y arriver, disait Jane chaque matin, comme un rappel adressé à toute l'équipe ainsi qu'à elle-même.

Nina croyait sincèrement en Rafael. Elle admirait sa détermination, la manière dont il l'incitait à donner le meilleur d'elle-même et à pousser toujours plus loin sa réflexion. Sa compagnie était enivrante – raison pour laquelle elle tentait de garder ses distances. L'alcool était dangereux dès lors qu'on en buvait trop. Dès lors aussi qu'il devenait la chose à laquelle on aspirait en permanence et dont on avait honte de rêver.

Durant ces quelques semaines, elle eut l'impression que les yeux de Rafael étaient posés sur elle chaque fois qu'elle levait la tête, même quand il parlait à Christian ou passait en revue avec Jane des arguments à mettre en avant dans ses prises de parole.

Elle se demanda s'il le faisait volontairement ou si c'était juste un hasard. Sans doute n'en avait-il pas conscience, au fond. Et elle se demanda aussi à quelle fréquence son propre regard glissait vers lui sans qu'elle s'en rende compte.

18

Il était presque 1 heure du matin en ce jour de primaires. Le silence régnait à l'intérieur du QG de campagne, exception faite des bruits de moteur et des crissements de pneus qui parvenaient à Nina par les fenêtres ouvertes. La ville ne dormait jamais, et cela vaudrait apparemment aussi pour elle et Rafael cette nuit-là. Seuls dans une salle de réunion – pour la première fois depuis leur déjeuner au snack-bar –, ils finalisaient les deux discours que Rafael serait peut-être amené à prononcer ce soir-là. Surprenant encore son regard posé sur elle, Nina détourna la tête.

Elle avait beau refuser de l'admettre, elle savait que leur attirance mutuelle avait grandi au cours des mois précédents, comme une augmentation imperceptible des températures par demi-degrés, jusqu'à ce que la chaleur devienne, elle, très perceptible. Pouvait-elle continuer à l'ignorer et à prétendre qu'elle ne mourait pas de chaud ? Il lui semblait que oui. Agir autrement aurait menacé le fragile équilibre de sa vie.

Elle ne cessait de s'obliger à penser à Tim. Au plaisir qu'elle prenait à marcher avec lui main dans la main à Manhattan. À la douceur de ses lèvres contre les siennes quand ils s'embrassaient. À la facilité avec laquelle tout avait collé entre eux – leurs vies, leurs familles, leurs attentes. Et au bien-être qu'elle éprouvait dans ses bras. Pourtant, malgré tout ça, il manquait ce quelque chose en plus qui l'attirait vers Rafael.

Elle s'était montrée si forte, si prudente durant tout l'été. Mais, ce soir-là, elle n'y arrivait pas. Lorsqu'elle avait vu combien Rafael était anxieux, combien il voulait gagner, elle n'avait aspiré à rien d'autre qu'à le réconforter et à poser sa main sur la sienne, tout comme il l'avait fait quand elle s'était inquiétée pour son père.

Il se leva soudain en raclant sa chaise sur le linoléum.

— Vous voulez un Coca ? proposa-t-il en sortant deux dollars de son portefeuille. Je ne suis pas sûr de tenir trois minutes de plus sans une autre dose de caféine.

— Ça ira, merci, répondit-elle en reportant son attention sur l'écran de son ordinateur.

Elle était épuisée. Il fallait qu'elle boucle ces discours et qu'elle s'éloigne de lui. Elle se sentait comme Ève face au fruit défendu. La pomme était-elle un baiser, et Rafael le serpent ? Ou n'était-ce pas plutôt elle la tentatrice ?

— Je vais balayer la version B encore une fois. Quand vous reviendrez, vous voudrez bien la relire à voix haute ?

— OK, dit-il. Mais je déteste cette version.

— Je sais. Moi aussi.

Du coin de l'œil, elle le regarda traverser la salle de réunion. Même à cet instant, alors qu'il avait échangé sa chemise et sa veste de costume contre un T-shirt et un sweat à capuche – et alors qu'il aurait également eu besoin de se raser –, elle se sentait aimantée par cet homme. *Carisuapo*, aurait peut-être dit sa mère pour le qualifier. *Carismatico* et *guapo*. Charismatique et beau. Dans la bouche de Rafael, cela aurait donné quelque chose proche de « *caliuapo* ». Désormais habituée à son accent cubain, qui lui faisait élider les « *s* » et prononcer les « *r* » davantage comme un « *l* », elle se surprit à essayer de deviner comment il prononcerait d'autres mots espagnols. *Difrutal. Depue.* Et elle visualisa ses lèvres dans le même temps.

Elle ferma les yeux. *Oublie Rafael. Oublie ses lèvres. Pense à Tim.* Elle se représenta le visage de son compagnon, ses yeux noisette aux cils blond-roux et son sourire quand elle entrait dans une pièce. Les idées claires à présent, elle se concentra sur son texte et fit voler ses doigts sur le clavier. Il ne s'agissait que d'un travail, rien de plus.

Elle tourna la tête d'un côté et de l'autre. Elle avait besoin d'un petit footing. D'un massage. Tout ce temps passé courbée devant son ordinateur avait raidi ses épaules. Elle imagina les mains de Tim en train de la masser, mais sans qu'elle sache comment, ce furent celles de Rafael qui s'imposèrent à elle. Ses mains aux ongles soignés et le fin duvet brun qui remontait de son poignet vers son petit doigt. Malgré elle, elle frissonna. *Arrête ça tout de suite*, se dit-elle.

Elle roula la tête une fois de plus en chassant toute idée de massage de son esprit, puis se pencha sur son écran.

— J'ai un cadeau pour vous, annonça Rafael en revenant quelques minutes plus tard avec un sachet de M&M's qu'il posa à côté d'elle sur la table.

Il avait retiré son sweat, dévoilant un T-shirt barré de l'inscription « Pluton : n'oubliez jamais » – une référence à la relégation de Pluton au rang de planète naine.

— Merci, dit-elle. Joli T-shirt.

Il lui décocha un grand sourire qu'elle ne put s'empêcher de lui retourner.

— J'espérais bien qu'il vous plairait.

Elle se sentit devenir cramoisie. Il avait donc pensé à elle en se changeant ce soir-là ?

— Il n'en faut pas beaucoup pour vous faire rougir, Palabrecita, n'est-ce pas ? ajouta-t-il avec un sourire plus doux.

— Comment m'avez-vous appelée ?

— Palabrecita, répéta-t-il en s'appuyant contre une étagère pour boire son Coca.

— Pauvre petite parolière ?

C'était une traduction approximative du mot, mélange de *palabra* et de *pobrecita*. Sa mère aurait aimé ça. Elle-même avait qualifié Nina d'*intelinda*, c'est-à-dire d'intelligente et de belle à la fois.

Nina inventait ses propres combinaisons, mais c'était la première fois que Rafael en ajoutait une à son dictionnaire personnel. Elle ne s'était même pas rendu compte qu'il était au courant de ses mots-valises. En temps normal, elle ne les partageait qu'avec Jane et Jorge, en charge de la campagne d'incitation au vote auprès des électeurs.

Rafael hocha la tête.

— C'est bien ça. Pauvre parolière, je vous oblige à veiller tard ce soir. Je viens de faire le tour des bureaux et presque tout le monde est parti. Même Rocco.

— Le concierge ?

— Oui. Et pourtant il est toujours parmi les derniers.

Nina se frotta les yeux.

— Ça ne m'ennuie pas, dit-elle.

Cela aurait dû pourtant. Alors que sa vie et celle de Tim s'harmonisaient parfaitement, qu'un bel avenir les attendait tous les deux – chacun à la tête d'une entreprise, des étés dans la maison de ses grands-parents à elle dans les Hamptons, des dîners chez ses parents à lui, des vacances au ski à Alta, des enfants roux qui hériteraient des hôtels, mais ne travailleraient au sein de la Gregory Corporation que s'ils le voulaient… –, que faisait-elle encore ici au beau milieu de la nuit ?

— Tant mieux. Moi non plus, dit Rafael d'un air indéchiffrable.

Puis il s'approcha d'elle pour lire son texte pardessus son épaule. Nina percevait la chaleur de son corps, si proche. Elle ferma les yeux, mais cela n'eut aucun effet – pas plus que de penser à Tim quand il l'accueillerait chez lui un peu plus tard. *Milk-shakes. Classeurs. Peaux de banane.* Aucun de ces subterfuges ne changeait rien au fait que Rafael était là, tout près d'elle, et qu'elle aurait aimé s'appuyer contre lui et sentir ses mains sur ses épaules. Elle frissonna en le visualisant en train de la masser. *Maman*, songea-t-elle. *S'il te plaît, aide-moi. Fuertrado.*

— Vous n'avez peut-être pas besoin de lire celui-là à voix haute, dit-elle en fixant son écran.

Le visage de Rafael était si près du sien qu'il n'aurait pas fallu grand-chose pour que leurs fronts se touchent. Et leurs lèvres.

— Ça ne risque pas de me porter malheur ? (Son haleine était imprégnée de la saveur sucrée de son Coca-Cola.) Si je ne me prépare pas à la défaite, je suis assuré de perdre, ajouta-t-il. Anticiper la victoire est le meilleur moyen de la faire fuir.

Nina se mit à rire, et cela détendit l'atmosphère.

— Vous êtes vraiment aussi superstitieux ?

Il se redressa et se passa une main dans les cheveux juste au-dessus de l'oreille droite.

— Quoi ? Qu'essayez-vous de cacher ?

— On dirait que vous lisez dans les esprits, répliqua-t-il en secouant la tête. Votre matière principale était la télépathie à l'université ?

— Non, les sciences politiques. Mais j'aurais aimé qu'il y ait des cours de télépathie. Ou de psychokinésie. J'ai toujours rêvé de déplacer des objets rien que par la pensée.

Il sourit.

— Les sciences politiques. C'est vrai, je me souviens de votre CV. Vous avez choisi la littérature espagnole en option, aussi. Et ensuite vous avez décroché un MBA.

— Pour faire plaisir à mon père. J'aurais préféré passer une maîtrise de littérature espagnole. J'y voyais un moyen de maintenir un lien avec ma mère… ou, au moins, avec son souvenir. Peut-être que je voulais…

Il se faisait tard et elle était fatiguée. Elle n'évoquait pas sa mère aussi facilement d'habitude – sauf avec Leslie –, parce que cela l'amenait toujours à souhaiter l'impossible. Mais Rafael était… Rafael. Elle comprenait pourquoi il faisait forte impression au tribunal. C'était la même raison qui assurait son succès dans ses dîners avec des donateurs ou devant une foule. Il avait quelque chose de franchement désarmant. Quelque chose qui la poussait à se confier à lui sans réserve.

— Vous vouliez quoi ? demanda-t-il en s'asseyant sur le bord de la table, les yeux rivés sur elle.

— Peut-être que je voulais savoir à quel point vous êtes superstitieux, dit-elle en retrouvant ses réflexes défensifs.

Il la fixa longuement avec gentillesse, comme s'il devinait qu'elle était gênée d'avoir dévoilé une partie secrète d'elle-même. Puis, devant son air interrogateur, il finit par s'agenouiller près d'elle et tira sur l'encolure de son T-shirt.

— Je n'arrive pas à croire que je vais vous montrer ça. Regardez juste à côté de l'étiquette.

Nina nota d'abord la peau douce à la base de son cou avant de vite se concentrer sur son col. Une pierre noire pendait au bout d'une petite chaîne fixée au tissu à l'aide d'une épingle à nourrice dorée.

— Qu'est-ce que c'est ?

— Une *azabache*, c'est-à-dire une pierre de jais. Mon *abuela* l'a accrochée à ma chemise le jour de ma naissance et je n'ai jamais cessé de la porter depuis. Elle est censée chasser le mauvais œil.

Il lâcha son T-shirt et lui refit face.

— Vous y croyez vraiment ?

— Mon *abuela* y croyait, elle. Et moi… Je ne sais pas. Rien de vraiment terrible ne m'est jamais arrivé jusqu'ici. Et la vie m'a offert une foule de choses positives.

Il la regarda alors d'une manière telle qu'elle se demanda si elle faisait partie de ces choses positives.

— Comment puis-je affirmer que ça n'a aucun rapport avec cette pierre ?

Nina réfléchit un instant. Visiblement, il ne considérait pas son divorce comme un événement dramatique, pas plus que la mort de son père.

— J'imagine que non… Mais il suffirait…

— Je sais ce que vous allez me dire. Il suffirait que je l'enlève pour voir si la chance continue à me sourire. Mon camarade de chambre à l'université m'avait suggéré ça lui aussi, il y a des années, mais je ne suis pas prêt à essayer. Surtout pas le jour des primaires.

— En effet, dit-elle, amusée. Ce n'est pas le moment de tenter l'expérience. Et puis, bon, ça ne peut pas faire de mal, hein ?

— Et, grâce à cette pierre, j'ai l'impression que mon *abuela* est toujours avec moi, ajouta-t-il en se relevant. Mais si elle était là, elle me dirait de lire la version B de votre discours, pour ne pas tenter le diable.

Tout ce qu'elle apprenait sur Rafael lui donnait envie de l'interroger sur son passé, sa famille, son enfance – des sujets qu'elle n'abordait pas en tant que rédactrice, parce qu'elle considérait qu'ils appartenaient plutôt à la sphère intime.

— Très bien. Mais il est presque 2 heures du matin. Vous êtes sûr de vouloir rester aussi tard ? Vous pourrez toujours lire le texte une fois qu'on aura dormi et pris une douche, par exemple.

Il la dévisagea avec une expression qu'elle ne parvint pas à déchiffrer. Une expression qui était un mélange d'émotions, en fait. Était-ce de la perplexité ? Du désir ? De la contrition ?

— Pourquoi n'aurais-je pas envie de rester ?

Elle se mordit la lèvre. Il y avait tant de réponses possibles, mais elle ne voulait s'attarder sur aucune d'elles, alors qu'il se penchait de nouveau sur son épaule et qu'elle sentait son souffle brûlant sur sa joue.

— Oubliez ce que j'ai dit. Je vous écoute.

Pendant qu'il commençait à lire, elle ignora le plaisir qu'elle éprouvait à l'entendre prononcer ses mots à elle. *L'héritière des hôtels Gregory renvoyée après la révélation de sa liaison secrète avec un candidat à la mairie de New York*, pensa-t-elle. *La fille de Joseph Gregory surprise en flagrant délit d'adultère avec son patron.*

Son père avait toujours été si fier de la réputation de leur famille. Tout comme elle. Les mots « scandale » et « liaison » n'étaient pas ceux qu'elle souhaitait accoler à cet héritage. Il n'y avait pas de cadavre dans leurs placards, pas d'employés maltraités, rien qui puisse ternir leur nom ou l'image de leur entreprise.

Elle ne pouvait pas être celle qui changerait ça. Surtout pas à un moment pareil.

19

Dans la soirée, l'équipe de campagne au grand complet se réunit devant un poste de télé. Les bureaux de vote venaient de fermer et tous attendaient les résultats. Les premiers chiffres étaient bons, en hausse même dans certains quartiers sur lesquels ils n'auraient pas misé – au point que Jorge entama une danse de la victoire.

— Rafael va gagner les primaires, déclara Jane. Je te parie qu'on participe à la campagne du tout premier maire latino-américain de New York.

— J'y ai cru dès le début, affirma Mac. Tout le monde disait que j'étais cinglé d'accepter ce poste de directeur de campagne, mais je sais reconnaître un bon candidat.

— De la même façon que tu sais reconnaître un bon melon ? répliqua Nina.

À en juger par sa mine, Mac se demandait comment prendre sa remarque.

— C'est une citation de *Quand Harry rencontre Sally*, expliqua Jane en riant.

— Oh. J'ignorais que les gens comme toi regardaient des films normaux.

Blessée, Nina ne répondit pas.

— Tu plaisantes ? s'insurgea Jane. Nina est tout ce qu'il y a de plus normal. Elle a juste des chaussures qui coûtent plus cher que mon loyer. Et elle transforme le nom des saisons en verbe. Mais à part ça, elle pourrait être le sujet d'un article du genre « Les héritières sont des filles comme nous ! ».

Nina avait des amies – Priscilla, par exemple – qui portaient la fortune de leurs parents en étendard. Mais, depuis qu'elle avait découvert les prêts bancaires contractés par Leslie afin de financer ses études, elle était gênée de constater combien tout avait été facile pour elle. Travailler en dehors de son milieu lui donnait un peu de recul. C'était l'une des raisons qui lui faisaient apprécier de prendre part à cette campagne électorale. Elle baissa les yeux sur ses Manolo Blahnik. Peut-être éviterait-elle de revenir avec au bureau désormais.

— *Estiver* et *hiverner* sont des verbes attestés par le dictionnaire, dit-elle en s'abritant derrière un sourire. Je suis bien placée pour le savoir. Les verbes, c'est mon rayon.

Cet échange divertissait Jane, mais Mac semblait toujours mal à l'aise, et Nina se demanda si elle n'avait pas eu la même expression que lui avant de se ressaisir. Puis son téléphone portable vibra dans sa poche, et elle s'écarta du groupe.

— Ton père ? dit doucement Jane, l'air tout de suite inquiète.

Nina s'étonnait toujours de voir le visage de sa collègue exprimer la moindre de ses émotions. On savait en permanence à quoi s'en tenir avec elle.

Elle secoua la tête en lisant le message qu'elle venait de recevoir.

— C'est Tim, dit-elle avec soulagement. Il nous souhaite bonne chance et demande où en sont les résultats.

— J'adore votre histoire. C'était ton meilleur ami, et maintenant bien plus encore. Je pourrais caser un article sur vous deux dans n'importe quel journal, tu sais.

— Comme tous les pros de la com, plaisanta Nina. Mais ce n'est pas notre genre.

Les paroles de Jane la firent pourtant réfléchir. Tim était plus que son meilleur ami, oui, et en même temps moins que ça à présent. Elle ne pouvait pas lui parler des sentiments contre lesquels elle devait lutter au travail. De l'attirance qu'elle éprouvait malgré elle pour Rafael. De ses pensées hantées toute la journée par le souvenir de son souffle sur sa joue et de la peau douce de son cou. Avant, elle aurait pu se confier à lui. Mais elle avait perdu son confident et troqué leur amitié contre une autre relation qu'elle n'était pas sûre de préférer. Ou dont elle essayait peut-être de se dire qu'elle la préférait. La question de Leslie résonna une fois de plus dans sa tête : *Pourquoi te sens-tu obligée de t'y habituer ?* Toutes les réponses qui lui venaient à l'esprit lui semblaient mauvaises.

Elle observa les autres employés et vit Rafael se tourner vers elle juste avant qu'il s'empare d'une télécommande pour monter le son de la télé. Toutes les conversations s'interrompirent.

— Flash spécial concernant la course à la mairie de New York, disait le présentateur. 92 % des bulletins de vote ont été dépouillés et nous pouvons annoncer officiellement que Rafael O'Connor-Ruiz a remporté les primaires !

Tout le QG de campagne explosa de joie. Mac commença à échanger des « tope-là ! » avec les gens autour de lui. Jane étreignit Nina. Des bouchons de champagne sautèrent à travers la pièce et Jorge refit sa danse de la victoire.

Croisant le regard de Rafael, Nina leva les pouces en l'air.

— Félicitations, dit-elle alors qu'il s'approchait d'elle. *Felicitaciones*.

Jamais elle ne l'avait vu sourire ainsi.

— Puis-je vous serrer dans mes bras pour vous remercier ? Je n'y serais pas arrivé sans vous – et je suis sincère.

— Bien sûr. Mais vous auriez tout à fait pu y arriver sans moi, je vous assure.

Elle se força à garder le visage de Tim en mémoire lorsqu'elle sentit pour la première fois le corps de Rafael contre le sien. Son cœur contre son cœur. Le temps s'étira, jusqu'à ce qu'elle remarque le portable brandi en face d'eux.

— Rafael O'Connor-Ruiz embrasse l'auteur de ses discours, Nina Gregory, pour célébrer sa victoire ! cria Samira. Je poste ça tout de suite sur Twitter !

Nina s'écarta de lui.

— Le discours de ce soir vous convient toujours ? demanda-t-elle, encore électrisée par son contact. Si jamais vous voulez modifier certains points, nous avons encore quelques minutes devant nous.

— Il me convient parfaitement, répondit-il en lui pressant le bras.

Elle resta maîtresse d'elle-même et sourit, mais le sang pulsait à ses tempes. Si elle ne faisait pas attention, comprit-elle, l'avenir que Tim et elle avaient envisagé pourrait disparaître en un instant. Elle était en train de tomber amoureuse de son patron.

20

Le lendemain matin, après un footing le long de l'Hudson, Nina quitta son appartement de Tribeca et prit un taxi. Rafael ayant accordé une journée de repos à toute son équipe, elle avait décidé de la passer avec son père et de lui faire une surprise en proposant à Tim de les rejoindre au moment du dîner. Elle n'attendait pas de son père qu'il fasse un don à la campagne de Rafael, ni même qu'il approuve son travail. Il avait juste à être là. À rester vivant. À se poster en sentinelle entre elle et la peur qui la rongeait dès qu'elle pensait à ce que serait sa vie quand il ne serait plus là.

Carlos lui ouvrit à son arrivée.

— Comment va-t-il ce matin ? demanda-t-elle en laissant son sac à main sur la banquette du vestibule.

— Il n'est pas au mieux de sa forme.

C'était ce qu'elle appréciait chez cet infirmier : il n'édulcorait jamais la réalité.

Elle s'arma de courage en se dirigeant vers la chambre de son père.

— Papa ? dit-elle en frappant à sa porte. Papa ? C'est moi.

Un grognement lui parvint. Inquiète, elle entra. Son père se tordait de douleur sur son lit en serrant les dents.

— Carlos ! cria-t-elle.

— Mes cachets…, dit son père. S'il te plaît, ma chérie…

Elle aperçut des antalgiques sur la table de nuit et s'empressa de lui en donner un.

— Qu'y a-t-il ? demanda Carlos en accourant juste au moment où Joseph Gregory prenait le cachet d'une main tremblante et le portait rapidement à sa bouche.

Durant quelques instants interminables, Nina contempla, impuissante, les traits déformés du visage de son père jusqu'à ce qu'il se détende.

— Tu ne m'avais pas dit que ton état s'était autant dégradé, murmura-t-elle.

Il tourna vers elle ses yeux bleus vitreux et entrelaça ses doigts avec les siens pendant que Carlos s'éclipsait.

— Je ne voulais pas que tu le saches.

— J'espérais qu'on pourrait aller se promener au parc, mais… si tu ne l'as pas terminée, qu'est-ce que tu dirais de reprendre cette grille de mots croisés qu'on a commencée il y a quelques jours ? À moins que tu aies envie de faire autre chose ?

— Des mots croisés, c'est très bien, répondit-il d'une voix à peine audible.

Pendant qu'ils remplissaient la grille, Nina s'émerveilla de voir que, même assommé par la douleur et les médicaments, son père gardait l'esprit plus vif que la plupart des personnes de son entourage. Elle en eut les larmes aux yeux.

— Je t'aime, papa. Tellement que c'en est parfois douloureux.

— Ma chérie… Ces jours-ci, mon amour pour toi me fait souffrir en permanence. J'ai l'impression que je suis en train de te laisser tomber. Je ne voulais pas ça.

Nina se leva de sa chaise et se pencha pour le serrer dans ses bras avec précaution tant il avait l'air frêle.

— Je m'en doute bien. Et tu ne m'as jamais laissée tomber.

— Écoute-moi… J'ignore combien de temps il me reste et il y a certaines choses que tu dois savoir. J'y ai pensé toute la semaine.

— Je t'écoute, dit-elle en s'asseyant sur le bord du lit.

— Ton grand-père répétait toujours qu'on n'est rien sans son nom…

Nina devina à sa voix l'effort que son père faisait. C'était comme s'il avait eu juste assez d'air dans les poumons pour parvenir à la fin de sa phrase.

— N'oublie jamais ça quand tu prendras ma relève. Quoi que tu fasses, dis-toi que ce n'est pas seulement pour toi, mais aussi pour ton grand-père et pour moi. Nous avons créé une entreprise qui perdurera après notre mort, et ton travail consiste à préserver cet héritage. Tu sais l'importance que j'y attache.

— Oui, papa.

Toute sa vie, son père lui avait parlé de l'héritage des Gregory et de ce que ses grands-parents avaient fait pour le construire et le consolider. Son grand-père voulait que ce nom soit synonyme de succès et de luxe, sa grand-mère, d'élégance et de culture. Pour cette raison, elle avait commencé à acheter des œuvres d'art et était entrée au conseil d'administration du Metropolitan Museum. Joseph Gregory avait marché dans leurs pas. Il avait enrichi la collection maternelle et exposé ses nouvelles acquisitions dans son appartement new-yorkais et à la réception des hôtels Gregory. Puis il avait remplacé sa mère au conseil d'administration du Met après sa mort. Et plus tard, lorsqu'il avait pris la tête de la Gregory Corporation, il avait parachevé la réussite de son père en faisant de leur héritage familial un symbole non plus seulement d'innovation, mais également de pouvoir. Nina ne savait pas encore très bien quelle pierre elle apporterait à cet édifice, elle sentait néanmoins tout le poids de cette responsabilité.

— Tu as lu les documents financiers ? L'enveloppe que je t'ai remise la semaine dernière… Tu l'as apportée avec toi ?

Nina soupira, le ventre noué comme chaque fois qu'elle décevait son père.

— Je n'ai pas encore eu le temps, papa. Je suis désolée. Elle est chez moi. La campagne pour les primaires ne m'a pas laissé une minute de répit.

Il resta un instant silencieux.

— Dans ce cas, je veux juste te prévenir que, si jamais tu découvres quelque chose…

Mais il hésita ensuite.

— Qu'est-ce que tu veux dire, papa ?

— Non, ce n'est rien, lâcha-t-il d'un air abattu. On en reparlera quand tu auras parcouru les documents.

— Il faut que je fasse attention à un point particulier ?

Elle se demanda s'il s'agissait d'un test. S'il avait caché une erreur quelque part afin de vérifier qu'elle était capable de le remplacer. S'il n'essayait pas de s'assurer que son intelligence atteignait bien le niveau à 2 000 dollars.

— On discutera de ça ce week-end. Mais le plus tôt sera le mieux, d'accord ?

L'angoisse monta en elle.

— Ton médecin a dit que tout irait bien jusqu'en janvier. On a encore largement le temps d'en parler.

C'était ce qu'elle ne cessait de se répéter. Ce qu'elle ne *devait* cesser de se répéter.

— Son pronostic ne relève pas d'une science exacte, ma chérie. Tu es plus intelligente que ça, quand même.

Ces paroles la blessèrent. Comme toujours.

— Encore un détail, dit-il en agrippant sa main. Je ne veux pas que tu finisses ta vie en ayant des regrets.

— Parce que tu en as, toi ? Tu regrettes quelque chose ?

Il bougea la tête, mais d'une telle façon qu'elle ne put dire s'il acquiesçait ou pas.

— J'aurais juste aimé… J'aurais aimé avoir plus de temps avec ta mère. J'aurais aimé…

— Moi aussi, dit-elle si bas qu'elle ne fut pas sûre d'avoir été entendue.

Il chercha son souffle avec cet air déterminé qu'il affichait quand il s'apprêtait à faire une déclaration importante.

— Timmy t'aime, tu sais.

— Moi aussi.

— Quand on s'est parlé hier soir, il m'a demandé… Comment dire… Je ne veux pas tout gâcher, mais TJ et moi avons toujours espéré que cela arriverait.

Nina se raidit. Cela voulait-il bien dire ce qu'elle pensait ?

Son père lui reprit la main.

— Je suis content que tu aies quelqu'un pour veiller sur toi. Quelqu'un qui se soucie aussi de notre entreprise. Quelqu'un qui nous comprend.

Nina hocha la tête, trop surprise pour répondre. Tim et elle ne sortaient ensemble que depuis huit mois. Certes, ses parents n'avaient guère mis plus de temps à se fiancer, mais elle aurait aimé savoir ce que sa mère s'était dit en les voyant tous les deux bébés. Avait-elle considéré elle aussi qu'ils étaient faits l'un pour l'autre ? Ou l'aurait-elle poussée à explorer le monde et s'en aller faire des rencontres sur les plages de Barcelone, de Rio ou de Tel-Aviv ? Lui aurait-elle conseillé de ne pas suivre la voie la plus sûre ?

— Je suis désolé, ma chérie, mais je suis fatigué. Je me sens… un peu faiblard aujourd'hui.

Cansabil, pensa-t-elle. Fatigué et faiblard. Parce qu'elle avait constamment sa mère à l'esprit, le mot lui était venu facilement.

— Si on regardait un film ? proposa-t-il. Comme au bon vieux temps. Tu resteras dans ma chambre jusqu'à ce que tu t'endormes, et ensuite…

— Tu me porteras dans la mienne afin que je me réveille dans mon lit demain matin, conclut-elle tout en sachant bien que son père ne pourrait plus la porter nulle part désormais.

Il en avait parfaitement conscience, lui aussi. Elle le vit essuyer une larme sur sa joue du revers de la main, mais fit comme si elle n'avait rien remarqué et choisit *Princess Bride*. Tous deux l'avaient déjà regardé un nombre incalculable de fois en riant aux répliques « Quelqu'un veut une cacahuète ? » et « Amusez-vous bien à casser le château ! ». Des répliques que plus personne peut-être ne trouvait drôles, mais qui un jour avait fait tant rire son père qu'il en avait recraché son eau pétillante par le nez.

Il y en avait une autre qu'ils aimaient bien aussi : « Je n'aime pas voir les gens mourir embarrassés », sauf qu'elle prenait une connotation plus sombre à présent. Nina prêta vaguement attention au film pendant que son père s'endormait, puis quitta la pièce sans éteindre la télévision.

Elle regrettait de ne pas avoir apporté les documents financiers avec elle ce jour-là. Au réveil de son père, elle aurait pu lui dire qu'elle les avait lus. Ils auraient parlé du sujet qu'il voulait aborder avec elle, et elle n'aurait pas eu à lire la désillusion sur son visage. Après tout ce qu'il lui avait donné, le moins qu'elle puisse faire était de ne pas le décevoir durant ses derniers mois sur terre.

21

Quand Tim arriva, Nina était dans la cuisine, entourée de livres de recettes. Faire à manger la détendait. Au moins, à ce poste, elle se sentait aux commandes. Après lui avoir donné des nouvelles de ses fils et de ses petits-fils jumeaux nouveau-nés, Irena était allée changer les draps dans les chambres. Nina avait alors cherché des recettes de soupe afin de faire un bouillon pour son père en même temps qu'elle préparait le dîner. Peut-être lui en ferait-elle pour plusieurs jours. Voire davantage, quitte à le congeler. De quelle quantité aurait-il besoin ?

Elle n'avait pas suivi de cours de psychologie depuis ses dix-neuf ans, mais elle avait gardé quelque part en mémoire l'idée que connaître l'issue d'un événement rassurait les gens. C'était pour cette raison que la ville de New York avait installé des horloges sur la plupart des quais du métro. Les trains ne passaient pas plus fréquemment, mais les passagers voyaient désormais à quel moment ils étaient censés arriver, et savoir s'ils allaient devoir attendre quatre ou sept minutes les rendait moins nerveux. Cela leur permettait de planifier la suite de leur trajet. Leur confiance dans les autorités s'en trouvait renforcée et toute la ville était un peu plus calme aux heures de pointe – preuve qu'il s'agissait d'une décision psychologiquement intelligente.

Nina regretta de ne pas avoir d'horloge similaire dans sa vie. Aurait-elle été sûre de n'avoir plus qu'un mois à passer avec son père, elle se serait conduite d'une certaine façon. Deux mois, ce n'était déjà pas tout à fait pareil. Ou trois mois. Quatre. Il n'avait sans doute guère plus de quatre mois devant lui, mais si tel était le cas, elle aurait abordé la situation différemment.

L'ignorance nous désoriente, songea-t-elle. *Sans certitudes, il nous est impossible de tracer notre chemin*. Mais, au fond, elle n'avait pas la moindre idée du temps qu'il lui restait à elle aussi. Tout ce que son père et elle avaient planifié ne servirait peut-être à rien. Pour ce qu'elle en savait, elle pouvait très bien mourir avant lui.

La voix de Tim résonna dans le vestibule.

— Salut ! Ça sent bon ici.

Il entra dans la cuisine et enroula ses bras autour d'elle.

— Mmm… toi aussi tu sens bon. Tu as un parfum de framboise. Ça fait trop longtemps que je ne t'ai pas vue.

— Tu m'as manqué, toi aussi, dit-elle en appuyant brièvement la tête contre lui.

Elle était toujours plus détendue en sa présence. Plus sereine. Comme si son sang pulsait à la bonne vitesse dans ses veines quand il était là.

Puis elle s'écarta pour prendre des épices dans un placard.

— Attends, dit-il en attrapant la poudre d'oignons qu'elle cherchait à atteindre.

— Merci. Tu veux me raconter ta journée pendant que je cuisine ?

— Il ne s'est pas passé grand-chose, répliqua-t-il en la regardant suivre les instructions de sa recette avec soin. Je crois que les investisseurs sont intéressés. Darren… tu te souviens de lui ? C'est le banquier qui nous aide à réunir les fonds dont on a besoin. Il a proposé qu'on dîne ensemble la semaine prochaine.

Après avoir émincé et assaisonné ses légumes, Nina vérifia sa recette et ajouta des poivrons.

— Je devrais pouvoir me libérer. Mais ça dépendra de la campagne.

Il s'avança vers elle par-derrière et posa ses mains en coupe sur ses seins.

— Quel bonheur ce sera quand elle sera terminée, dit-il en l'embrassant dans le cou. Je pourrai passer tellement plus de temps avec toi.

Nina se tortilla pour se libérer.

— Tim ! On est chez mon père !

— Et alors ? Ce n'est pas comme s'il risquait de nous surprendre.

Elle se figea.

— Je suis désolé, s'excusa-t-il aussitôt. Je suis désolé, désolé, désolé. Je ne voulais pas dire ça.

— Ce n'est rien, le rassura-t-elle en continuant à remuer ses légumes.

Mais ce n'était pas *rien*. Pas vraiment. Même si Tim l'accompagnait dans cette épreuve qu'était la maladie de son père, même s'ils étaient amis depuis toujours, il ne comprenait pas. Il ne voyait pas qu'elle avait l'impression d'être constamment sur des sables mouvants. Elle parvenait parfois à avancer – très souvent, en fait – mais il suffisait d'un rien pour qu'elle vacille.

— Hé, dit Tim en lui caressant les cheveux. Pardonne-moi. Je n'ai pas réfléchi.

— Je sais.

Elle ferma les yeux un instant et se concentra sur la sensation relaxante des doigts de Tim sur sa tête.

— Tu veux en parler ? demanda-t-il avec hésitation.

Oui, pensa-t-elle. Mais pas avec quelqu'un qui ne comprenait pas ce qu'elle ressentait. Plutôt avec Leslie. Ou Rafael.

— Non, non, ça va.

Elle se retourna vers lui et contempla son visage en s'interrogeant sur la mort. Quand sa mère était décédée, certaines personnes lui avaient dit que son heure était arrivée, voilà tout. Elle y avait puisé un certain réconfort à l'époque, comme si sa mère avait juste suivi les règles d'un jeu immémorial. Le temps passant, elle avait fini par en douter. Ce genre d'affirmation n'était-il pas un mécanisme de défense, un moyen de donner un sens à une tragédie ? Parce que, s'il n'y avait rien qui justifie que des gens meurent, s'il n'y avait pas de dieu pour les rappeler auprès de lui, il devenait plus difficile de s'expliquer leur disparition et de l'accepter.

— Tes cheveux sont si jolis, dit Tim.

Il les caressait toujours, mais elle n'y faisait pas attention. Son esprit était à mille lieues de là.

Si la vie était une série d'événements fortuits, alors seul le hasard faisait que sa mère avait eu un accident de voiture mortel et son père un premier cancer, puis un deuxième. Il aurait très bien pu tomber malade dix ans plus tôt ou plus tard, songea-t-elle en jetant les morceaux de poulet dans une casserole et en ajoutant ensuite les oignons et les poivrons. Dans ce cas, elle devait s'estimer heureuse qu'il ne soit pas mort avec sa mère. Ou quand il était plus jeune. Elle devait s'estimer heureuse d'avoir pu passer toutes ces années avec lui. Voilà ce qu'il fallait qu'elle garde à l'esprit.

Elle remua encore les légumes.

Mais elle n'y arrivait pas. Elle s'estimait heureuse, oui, mais elle était aussi furieuse. Contre la vie, contre la tournure prise par les événements et, chose absurde, contre son père. *Comment oses-tu m'abandonner avant que j'aie eu le temps de donner un but et un sens à ma vie ? Comment oses-tu m'abandonner avant que je sois prête à te voir partir ?*

Les légumes grésillèrent.

Tim lui massa les épaules.

Elle ôta la poêle du feu. Le repas était prêt.

22

Un peu plus tard, Nina alla voir son père.

— Tim est là, papa. Si on dînait ici ?

Elle ouvrit la double-porte qui séparait la chambre de son père et le petit salon attenant, puis dressa la table en acajou dans un coin. Il s'asseyait là tous les matins, avant, pour boire son café et lire le *New York Times* et le *Wall Street Journal*. Désormais, sa place restait vide et il n'avait pas touché aux journaux posés sur son chevet.

Une fois la table mise, Tim arriva avec un plateau chargé de nourriture.

— Timmy ! s'écria Joseph avec un large sourire tandis que Nina l'aidait à rejoindre sa chaise. Tu veux bien prendre la bouteille de Macallan sur l'étagère supérieure du bar ? Le moment me paraît bien choisi pour la boire.

Tim alla chercher la bouteille de whisky et Nina servit son père.

— Quel plaisir de dîner avec les deux personnes que je préfère au monde !

— À la vôtre, dit Tim.

— Oui, à la tienne, papa ! renchérit Nina, qui dut se concentrer sur la brûlure de l'alcool dans sa gorge pour ne pas pleurer.

Après avoir bu son verre et avalé un peu de soupe, son père grimaça.

— Quelque chose ne va pas ?

— Ce n'est rien, ma chérie. Je trouve moins confortable d'être assis qu'allongé.

Mais il ne put supporter la douleur beaucoup plus longtemps, et Nina finit par insister pour lui redonner un antalgique.

— Si ça ne vous ennuie pas, dit Tim en l'aidant à se recoucher, je vais vous voler votre fille et prendre le dessert avec elle dans la salle à manger.

Joseph esquissa un sourire malgré la souffrance.

— Oh, vas-y, je t'en prie.

À la fin du repas, Nina et Tim allèrent déposer leurs assiettes dans la cuisine.

— Je ne sais pas combien de temps j'arriverai à tenir, avoua-t-elle. Le voir dans cet état… c'est horrible. Il n'a jamais été aussi mal.

Tim laissa sa cuillère dans l'évier et la regarda en face. Nina perçut l'inquiétude dans ses yeux.

— On devrait se marier, dit-il après un silence.

— Pardon ?

— J'en ai parlé à ton père. On comptait sortir la bague de fiançailles de ta mère de son coffre-fort ce week-end, mais là… ça me semble trop loin. On pourrait se marier demain ou après-demain. Comme ça, ton père serait présent à notre mariage. Il suffirait de demander à son copain, le juge – comment s'appelle-t-il, déjà ? – de se déplacer et de nous marier ici.

Nina se sentit soudain oppressée. Cet étau autour d'elle était de retour. Elle ne pouvait pas épouser Tim le lendemain.

— Mais ça ne fait même pas un an qu'on est ensemble.

— Seuls les gens qui n'ont pas été amis toute leur vie ont besoin de se fréquenter longtemps avant de sauter le pas. Tu n'as rien de plus à apprendre sur moi. Et je n'ai rien de plus à apprendre sur toi pour être sûr qu'on devrait passer le restant de nos jours ensemble. C'est juste… une évidence. Nous deux, ç'a toujours été une évidence. On devrait être en couple depuis des années déjà.

Sauf qu'ils ne l'étaient pas. Elle avait eu de longues conversations à ce sujet avec Leslie depuis le mois de janvier.

« Ce n'est pas parce que ton père est de nouveau malade que vous êtes sortis ensemble, au moins ? lui avait demandé son amie. Je veux dire, ce n'est pas un problème en soi, à condition que tu ne le fasses pas que pour ça. »

Nina y avait réfléchi. Une partie de sa relation avec Tim s'expliquait ainsi, bien sûr. Toute décision était influencée par le moment où elle était prise, et rien n'existait dans le vide. Mais sa motivation ne s'arrêtait pas là. Alors qu'elle n'avait jamais voulu risquer de gâcher leur amitié avant, le diagnostic posé par les médecins lui donnait l'impression que… que le temps leur était compté. À eux tous. Et que le risque en valait peut-être la peine.

— Je pense qu'on avait peur, dit-elle à Tim. Si on était sortis ensemble et que ça n'avait pas marché, plus rien n'aurait été comme avant entre nous.

— Seulement il se trouve qu'on n'avait pas à avoir peur. Et maintenant on peut officialiser notre relation. Toi et moi à jamais ensemble.

Elle prit sur elle pour contrôler son expression, sourire et acquiescer, mais elle paniquait. Il avait raison. Elle adorait être avec lui, passer du temps en sa compagnie. Il en avait toujours été ainsi.

Tim la fixa en inclinant la tête.

— Tu veux un grand mariage, c'est ça, hein ? Une belle robe, une salle de bal, des danses… ça fera de la publicité pour les hôtels. Moi aussi, j'ai envie de ça. On devrait faire une énorme fête, comme tes parents. Mais plus tard. Commençons par une cérémonie intime, rien que pour ton père. On organisera un truc plus important ensuite avec tout le monde.

C'était une proposition rationnelle. Tout paraissait toujours si rationnel avec lui. Mais sa raison avait beau l'approuver, son cœur – ce cœur incontrôlable – n'était pas au diapason. L'image de Leslie s'imposa à elle. Elle savait ce que son amie aurait dit.

— Ça ferait sens, oui, mais faut-il se marier simplement parce que ça fait sens ?

Tim pâlit.

— Tu ne veux pas m'épouser ?

— Non ! s'écria-t-elle en reposant l'assiette qu'elle tenait pour lui prendre la main. C'est juste que… je crois que j'espérais une demande en mariage qui ne soit pas motivée que par l'état de santé de mon père.

— Évidemment qu'elle n'est pas motivée que par son état de santé, dit-il en l'embrassant sur le haut du crâne. Je considérais ça comme acquis.

Nina enroula les bras autour de lui et écouta battre son cœur. *Dis oui*, répétait-il en boucle. *Dis oui, dis oui, dis oui.* Elle s'apprêtait à le faire quand il reprit la parole.

— Je vois que j'ai tout foiré. Oublions cette conversation. Je vais aller chercher la bague et ensuite, je te ferai une demande en bonne et due forme. Tu auras la totale : la soirée au resto, le menu gastronomique du Per Se, un discours pour te dire tout ce que tu représentes pour moi et un solitaire caché dans ton dessert. D'accord ?

Elle éclata de rire.

— D'accord.

Tim sourit. Il avait l'air si soulagé qu'elle l'embrassa.

23

Ils avaient prévu de sortir avec des collègues de Tim après le repas, mais Nina se sentait trop fatiguée pour faire bonne figure devant eux.

— Ça t'ennuie si je passe mon tour pour cette fois ? C'est juste que… je ne peux pas.

— Tu veux que j'annule, moi aussi ? demanda-t-il en l'observant avec inquiétude.

— Non, ça ira. Vas-y, toi. Amuse-toi pour deux.

— Tu es sûre ? Je peux te tenir compagnie, tu sais.

— Ça ira, répéta-t-elle. Je ne veux pas que tu rates une soirée sympa par ma faute.

Il la fixa encore un moment, comme s'il voulait s'assurer qu'elle disait bien la vérité. Il dut conclure que c'était le cas parce qu'il acquiesça.

— D'accord. On se verra demain.

Il l'embrassa et partit.

Faire le trajet jusqu'à Tribeca parut un effort insurmontable à Nina, qui décida de rester dormir chez son père. Elle rangea la cuisine, puis songea à appeler Leslie afin d'essayer de décrypter avec elle la demande en mariage suspendue de Tim. Elle y renonça toutefois, faute de savoir ce qu'elle lui dirait. Elle avait trop de mal à déterminer ce qu'elle ressentait pour l'expliquer à quiconque. Elle envisagea ensuite de proposer à Priscilla d'aller fêter la victoire de Rafael un soir dans la semaine, mais finit là encore par y renoncer. À la place, elle s'assit sur le canapé avec Carlos. Dans l'espoir de fuir sa propre vie un instant, elle feuilleta un exemplaire du *New Yorker* pendant que l'infirmier lisait sur un Kindle. Après avoir perdu le fil d'un article trois fois d'affilée, elle abandonna le magazine et offrit à Carlos de lui servir un verre.

Il prit une bière, et elle un deuxième whisky. Mais pas le Macallan. Il lui semblait qu'elle avait besoin de la permission de son père pour ça. La pensée la traversa soudain qu'après sa mort cette bouteille serait à elle. Cela lui fit l'effet d'un coup de poing dans le ventre. Elle n'aurait plus à demander à personne si elle pouvait en boire. Elle ferma les yeux. *Trombones. Agrafes. Carrelage.*

Lorsqu'elle parvint à se ressaisir, elle remarqua que Carlos l'observait avec compassion.

— Vous traversez une sale période, dit-il. Vous avez sûrement l'impression que rien n'ira plus jamais bien, mais c'est faux. Je vous le promets.

Elle fit tourner son whisky dans son verre et regarda le petit tourbillon qu'elle avait créé s'estomper peu à peu. Les réponses à ses questions se trouvaient-elles là, dans ce liquide ambré et chatoyant ?

— Je sais, dit-elle sans y croire.

Un silence amical s'installa entre eux. Carlos reprit sa lecture et elle resta perdue dans ses pensées jusqu'à ce qu'elle décide d'aller se coucher.

— Il va souvent mieux le matin, dit-il alors qu'elle se levait du canapé.

Elle hocha la tête et longea le couloir vers sa chambre d'enfant, qui même après toutes ces années avait conservé le papier peint jaune pâle à chevrons que Caro lui avait choisi quand elle avait huit ans et le grand lit à baldaquin qu'elle-même avait voulu pour ses dix ans. Sur sa commode, une photo prise à peu près à cette époque-là la montrait avec Tim sur une aire de jeux de Riverside Park. Tous deux étaient suspendus à une barre, la tête à l'envers. Leurs sourires avaient l'air de grimaces, et son père, visible sur le bord du cliché, les surveillait avec attention, prêt à intervenir dès que l'un d'eux menacerait de tomber. Il ne l'avait pas souvent emmenée là-bas, mais lorsqu'il le faisait, elle était pour lui le centre du monde.

Nina contempla le cliché en repensant à ces milliers de choses, grandes et petites, qu'elle avait partagées avec Tim. Que ce soit dans les moments de joie ou de peine, tout était mieux avec lui. Toujours.

Je devrais vraiment l'épouser, songea-t-elle.

24

Cette nuit-là, Nina se réveilla à 3 heures du matin, paniquée. Elle avait rêvé qu'elle jouait à cache-cache avec son père. Elle avait deux ans et trente-deux à la fois, courait dans tout l'appartement sans le trouver nulle part – ni sous la table, ni derrière les rideaux, ni dans la baignoire – et finissait par lui crier de sortir de sa cachette, aussi affolée qu'elle l'avait été à neuf ans, quand il avait voulu aller au marché de Noël, sur Union Square, acheter des cadeaux à ses employés. Sa mère était morte un an plus tôt – ce Noël-là devait d'ailleurs marquer le premier anniversaire de sa disparition – et elle n'avait pas du tout eu envie de l'accompagner au début.

« Je t'achèterai un chocolat chaud avec de la chantilly dessus, lui avait-il dit. Un beignet au cidre de pomme. Ou même les deux. Tout ce que tu voudras.

— Pourquoi pas les deux, plus un énorme sucre d'orge ? »

Son amie Melinda en avait apporté un à l'école et tout le monde avait trouvé ça super-cool.

« Marché conclu. »

Ils étaient donc partis, tous les deux bien emmitouflés contre le froid.

Ils passaient devant un stand débordant de marionnettes quand, distraite par l'une d'elles, semblable à une girafe, elle avait perdu son père de vue – à moins que ce ne soit lui qui ait perdu de vue sa petite tête engloutie par une foule de gens bien plus grands qu'elle.

Son cœur s'était mis à cogner lorsqu'elle s'en était rendu compte.

« Papa ! Papa ! »

Depuis la mort de sa mère, elle détestait ne pas savoir où il était. Il lui avait donné une copie de son agenda qu'elle gardait avec elle à l'école afin de pouvoir toujours le localiser en cas de besoin. C'était la seule chose capable de calmer la panique qui la submergeait parfois au moment où elle s'y attendait le moins. Pendant la récréation, au beau milieu d'un cours d'éducation artistique, dans la voiture conduite par la jeune fille au pair qui la ramenait chez elle après la classe. Mais là ? Il avait disparu et son agenda ne lui dirait pas où il était.

« Papa ! avait-elle encore crié, sans savoir quoi faire d'autre. Papa ! »

Juste à cet instant, son père avait fendu la foule et l'avait soulevée dans ses bras. À neuf ans, elle était bien trop grande pour qu'il la porte ainsi comme un bébé, mais elle avait été si soulagée.

« Je suis désolé, avait-il dit en la reposant. Je suis vraiment, vraiment désolé. Je n'avais pas vu que tu t'étais arrêtée.

— Et moi je n'avais pas vu que tu avais continué d'avancer, dit-elle en luttant pour ne pas pleurer.

— C'est ma faute. Tu n'as rien fait de mal. »

Puis il l'avait prise par la main, elle avait refoulé ses larmes, et tous deux avaient déambulé sur le marché en remerciant ceux qui leur souhaitaient un joyeux Noël et en poursuivant leurs achats jusqu'à ce qu'ils aient trouvé un cadeau pour tous les employés des hôtels Gregory.

Des années plus tard, elle avait compris en y repensant la culpabilité que son père avait éprouvée ce jour-là. Il était veuf, et son bien-être à elle dépendait entièrement de lui. Même s'il était aidé, il restait son seul parent encore en vie.

Lorsqu'elle se réveilla en sursaut, son T-shirt et son pantalon de pyjama étaient trempés de sueur. Elle avait entendu parler de ces gens qui rêvaient de la mort d'un être cher et qui apprenaient à leur réveil qu'elle était bien réelle. Qu'en était-il des rêves où vous n'arriviez pas à retrouver cette personne ? Avaient-ils une signification quelconque ? Elle mit ses lunettes et longea le couloir dans le noir pour vérifier que son père allait bien. Mais la distance lui parut soudain si grande… Elle se mit à courir en sentant la panique enfler en elle à chaque pas.

En entrant dans la chambre de son père, elle devina que quelque chose n'allait pas. La terreur envahit chaque parcelle de son corps. Il ne respirait pas. Sa poitrine ne se soulevait pas, ne s'abaissait pas. Il était immobile. Si immobile.

— Papa ! cria-t-elle, comme elle l'avait fait au marché de Noël de Union Square. Papa !

Elle se précipita vers lui, déjà en pleurs.

— Papa, non, non, tu ne peux pas faire ça !

Elle posa les mains sur ses joues, puis pressa sa cage thoracique pour tenter de faire repartir son cœur.

— Non ! Et si j'ai besoin que tu me retrouves encore ?

Mais elle savait, au fond d'elle-même, qu'il ne pourrait plus jamais la retrouver.

25

Après que Carlos eut noté l'heure du décès – une heure peut-être éloignée de plusieurs minutes, sinon davantage, de la réalité –, Nina ne sut pas quoi faire. Elle ne faisait que penser à un article qu'elle avait lu un jour sur un médecin du Massachusetts, ayant tenté de déterminer avec certitude si l'être humain avait une âme. Il avait étendu un homme mourant sur une table et l'avait pesé en permanence durant les heures précédant son décès.

Au moment de sa mort, l'homme avait perdu 21 grammes, et le médecin en avait conclu que ce poids correspondait à celui de l'âme quittant le corps du défunt.

Tim lui avait envoyé l'article quand ils étaient à l'université. En faisant quelques recherches, Nina avait découvert que le médecin avait mené l'expérience en 1911 et n'avait jamais été capable de la reproduire à l'identique. Il devait y avoir une autre explication à la perte de ces 21 grammes, avait-elle alors supposé.

Mais elle s'interrogeait à présent. L'âme existait-elle vraiment ? Celle de Joseph Gregory était-elle en train de s'échapper de son corps ? Flottait-elle dans cette pièce où elle était assise ?

— Je dois prévenir son centre de soins palliatifs, l'informa Carlos. Mais ils ne viendront le chercher que lorsque vous serez prête. Dites-moi de combien de temps vous avez besoin et je leur demanderai de ne pas passer avant.

Nina le fixa, complètement désemparée. Quelle était la bonne réponse à cette question ? Quel était le délai convenable ? Elle se tourna vers son père. De son vivant, c'était auprès de lui qu'elle aurait cherché conseil.

Elle eut soudain envie de lui brosser les cheveux avant que quelqu'un le voie. De les lui couper un peu, aussi. Elle n'avait jamais fait ça pour personne jusque-là. Pas même pour elle. La plupart des enfants jouaient au coiffeur à un moment ou à un autre, mais elle, non. Jamais. Fallait-il des ciseaux spéciaux ?

Carlos la dévisageait en attendant qu'elle se décide.

— Je suis désolée… Vous disiez ?

— Voulez-vous appeler un proche, un parent ? Ça vous ferait peut-être du bien d'avoir quelqu'un avec vous.

Elle hocha la tête, sans pour autant aller chercher son portable. L'idée d'expliquer la raison de son coup de fil et de prononcer à voix haute les mots tant redoutés la paralysait.

— Votre ami, peut-être ?

Elle hocha encore la tête.

— Vous devriez lui téléphoner, insista Carlos.

Cette fois, elle sortit de la pièce. Elle appela Tim en revenant dans la chambre de son père, mais tomba tout de suite sur sa messagerie. Elle raccrocha et opta pour un texto. *Mon père est…* Mais elle ne put se résoudre à appuyer sur le *m*. *Mon père nous a quittés*, tapa-t-elle tandis que les touches se brouillaient sous ses yeux. Elle aurait voulu ajouter qu'elle avait besoin de lui. Qu'elle se sentait seule, plus seule qu'elle ne l'avait jamais été de toute sa vie. Que la bague de fiançailles de sa mère n'avait aucune importance, et le romantisme pas davantage. Qu'ils devraient se marier sur-le-champ.

Mais elle ne dit rien. Et lui non plus.

Son téléphone resta silencieux. Où était-il, bon sang ?

— Il ne répond pas, dit-elle à Carlos en essayant de refouler ses larmes et la panique qui la gagnait.

— OK. Alors, voilà ce qu'on va faire. Je vais passer quelques coups de fil. Vous pouvez rester ici avec votre père, si vous voulez, ou bien retourner dans votre chambre, vous asseoir sur le canapé, sortir marcher un peu, appeler une amie… comme bon vous semble. Et je demanderai au centre de soins de nous accorder quelques heures.

Nina acquiesça et inspira à fond. Pendant que Carlos quittait la pièce, elle s'approcha de son père et reboutonna le haut de son pyjama, qui s'était ouvert sur les poils blancs clairsemés de son torse. Les larmes aux yeux, elle se pencha pour l'embrasser sur la joue.

— Tu n'imagines même pas combien tu vas me manquer, murmura-t-elle.

Puis elle pleura en songeant qu'il ne saurait jamais qu'elle avait dit ça.

26

Nina veilla son père en lui tenant la main. Sa peau lui paraissait de plus en plus froide à mesure que le temps passait, mais elle n'aurait su dire si le phénomène était réel ou si c'était simplement ce à quoi son cerveau s'attendait. Un passage du *Labyrinthe de la solitude*, qu'elle avait étudié à l'université et lu bien souvent depuis, ne cessait de résonner en elle : *La soledad es el hecho más profundo de la condición humana. El hombre es el único ser que sabe que está solo.* Cette phrase tournait en boucle dans sa tête, tantôt en espagnol, tantôt en anglais. *La solitude est l'élément déterminant de la condition humaine. L'homme est le seul être à savoir qu'il est seul.* Et elle se sentait si seule, justement.

Au bout d'un moment, elle regarda l'heure. 3 h 40. Leslie mettait son téléphone en mode silencieux la nuit, mais elle tenta tout de même de la joindre, juste au cas où son amie aurait été réveillée. Elle ne l'était pas. Nina raccrocha avant d'entendre l'annonce de sa messagerie. Il fallait qu'elle prévienne TJ aussi, songea-t-elle. Il savait quelle devait être la suite des événements – comment son père voulait être enterré, qui était censé publier le communiqué de presse de la Gregory Corporation, avec quel texte et quelle photo.

Ses yeux se posèrent une fois de plus sur l'horloge. Elle pouvait bien laisser TJ dormir encore un peu. Lui accorder au moins une bonne nuit de sommeil avant qu'il ait à affronter la mort de celui qui avait été son meilleur ami durant cinquante ans.

Elle reprit son téléphone et envoya un mail à Rafael et Jane, avec pour objet : *Mon père*. Son texte se résuma à ces quelques mots : *La nouvelle n'est pas officielle encore, mais je ne viendrai pas travailler aujourd'hui*. Avec un peu de chance, elle parviendrait à participer à la campagne électorale jusqu'au bout. Ils n'étaient plus qu'à sept semaines du grand jour. Peut-être pourrait-elle occuper son poste tout en prenant la relève de son père à la tête de la Gregory Corporation. Serait-il si difficile de jongler entre les deux ? Elle avait espéré avoir plus de temps devant elle, mais c'était une erreur de sa part. Elle était plus futée que ça, tout de même.

Alors qu'elle cherchait comment s'organiser, son portable sonna et le nom de Rafael O'Connor-Ruiz s'afficha à l'écran. Elle ne lui avait encore jamais parlé au téléphone. Il avait dû décider de l'appeler aussitôt après avoir vu son message, et savoir qu'il se souciait assez d'elle pour faire ça la toucha énormément.

— Bonjour, dit-elle en s'efforçant de ne pas trahir son émotion.

— Nina, Nina…

— C'est moi, réussit-elle à plaisanter.

— Je ne dormais pas… Je ne dors pas beaucoup ces derniers temps, de toute façon. Je voulais juste m'assurer… il y a quelqu'un avec vous ?

— Oui, Carlos. L'infirmier de mon père. Il doit être en train de contacter le centre de soins palliatifs, et sans doute aussi les pompes funèbres pour qu'elles viennent chercher…

Elle ne put finir sa phrase. Elle essaya, mais c'était au-dessus de ses forces.

— Vous voulez que je vienne ? Je peux, si vous avez besoin d'une présence à vos côtés.

Ce serait agréable d'avoir quelqu'un sur qui s'appuyer et à qui demander conseil, songea Nina. Seulement, quelle que soit la nature du lien qui s'était créé entre eux, Rafael restait son patron, rien de plus.

— C'est très gentil, mais ce ne sera pas nécessaire. (Elle s'interrompit, craignant de devoir raccrocher et de se retrouver de nouveau seule.) Peut-être qu'on peut discuter au téléphone, en revanche.

— Tout ce que vous voulez, Palabrecita. Je sais à quel point c'est horrible de perdre un de ses parents. Vous préférez que ce soit moi qui parle ?

Parce qu'elle ne pouvait se résoudre à s'éloigner de son père, Nina s'assit à la table du petit salon adjacent. Elle se rappelait le soir où Leslie avait perdu sa mère et où elles avaient roulé toutes les deux du Connecticut jusqu'à l'est du Massachusetts. Elles avaient rejoint le père et les trois sœurs de son amie dans la chambre funéraire d'une maison de pompes funèbres pour veiller le corps, conformément à une coutume juive, la *shemira* – une coutume dont Nina ignorait tout jusque-là. Leslie aussi, d'ailleurs. Ses parents n'avaient jamais été très pratiquants, mais lorsqu'elle était tombée malade, sa mère avait lu tout ce qu'elle pouvait sur les rituels juifs entourant la mort, et elle avait voulu que ses proches respectent la *shemira*, c'est-à-dire qu'ils restent assis auprès d'elle de l'instant de son décès jusqu'à son enterrement le lendemain, afin de veiller sur elle et de ne pas l'abandonner avant qu'elle soit portée dans sa nouvelle demeure au cimetière. Nina avait d'abord été horrifiée de rester là, à parler près d'un cadavre – elle-même n'avait jamais vu le corps de sa mère après son décès –, mais elle y avait ensuite trouvé quelque chose de réconfortant. D'une certaine façon, cela normalisait la mort.

— Vous avez déjà passé la nuit dans une chambre funéraire ? demanda-t-elle à Rafael.

— Non. Et vous ?

— Oui, quand la mère de ma camarade de chambre à l'université est morte. C'est une tradition juive, ou peut-être plutôt une pratique, mais qui n'est pas très répandue.

— En quoi consiste-t-elle ?

Nina imagina Rafael s'appuyant contre les oreillers de son lit.

— Le père de Leslie a dit qu'on était censés prier et lire des textes sacrés, mais nous avons plutôt évoqué la défunte. Tout le monde a raconté des anecdotes à son sujet. Même moi. J'ai expliqué combien je lui avais été reconnaissante le jour où avec Leslie, on a emménagé au début de notre première année à l'université. Mon père était là et, bien sûr, il ne voulait pas s'en aller, alors la mère de Leslie a pris les choses en main et l'a entraîné hors de la pièce en le persuadant de passer chez Mory's, le temps que Leslie et moi on fasse connaissance et qu'on rencontre les autres étudiants de notre étage. Il faut une forte personnalité pour mener mon père à la baguette, et ça m'a épatée qu'elle en soit capable au bout de quelques heures seulement.

Nina s'adossa à sa chaise. C'était celle qu'avait occupée Tim un peu plus tôt ce soir-là pendant le dîner, et cela lui paraissait remonter à des années-lumière.

— Vous voulez partager un souvenir lié à votre père ? demanda Rafael. Ou moi je peux en partager un avec vous.

— Ah oui ?

Elle dressa l'oreille. Ce qu'il allait dire lui semblait tout à coup incroyablement important.

— Je ne le connaissais pas, mais je l'ai entendu faire un discours un jour et cela a changé ma vie.

— Vous n'êtes pas sérieux ?

Elle n'arrivait pas à croire qu'il ne l'ait jamais mentionné malgré toutes leurs conversations et toutes leurs sessions de travail ensemble.

— Pourquoi ne m'en avez-vous pas parlé avant ?

— C'est tout à fait sérieux. Et je ne vous en ai pas parlé pour ne pas risquer de changer l'image que vous aviez de moi. Je… je tenais à ce que les choses soient claires : c'est la personne que vous êtes, vous, qui rend précieuse votre contribution à ma campagne. Pas celle qu'est votre père.

— Celle qu'il était, le corrigea-t-elle en tournant les yeux vers le corps immobile, semblable à présent à une statue de cire.

— Celle qu'il est, insista Rafael. Même s'il vous a quittée, il reste votre père. Il ne cesse pas de l'être sous prétexte qu'il n'est plus là.

Après la mort de sa mère, Nina avait toujours pensé à elle au passé. Phoebe Gregory avait été drôle. Intelligente. Belle. Elle adorait emmener sa fille manger de la crème glacée au yaourt. Mais ce que disait Rafael était tout aussi logique. Elle restait sa mère, et le nombre d'années écoulées depuis sa disparition n'y changerait jamais rien.

— La personne qu'il est, répéta-t-elle. J'aime bien cette idée.

Elle devina le sourire de Rafael au bout du fil.

— Pour en revenir à mon anecdote au sujet de votre père…

— Ah oui, votre anecdote.

— J'étais au lycée…

— Le Bronx High School of Science.

— En effet. J'avais intégré le programme Junior Achievement.

— Qu'est-ce que c'est ?

— Un programme animé par des personnalités bénévoles qui viennent témoigner et montrer aux enfants tous les choix qui s'offrent à eux. Ils essayaient de nous pousser à réaliser de grandes choses.

— On dirait que ça a marché.

— Peut-être, reconnut Rafael en riant. Mais l'idée était de nous encourager à nous lancer dans les affaires, plutôt qu'en politique. C'est votre père qui m'a fait changer d'avis. Il nous a expliqué qu'on ne crée pas une entreprise juste pour l'argent. Elle est un reflet de son fondateur, une entité sur laquelle il imprime sa marque, une partie de son héritage personnel. Un legs pour ses enfants et ses petits-enfants. Je ne m'étais jamais interrogé sur ce que j'espérais laisser derrière moi après ma mort et j'ai décidé ce jour-là de devenir avocat et de me spécialiser dans les questions d'immigration afin d'aider des gens comme mon père et ma grand-mère. Et j'ai repensé au discours de votre père avant de me présenter aux élections pour la mairie de New York. Au fond, c'est à lui que nous devons cette conversation téléphonique.

— Vous auriez dû m'en parler, dit Nina, stupéfaite.

Rafael garda le silence, et elle se le représenta passant la main dans ses cheveux.

— Je... ce n'est pas pour ça que je vous ai engagée. Votre père n'a joué aucun rôle là-dedans. Je l'ai fait parce que j'étais impressionné par vos talents d'écriture. Et parce que je vous voyais comme quelqu'un de sympathique et d'intelligent. Le genre de femme avec qui je pourrais travailler. Et aussi parce que... eh bien, j'aimais discuter avec vous. Et j'aime toujours ça.

— Moi aussi, avoua-t-elle doucement en essayant de ne pas voir de double sens dans ses paroles. Mon père m'a dit...

Elle ne put aller plus loin. Elle jeta un coup d'œil au défunt, qui ne lui dirait jamais plus rien, et se mit à pleurer.

— Hé, ça va ?

Un moment s'écoula avant qu'elle parvienne à se ressaisir.

— Pas vraiment, répondit-elle enfin en reniflant.

Crayons. Pavés. Panneaux de circulation. Elle regarda l'horloge. 5 heures. *Trottoirs. Cônes de chantier. Plaques d'égout.*

— Vous ne voulez vraiment pas que je passe chez vous ? J'habite à Central Park North. Ce n'est pas loin du tout.

Nina s'essuya les yeux avec son T-shirt.

— Ça va aller. Au fait, je voulais vous dire… J'ai trouvé la forme poétique qui correspond à mon père.

— Ah oui ?

— Oui. Une villanelle.

— Un genre très structuré. Bien vu. Je comprends votre choix.

Tous deux restèrent silencieux un instant. Elle entendit un bruit de tissu froissé au bout du fil et se demanda s'il arrangeait ses oreillers ou son drap pour être mieux installé. À moins qu'il ne soit assis sur son canapé.

— Et je crois que j'en ai trouvé une aussi pour ma mère, continua-t-elle. Le haïku. Un poème raffiné, riche de sens, mais bien trop court. Comme sa vie.

— C'est une très belle image.

Par la fenêtre, Nina vit que le ciel se teintait de rose et d'orange.

— Le soleil se lève, dit-elle. Je crois que je ferais bien de passer quelques coups de fil maintenant.

— Très bien. Je suis là si vous avez besoin de moi.

— Merci de m'avoir appelée.

— De rien, Palabrecita.

Raccrocher lui donna l'impression de le perdre lui aussi, et elle regretta de ne pas avoir accepté qu'il vienne la voir. Pourtant, malgré la douleur, elle se sentait plus forte après cette conversation.

Aurait-elle éprouvé la même chose si elle avait parlé à Tim ?

27

Après avoir raccroché, Nina essaya de joindre Tim. Parce qu'elle tombait toujours sur sa messagerie, elle tenta sa chance avec Leslie, qui prit son appel dès la première sonnerie cette fois – elle était au volant de sa voiture et se rendait à la salle de sport. Son amie fit tout de suite demi-tour en apprenant la nouvelle.

— Je serai à New York dès ce soir, dit-elle.

Certaine que Priscilla dormait encore, Nina lui envoya un texto en promettant de lui donner plus de détails sur la veillée funèbre et l'enterrement quand elle en saurait plus. Puis elle se résolut à appeler TJ et Caro.

Elle composa le numéro de leur ligne fixe – le premier qu'elle avait mémorisé après celui de ses parents. La sonnerie retentit trois fois. Puis quatre. Enfin, la voix de Caro lui parvint au bout du fil.

— Nina ?

— Oui, c'est moi.

Elle aurait aimé pouvoir tendre le combiné à son père. Elle aurait aimé qu'il puisse annoncer lui-même : « Je suis mort cette nuit », afin qu'elle n'ait pas à le dire. C'était lui qui avait fait ça, après tout.

« Tu dois assumer la responsabilité de tes actes », lui avait-il toujours répété. À cet instant, elle ne pouvait s'empêcher de penser que c'était lui qui était mort, et donc lui aussi qui aurait dû en affronter les conséquences.

— Est-ce que ton père… ?

— Il nous a quittés, oui.

Elle ne pouvait pas prononcer le mot *mort*. Il ne passait pas du tout.

— Oh, ma chérie… On arrive tout de suite.

Carlos revint dans la pièce au moment où elle raccrochait.

— Comment vous sentez-vous ?

Elle haussa les épaules. Elle préférait ne pas s'appesantir sur la question de peur de commencer à pleurer et de ne jamais s'arrêter. À la mort de sa mère, elle avait eu l'impression de ne faire que ça des journées entières sans pouvoir stopper le flot de ses larmes.

Il était plus facile de se concentrer sur des souvenirs, des poèmes, des discours et des projets. À cette idée, elle éprouva le besoin douloureux de rappeler Rafael.

— TJ et Caro seront bientôt là, dit-elle à Carlos. TJ connaît les dernières volontés de mon père.

Elle contempla de nouveau ce dernier. Les traits de son visage étaient si détendus – plus détendus qu'ils ne l'avaient jamais été dans la vraie vie.

Elle resta assise là, perdue dans ses réflexions, jusqu'à ce que du bruit s'élève à l'entrée de l'appartement. Une porte s'ouvrit et se referma. Il y eut des pas dans le vestibule.

— Nina !

Caro entra dans la pièce, suivie de TJ qui avait déjà les yeux rougis et gonflés.

— Ma chérie…, dit-il en la serrant contre lui.

Dans ses bras, Nina baissa la garde et cessa de lutter contre les larmes.

— Je n'ai plus de famille, articula-t-elle avec peine à travers ses sanglots.

C'était la seule chose à laquelle elle pouvait penser.

— On est là, nous, répondit Caro en la serrant à son tour contre elle et en lui frottant le dos, comme elle le faisait pour les réconforter, Tim et elle, quand ils étaient enfants.

Elle avait raison, bien sûr, mais ce n'était pas pareil. Il était trop tôt pour ça. Nina prit une grande inspiration et se détacha d'elle. *Je suis une adulte*, se dit-elle. *Je peux gérer la situation.* Mais, malgré ses efforts pour s'en persuader, elle avait bien conscience qu'elle n'en était pas capable.

— Tu as réussi à joindre Tim ? demanda TJ.

— Non, je suis tombée sur sa messagerie.

— Nous aussi.

Pendant que TJ rappelait Tim, Nina s'approcha de son père en sentant les larmes qu'elle venait de sécher menacer de briser encore la digue de ses paupières. Elle l'embrassa une dernière fois sur la joue, puis s'adressa à Caro.

— Vous pouvez vous occuper de lui. Maintenant que vous êtes là… ça me semble trop réel. Je ne tiens plus.

Elle aurait voulu prolonger cet instant, faire qu'il s'étire indéfiniment afin de ne pas avoir à affronter ce qui allait suivre. Mais ce n'était pas possible. On ne pouvait pas figer le temps. Il avançait à marche forcée en vous tirant derrière lui comme s'il vous tenait en laisse.

Nina alla se réfugier dans sa chambre et referma la porte avant de s'effondrer sur son lit et de pleurer, la tête enfouie contre son oreiller pour étouffer les cris d'animal blessé de son cœur. À moins que ce ne fût son âme. Ces 21 grammes existaient peut-être – ou peut-être pas.

28

Plus tard, On frappa à sa porte. Secouée de hoquets, elle se mordit la lèvre pour essayer de se ressaisir.

— Caro ?

— C'est moi, répondit Tim, d'un ton plein de regrets, de tristesse et d'amour. Je suis rentré tard hier soir. J'ai oublié de mettre mon téléphone en charge et la batterie s'est vidée. Je suis désolé. Je m'en veux tellement de ne pas avoir été là pour toi.

Elle se leva pour aller lui ouvrir. Tim avait les yeux rouges et le teint pâle. Il se pencha pour la prendre dans ses bras et se redressa en la soulevant. Elle se retrouva accrochée à son cou, les pieds à quelques centimètres du sol.

— Je suis désolé, Nina, répéta-t-il. Je ne me le pardonnerai jamais. Entre toutes les nuits, il a fallu que ça tombe sur celle-là.

— Ce n'est pas grave, dit-elle alors qu'il la redéposait par terre. Je suis contente que tu sois là maintenant.

Puis elle se remit à pleurer et, cette fois, Tim pleura avec elle.

29

TJ et Caro étant là pour tout gérer, Nina décida de rentrer chez elle. Dans son appartement, le fantôme de son père ne la guetterait pas, tapi dans chaque recoin. Et elle ne se sentirait plus oppressée par ses chaussures et ses médicaments et ses livres et sa collection de dindes de Thanksgiving.

— Tu viens avec moi ? dit-elle à Tim.

— Évidemment. J'ai prévenu mon chef qu'il ne me verrait pas pendant une semaine. Je serai là pour t'aider autant que je le pourrai.

— Merci.

Elle entrelaça ses doigts avec les siens. Elle aurait voulu ne plus jamais le lâcher.

À son arrivée chez elle, elle se sentit mieux. Pas bien, mais mieux.

— Tu as mangé quelque chose ce matin ? lui demanda Tim.

— Non, je n'ai pas faim.

— Tu veux un café ?

— Si on regardait plutôt le film préféré de mon père pendant que je me mets au travail ?

Caro lui avait confié une liste de décisions à prendre pour lesquelles son père s'en était remis à elle, ainsi que les numéros de téléphone des personnes que Nina devait prévenir directement avant que le communiqué de presse soit publié.

— Qu'est-ce que tu veux que je fasse ?

— Simplement… reste avec moi.

Tim passa un bras autour de ses épaules.

— Ça, je peux faire, mais il faudra bien que tu manges à un moment donné.

Nina leva les yeux vers lui en pensant à tous les repas qu'ils avaient partagés avec son père. À toutes les fois où celui-ci leur avait acheté un hot dog sur le trottoir en face de l'hôtel près du port, même s'ils savaient que Caro n'aurait pas été d'accord. Grâce à Tim, elle conserverait un petit quelque chose en plus de lui. Des souvenirs qui s'ajouteraient aux siens. *Je devrais lui dire que j'accepte de l'épouser*, songea-t-elle. Mais chaque fois qu'elle s'apprêtait à le faire, une force en elle la retenait.

— Je mets *Dune*, alors ? dit Tim.

— Bien sûr.

L'obsession de son père pour ce film les avait poussés à se déguiser en Paul et Chani pour Halloween à la fin des années 1990. Personne n'avait compris qui ils étaient, mais quelle importance.

Pendant que Tim allumait la télé, Nina baissa les lumières et prit sur son rocking-chair une couverture en polaire bleue brodée d'un Y dans un coin. Son père la lui avait rapportée de sa dernière réunion à l'université de Yale. Elle la huma, mais ne retrouva pas son odeur à lui.

Le film commença. Elle se blottit avec Tim sous la couverture, la tête appuyée contre lui. Avec son bras toujours enroulé autour d'elle, il l'empêchait de s'écrouler, au sens propre comme au figuré.

— Je t'aime, dit-elle en même temps qu'elle dépliait la liste des numéros à appeler.

— Moi aussi, répondit-il en appuyant la joue contre sa tête. Moi aussi.

Elle entama ensuite une longue série de coups de fil afin d'annoncer à presque toutes les personnes de sa connaissance que son père était mort. Elle accepta les condoléances des uns et des autres et garda pour elle ce que lui inspiraient certaines réactions, comme lorsqu'un partenaire de squash de longue date de son père lui demanda si elle comptait voir un médium pour s'entretenir avec lui, ou lorsque leurs voisins à East Hampton lui racontèrent que leur chien était mort le jeudi précédent – la faute selon eux aux pesticides que les jardiniers vaporisaient sur les hortensias.

— Les gens sont tous fous, déclara-t-elle à Tim, qui avait écouté sa conversation d'une oreille tout en répondant à des mails sur son téléphone.

— Ce n'est pas moi qui dirais le contraire. On est les seules exceptions à la règle.

— Je n'en suis pas si sûre, soupira-t-elle. Peut-être qu'on l'est, nous aussi.

Au même instant, ses yeux se posèrent sur l'écran de télévision. La capsule de poison cachée dans une des dents du duc Leto était sur le point de le tuer. Elle cilla.

Cette partie, qui ne l'avait jamais dérangée jusque-là, lui parut brusquement insoutenable.

— Éteins ça, s'il te plaît. Éteins ça tout de suite. Je n'ai pas envie de voir ce passage.

Elle percevait la panique dans sa voix, mais c'était plus fort qu'elle.

Tim chercha la télécommande et arrêta le film.

— C'est le père de Paul, observa-t-il, comprenant le problème.

— Oui. J'avais oublié cette scène. Est-ce qu'on peut… est-ce qu'on peut mettre autre chose ?

— Bien sûr.

Nina appuya de nouveau la tête sur son épaule, et il lui caressa les cheveux d'une main tout en faisant défiler des options à l'écran.

— Tiens, qu'est-ce que tu penses de celui-là ? demanda-t-il en sélectionnant *Matilda*. Tu l'as toujours bien aimé.

— C'est mieux, en effet, approuva-t-elle d'une petite voix. Merci.

Elle ôta ses lunettes et, les yeux clos, écouta les dialogues qu'elle connaissait si bien en sentant le torse de Tim se soulever et s'abaisser contre elle.

Une heure plus tard environ, elle fut réveillée par un *bip* de son téléphone. Tim et elle s'étaient endormis sur le canapé. Sans s'en rendre compte, ils s'étaient allongés, collés l'un à l'autre comme des cuillères, la couverture remontée sous le menton. Tim la tenait par la taille et son souffle régulier lui réchauffait le cou.

Elle tendit lentement la main devant elle pour attraper ses lunettes et son téléphone sur la table basse sans le réveiller. Après avoir mis l'appareil en mode silencieux, elle lut le texto qu'elle venait de recevoir. Il y en avait deux, en fait. Deux messages consécutifs de Rafael. C'étaient les seuls à s'afficher, signe que le communiqué de presse n'avait pas encore été publié.

Hello, Palabrecita. Je voulais juste savoir comment ça allait. Je n'étais pas beau à voir quand mon père est mort, mais j'avais au moins mon frère, ma sœur et ma mère avec moi. J'espère que vous êtes bien entourée.

Rien n'est plus pareil ici sans vous.

Elle entendit sa voix en lisant ces mots. Elle le vit, assis à son bureau, en train de taper son message et de boire une tasse de l'infâme café préparé par Jane. Peut-être avait-il roulé ses manches, les muscles de ses avant-bras saillant chaque fois qu'il pressait une touche… Elle ferma les yeux et se plaqua contre Tim. Ce n'était pas le moment de rêver de Rafael.

Elle relut son message.

Devait-elle répondre ? Mais pour dire quoi ? Elle ne voulait rien écrire qui aurait incité son père à lui faire remarquer qu'elle était plus futée que ça, tout de même.

Elle avait prévu de retourner au travail avant l'élection. D'aider Rafael à gagner. Mais était-il juste pour lui qu'elle s'accorde une pause à ce stade de la campagne ? Elle savait qu'elle n'était pas au mieux de sa forme. Elle ne lui serait d'aucune utilité dans cet état. Et puis il y avait ce lien entre eux dont ils avaient tous les deux conscience, même s'ils n'en avaient jamais parlé. Il ne serait guère intelligent de se mettre dans une situation potentiellement embarrassante. Déjà à cet instant, elle se sentait rougir rien qu'en pensant à lui.

Elle devait démissionner. Se concentrer sur la Gregory Corporation. Sur Tim. Joseph Gregory n'appréciait pas les démissions en général, mais là, elle avait des circonstances atténuantes.

Tim bougea dans son sommeil et la serra plus fort contre lui.

Bonjour, écrivit-elle. *Merci de prendre de mes nouvelles. Je suis chez moi avec Tim – autant dire que je suis bien entourée, oui. Écoutez, j'ai bien réfléchi : ne vaudrait-il pas mieux que vous engagiez un autre rédacteur ? Je doute de pouvoir continuer à travailler en plus de gérer tout ce qui m'attend. Pour être honnête, je doute déjà de pouvoir gérer tout ce qui m'attend. Et vous avez besoin de quelqu'un capable de se donner à 100 % dans votre campagne.*

Elle hésita ensuite.

Je peux vous faire quelques suggestions si vous voulez, ajouta-t-elle. Puis elle envoya le message. Elle éprouva aussitôt une pointe de regret, un sentiment de perte comparable à celui qui l'avait envahie après qu'elle avait raccroché à la fin de leur conversation téléphonique ce matin-là. Elle était pourtant sûre d'avoir fait le bon choix. Avec le temps, qui sait, ils pourraient devenir amis. S'ils arrêtaient de se voir presque tous les jours, peut-être que l'étincelle née entre eux s'éteindrait, laissant derrière elle un respect et une admiration réciproques.

Elle fixa son téléphone en guettant une réponse. Allait-il essayer de la convaincre de rester ? Trois petits points apparurent et disparurent tour à tour sur son écran. Elle reposa son portable sur la table basse, énervée d'attacher tant d'importance à la réaction de Rafael, et énervée aussi de constater que son cœur tentait de la faire revenir sur une décision qu'elle jugeait bonne. Elle ôta ses lunettes et se tourna lentement face à Tim, qui bascula dans le même temps sur le dos. Elle ferma les yeux. Elle se sentait tellement en sécurité dans ses bras. Très vite, elle se rendormit.

Lorsqu'elle émergea de son sommeil, Tim était réveillé, mais il n'avait pas bougé et la tenait toujours serrée contre lui.

— Bonjour, ma petite marmotte.

— Bonjour, répondit-elle en se frottant les yeux. Quelle heure est-il ?

Il baissa la tête pour l'embrasser sur le nez.

— Le jour est déjà bien avancé, en fait. Il est midi passé, dit-il en roulant sur le côté.

Son mouvement mit en contact avec la cuisse de Nina un renflement dur dans son jean. Elle haussa les sourcils pendant qu'il se mordait la lèvre.

— Désolé. Je me suis réveillé dans cet état. Ça ne va pas durer.

Mais elle tendit la main vers lui et fit courir ses doigts sur son entrejambe.

— Euh… ça ne risque pas de s'en aller si tu continues.

C'était plus fort qu'elle, les érections la fascinaient. Quand ils en avaient une, les hommes ne contrôlaient plus totalement leur corps. Elles leur tombaient dessus comme ça. Parfois quand ils en avaient envie, parfois non. Et ils ne pouvaient pas les faire retomber d'un simple claquement de doigts. À croire que quelque chose de plus fort qu'eux les dominait.

— Tu ne veux pas, toi ? demanda Nina.

— Ça ne me paraît pas le bon jour pour s'envoyer en l'air.

Elle médita sa remarque. N'était-ce vraiment pas le bon jour ? N'y puiserait-elle pas un peu de réconfort, au contraire ? Ce pourrait être un moyen d'affirmer au monde entier et à elle-même qu'elle était encore en vie. Qu'elle pouvait connaître le plaisir malgré la douleur.

— Peut-être, dit-elle.

Mais elle ne bougea pas et le sentit durcir encore sous ses doigts.

Tim lui jeta un regard qui semblait quêter son approbation. Elle hocha la tête, et il glissa une main dans son soutien-gorge pour caresser son mamelon.

Elle ferma les yeux en savourant pleinement l'instant… jusqu'à ce que la culpabilité l'envahisse à l'idée d'oser prendre du plaisir le jour même de la mort de son père. Des larmes affluèrent au coin de ses yeux, puis roulèrent sur ses joues.

Tim retira aussitôt sa main.

— Ça va ?

— Non, ça ne va pas. Mais ce n'est pas ta faute. Ce n'est pas parce que…

— Ne t'inquiète pas. Tu n'as pas à te justifier. Je savais que ce n'était pas le bon jour pour ça.

Elle n'en était pas aussi sûre, mais se contenta d'acquiescer mollement avant de se coller davantage contre lui.

Le ventre de Tim se mit à gargouiller.

— Tu n'as peut-être pas faim, mais moi, j'ai manifestement besoin de grignoter quelque chose.

Elle aussi avait intérêt à le faire. Elle réajusta son soutien-gorge et rabaissa son T-shirt sur son ventre.

— Tu veux que je prépare le déjeuner ? dit-elle en s'essuyant les yeux.

Elle lui faisait à manger depuis l'école primaire. À l'époque, elle lui servait au goûter des crackers recouverts de morceaux de banane, de beurre de cacahuètes et de miel – « l'en-cas de Nina », comme elle l'appelait.

— Je crois que je peux m'en sortir.

Au moment où il s'écartait pour se lever, elle tourna la tête et déposa un baiser sur son T-shirt.

— C'était pour quoi, ça ?

— Pour te remercier d'être toi.

Il se pencha et l'embrassa lui aussi avant de se diriger vers la cuisine. Il semblait si à l'aise chez elle, comme s'il y était à sa place.

Puis elle entendit son téléphone vibrer. Elle se redressa sur le canapé et chaussa ses lunettes.

— Le *New York Times* a publié une alerte info, dit-elle.

Les mots s'affichaient sur son téléphone : *Décès du magnat de l'hôtellerie Joseph Gregory à 69 ans*.

Très vite, des textos et des mails commencèrent à affluer. Tous émanaient d'amis, de connaissances ou de collègues qui se disaient désolés et qui lui demandaient ce qu'ils pouvaient faire pour l'aider. Priscilla offrit de passer avec une bouteille du meilleur vin de Brent – sa drogue de prédilection – et de répondre avec elle à tous les messages qu'elle recevrait. L'un des cousins de Leslie lui proposa même une dose de marijuana. Nina refusa poliment dans les deux cas.

Puis elle fit défiler les messages en cherchant celui qu'elle avait guetté juste avant de se rendormir. Il était bien là. Rafael.

Je n'essaierai pas de vous convaincre de rester si vous ne vous en sentez pas capable, mais sachez que vous pouvez changer d'avis – la porte vous sera toujours ouverte. Je n'aurais jamais pu remporter les primaires sans vous. Ciao pour le moment, Palabrecita.

Nina éprouva une pointe de regret en songeant qu'elle ignorait quand elle le reverrait. Mais elle s'efforçait d'être raisonnable. Trop, c'était trop. Il fallait qu'elle chasse Rafael de son esprit et qu'elle s'arme de courage en prévision de tout ce qui se profilait devant elle. Une veillée funèbre. Un enterrement. Une entreprise à diriger. Elle jeta un coup d'œil à Tim, qui s'affairait dans la cuisine.

Et un mariage, aussi.

30

Nina et Tim passèrent toute la journée ensemble. Après le déjeuner, ils reprirent la liste dressée par Caro. *Je suis une Gregory, je peux y arriver*, songea Nina à chaque nouvel appel et à chaque nouveau choix qu'elle devait faire. Mais son nom ne suffisait pas à la transformer en super-héroïne. Elle restait un être humain et elle souffrait tant. Son téléphone ne cessant de vibrer, elle finit par l'éteindre. Elle n'avait plus la force de parler à quiconque de son père. Ni celle de prendre la moindre décision.

La sonnerie de l'interphone retentit. Lorsqu'elle décrocha, le portier de l'immeuble l'informa que Leslie était arrivée.

La jeune femme ne tarda pas à émerger de l'ascenseur, les bras déjà ouverts pour la serrer contre elle.

Peut-être était-ce parce qu'elle avait perdu sa mère très jeune – à moins que ce ne soit tout simplement sa nature –, mais Nina n'avait jamais eu beaucoup d'amis. En dehors de Tim, il y avait eu Melinda, sa confidente à l'école primaire jusqu'à ce qu'elle déménage. Puis Priscilla et sa bande de copines, qui l'avaient accueillie comme l'une des leurs au collège, mais dont elle ne s'était jamais sentie très proche, à l'exception de Priscilla. Et enfin Leslie, qu'elle avait eu la chance d'avoir pour camarade de chambre durant sa première année à l'université de Yale, et qui était devenue sa meilleure amie après Tim. Et c'était tout, en fait. Ces quelques personnes avaient toujours été ses piliers. Son clan. D'autres, bien sûr, évoluaient à la périphérie de ce cercle, mais son père, Leslie, Tim, Caro, TJ et Priscilla formaient sa garde rapprochée. Sa famille. Pour toujours.

— Oh, j'oubliais, dit Leslie après avoir posé ses bagages. J'ai quelque chose pour toi.

Elle sortit un sachet en plastique de son sac à main. À l'intérieur se trouvaient quatre dessins et une sucette juste un peu léchée par Cole.

— Il voulait s'assurer que tu l'aimerais avant de me la confier, expliqua-t-elle en la lui tendant – ce qui fit rire Nina à travers ses larmes.

Elle s'aperçut à cet instant que son père et elle n'avaient jamais réglé leurs dettes. Elle lui devait une douzaine de chocolats et de bonbons à la fraise, et lui autant de sucettes et de caramels.

Elle goûta le cadeau de Cole. Cette petite sucrerie avait le goût des soirées qu'elle passait le lundi avec son père. Le goût du réconfort. Le goût du paradis perdu.

31

Le lendemain matin, Nina et Leslie se rendirent à l'hôtel Gregory by the Sea. Nina portait une robe en cachemire noir, des collants et des escarpins assortis ainsi qu'un gilet gris. Le tout était complété par les boucles d'oreilles en diamants de sa grand-mère et le pendentif en saphir que son père lui avait offert le jour de sa remise des diplômes.

« Il est de la même couleur que nos yeux, avait-il dit. J'ai vérifié dans le miroir de la bijouterie. »

Elle avait ri en l'imaginant approcher un saphir de son visage devant un miroir et exiger qu'on lui en montre d'autres pour comparer leur couleur. La pierre était identique à celles de son bracelet d'anniversaire – celui-là même qui brillait à cet instant à son poignet, à côté du bracelet rivière de sa mère. C'était le dernier cadeau de son père à chacune d'elles.

En arrivant devant l'hôtel, elle scruta sa tenue s'efforçant de la voir avec ses yeux à lui.

— Je suis présentable ? demanda-t-elle à Leslie lorsqu'elles sortirent de la voiture.

Gene, leur chauffeur préféré, était venu la chercher ce matin-là, les larmes aux yeux. Il avait veillé à ce qu'il y ait de l'eau gazeuse pour elle sur la banquette arrière. Et des caramels aussi.

— Tu es renversante, comme toujours, répondit Leslie.

Elle-même avait opté pour un tailleur pantalon gris, une chemise en soie noire et des escarpins un peu moins hauts que ceux de Nina, de sorte qu'elles avaient l'air aussi grandes l'une que l'autre.

À peine eurent-elles mis un pied sur le trottoir que des flashes crépitèrent autour d'elles. Nina ne savait pas vraiment ce qu'elle devait faire. Elle avait l'habitude de sourire quand quelqu'un la prenait en photo, mais une telle expression ne semblait pas du tout appropriée dans de telles circonstances. Elle garda par conséquent les lèvres pincées et détourna le regard des objectifs en espérant que personne n'y verrait rien d'étrange.

Tim les attendait à la réception. Il prit la main de Nina et la pressa doucement dans l'ascenseur.

— Je t'aime, lui dit-il à voix basse afin qu'elle seule l'entende.

TJ et Caro se trouvaient déjà au dernier étage. Tim et Leslie s'arrêtèrent pour échanger quelques mots avec eux pendant que Nina traversait la pièce en direction du cercueil de son père.

— Souhaitez-vous boire quelque chose, mademoiselle Gregory ? s'enquit Marty, le barman. Un whisky, peut-être ? Sec ?

De peur de craquer complètement si elle prononçait le moindre mot, elle se contenta de hocher la tête.

Il était bien trop tôt pour un whisky, mais qu'importe, cette journée était celle des exceptions.

Tout en buvant son verre, elle contempla la ville à côté du défunt. Tout en songeant que c'était la dernière fois qu'elle se tenait près de lui, elle se demanda combien d'autres personnes avaient perdu leur père au cours de la semaine. De l'année. De la décennie. Il y avait 8,5 millions d'habitants à New York, dont plus d'1,6 million rien qu'à Manhattan. Parmi tous ces gens, combien avaient connu le même deuil ? Combien s'étaient sentis aussi désemparés, effrayés et tristes ?

Rafael. Il n'ignorait rien de ce qu'elle traversait.

À cet instant, comme si elle l'avait convoqué, quelqu'un lui effleura le coude. Elle se retourna et le découvrit, accompagné de Jane, Jorge, Mac et de toute l'équipe.

Elle les étreignit tous, mais s'accorda quelques secondes de plus avec lui avant de terminer par Jane.

— Il paraît que tu ne reviendras pas ? chuchota sa collègue.

— C'est juste que… je ne sais plus où j'en suis, Jane. Rafael a besoin d'un rédacteur en pleine possession de ses moyens et je ne suis pas franchement au sommet de ma forme en ce moment. Je ne peux même pas dire quand ça ira mieux.

— En tout cas, il ne parle que de toi depuis qu'on est arrivés au bureau ce matin. J'ai eu beau lui répéter qu'on n'était pas obligés d'être les premiers ici, il a insisté pour venir tout de suite.

Devinant les questions que Jane se posait – des questions auxquelles elle n'avait pas de réponse –, Nina chercha Tim des yeux, sans réussir à le trouver au milieu de la petite foule qui se pressait déjà sur place.

— Je suis contente que vous soyez venus de bonne heure.

Elle discuta ensuite avec chacun des membres de l'équipe, sentant le regard plein de compassion de Rafael constamment posé sur elle. Pendant ce temps, la pièce continua à se remplir, et Jane annonça au bout d'un moment qu'ils devaient retourner travailler. Tous embrassèrent Nina. Cette fois, Rafael fut le dernier.

— Je vous ai dit que j'étais insomniaque, alors si vous avez besoin de quelqu'un à qui parler en pleine nuit, n'hésitez pas à m'appeler. Je ne suis plus votre patron.

Nina leva les yeux vers lui.

— C'est vrai. Nous pouvons être amis maintenant.

— Nous pouvons être ce que nous voulons, répliqua-t-il avant de partir.

Nina se sentit devenir cramoisie et porta les mains à ses joues pour le cacher – ce qui n'eut pour effet que d'attirer encore plus l'attention. Leslie s'approcha d'elle.

— Le beau gosse qui ne te quittait pas des yeux, c'était ton patron, n'est-ce pas ?

— Qu'est-ce que tu racontes ? dit Nina en rougissant de plus belle.

— Ne fais pas l'innocente. C'était bien Rafael O'Connor-Ruiz, hein ?

— Oui.

Leslie la dévisagea d'un air interrogateur.

— Et tous les deux… ?

— Non. Je t'assure. Je te le dirais s'il y avait quelque chose. Mais ce n'est rien. Je suis avec Tim.

— Faut-il qu'on en discute ? Tu veux en parler ?

— Je ne sais pas ce que je veux, avoua Nina. Enfin si, je veux mon père, c'est tout.

Sa lèvre se mit à trembler. Voyant cela, Leslie la prit dans ses bras.

— Je suis là, moi.

Nina s'essuya les yeux et s'appuya contre son amie, heureuse de pouvoir au moins compter sur elle.

— Viens, allons aux toilettes. Ton eye-liner a coulé, tu ferais bien de te remaquiller.

Nina se laissa entraîner hors de la pièce, se demandant si elle parviendrait au bout de cette journée sans qu'on lui dise encore ce qu'elle devait faire. La douleur lui donnait l'impression d'avoir le cerveau et le cœur sens dessus dessous, et elle ignorait comment elle allait bien pouvoir retrouver un semblant d'ordre intérieur.

32

Leslie passa une nuit de plus chez Nina, qui l'avait installée dans une chambre très semblable à celles des hôtels Gregory : au moment où elle meublait son appartement, en effet, son père s'était lancé dans sa tirade habituelle contre les chambres d'amis aux lits inconfortables, et elle s'était dit que le meilleur moyen d'éviter une dispute était d'accepter sa proposition d'équiper lui-même toute la pièce pour elle. Les draps étaient donc en coton égyptien, la couverture en laine mérinos et les oreillers en duvet d'oie. Le tout dans des tons ivoire et doré.

Assises en tailleur sur le lit, toutes deux en pantalon de pyjama et T-shirt, Nina et Leslie offraient presque la même image que quatorze ans plus tôt, à l'époque où, encore étudiantes, elles s'échangeaient les plans de leurs dissertations, aucune d'elles n'ayant vraiment confiance en son raisonnement et en la manière dont elle l'exprimait. À présent, Leslie se teignait les cheveux pour cacher les quelques mèches argentées apparues sur ses tempes, et Nina utilisait tous les soirs une crème antirides pour tenter de freiner la progression des petites pattes-d'oie qui se formaient au coin de ses yeux quand elle souriait. Le temps avait passé, toutes deux avaient mûri. Leslie s'était mariée et avait donné naissance à un fils. Mais, lorsqu'elles se revoyaient, elles redevenaient telles qu'autrefois – Leslie une fille effrontée et hardie que rien ne pouvait arrêter, Nina une observatrice perspicace à l'autorité tranquille. Le mari de Leslie, Vijay, avait fait remarquer un jour que leurs personnalités avaient déteint l'une sur l'autre au fil des ans en tempérant leurs aspects excessifs, mais peut-être avaient-elles tout simplement vieilli.

— Tu penses à demain ? demanda Leslie après un silence prolongé de Nina.

— Je pense… aux enfants. Si j'en ai un jour, ils ne connaîtront pas mon père. Ni ma mère.

— Cole n'a jamais rencontré ma mère, lui non plus, et pourtant elle ne lui est pas étrangère.

Nina avala une gorgée du vin que Leslie lui avait servi. Elle avait plus bu ce jour-là qu'elle ne l'avait jamais fait au cours de sa vie, mais cette légère ébriété la soulageait en étouffant ses sensations. Elle en arrivait à comprendre les accros au Xanax.

— J'imagine que c'est pareil avec mes grands-parents, dit-elle après réflexion. Je connais leur histoire. Je sais par exemple que le premier tableau acheté par ma grand-mère était un Lee Krasner. Et que mon grand-père a volé le cahier de notes de son professeur en première année au collège pour tenter de cacher le B qu'il avait eu à un devoir d'histoire.

— Tu as tout compris. Nous, on a posé une photo de ma mère sur la commode de Cole. Et il sait que son prénom commence par un C pour lui rendre hommage.

Chaque fois qu'on va à la piscine, on reparle de la passion de sa grand-mère pour la natation – une passion telle que ma sœur Jodi et moi, on pensait qu'elle était une sirène. J'ai failli pleurer au beau milieu d'un magasin de jouets il y a quelques mois quand Cole a vu une poupée sirène et qu'il m'a demandé si on pouvait l'acheter parce qu'elle aurait fait plaisir à mamie Cheryl.

Nina sourit à ces mots.

— C'est un gentil petit garçon.

— Dieu merci. Tu imagines si j'avais accouché d'une raclure ?

— Impossible.

— Qu'est-ce que tu raconteras à tes futurs enfants sur ton père, toi ? Qu'est-ce que tu voudrais qu'ils sachent à son sujet ?

Nina s'appuya contre les oreillers. Tels qu'elle se les représentait, ses futurs enfants auraient les taches de rousseur de sa mère, les yeux bleus de son père et les cheveux châtain-roux de Tim. Peut-être qu'elle ferait des tartes à la patate douce avec eux en reprenant la recette que son père aimait bien. Peut-être aussi qu'ils auraient leur propre collection de dindes de Thanksgiving. Et des rituels bien à eux pour honorer la mémoire de leur grand-père.

— Tu te rappelles la fois où tu es venue chez nous pour Thanksgiving ?

— Oui. On était en première année à l'université. C'était après la mort de ma mère et je n'avais pas voulu retourner dans le Massachusetts.

— Mmmm.

— Ton père avait mis les petits plats dans les grands cette année-là.

— Il faisait ça chaque année.

Sa mère étant morte un 25 décembre, son père et elles avaient été incapables par la suite d'écouter des chants de Noël ou de regarder des sapins et des décorations lumineuses sans pleurer. Au bout du compte, Joseph Gregory avait décidé que leur grande fête familiale aurait lieu à Thanksgiving. Étalée sur une journée entière, elle démarrait par le spectacle de la parade de Thanksgiving, auquel ils assistaient tôt le matin depuis leurs fenêtres, et se poursuivait par un petit déjeuner, un déjeuner et un dîner servis à quiconque passait chez eux. Pour l'occasion, tout l'appartement était décoré avec des dindes – d'abord celles en papier que Nina avait découpées à l'école primaire, plus tard avec une collection loufoque constituée chez des antiquaires et enrichie par des proches au courant de la marotte de son père. Il en avait tant qu'elles occupaient une vitrine entière dans la salle à manger.

— La première année, il a écrit un mot aux personnes qui nous avaient soutenus pour leur dire combien on leur était reconnaissants. Elles ont tellement apprécié son geste qu'il a recommencé l'année d'après. Pour être honnête, je crois que ça a fini par devenir une partie intégrante du personnage qu'il jouait en public – il voulait donner l'impression à tous d'être leur meilleur ami. Mais, même s'ils avaient un autre but, j'ai envie de croire que ces messages étaient sincères. Est-ce que je lui attribue parfois trop de mérite à ton avis ?

Leslie haussa les épaules.

— Les raisons qui le poussaient à agir ainsi sont-elles plus importantes que son comportement lui-même ?

— C'est la question que je me pose depuis toujours, soupira Nina. Peut-être que je rédigerai des mots de remerciement moi aussi et que je ferai de Thanksgiving une énorme fête avec mes enfants.

Leslie leva son verre.

— À ton père. Et à Thanksgiving.

Elles trinquèrent, les yeux dans les yeux. Des années plus tôt, Jodi, la sœur de Leslie, leur avait affirmé que détourner le regard vous condamnait à une vie sexuelle catastrophique pendant un an. Leslie avait pris cette superstition très au sérieux à l'université – du moins jusqu'à ce qu'elle rencontre Vijay. Mais, par habitude, Nina et elle n'avaient jamais cessé d'observer ce rituel.

— Je sais que ce n'est peut-être pas le meilleur moment pour aborder le sujet, mais puisqu'on est seules toutes les deux…, reprit Leslie, qui semblait avoir justement pensé à cette vieille superstition. Qu'est-ce qui se passe avec ton ancien patron ? Il y avait une telle tension sexuelle entre vous aujourd'hui que même moi, je n'ai pas pu m'empêcher de rougir.

Nina sentit ses joues la brûler.

— Mince… Tout le monde l'a remarqué ? Tim aussi ?

— Je ne crois pas. Et personne ne te connaît aussi bien que moi, ce qui fait que les gens ne se sont probablement rendu compte de rien. Mais, wouah ! conclut Leslie en s'éventant avec la main.

— Il ne s'est rien passé d'inconvenant, si c'est ce que tu veux savoir.

— Mais… ?

— Mais… il m'a bien fait comprendre que je lui plaisais. Et quant à moi, j'imagine beaucoup de choses.

Nina ne put regarder Leslie en face en disant cela. Elle avait honte d'avouer que, tout en fréquentant quelqu'un avec qui elle envisageait de faire sa vie, elle laissait son esprit vagabonder ainsi. Devant le silence de son amie, elle leva les yeux. Leslie contemplait son vin d'un air pensif.

— Tu ne dis rien ?

— Je ne veux pas parler à tort et à travers, alors je vais la boucler, pour une fois. Peut-être que Vijay a raison. Tu as une bonne influence sur moi.

— Tu ne parles jamais à tort et à travers. Tu ne dis pas toujours ce que j'ai envie d'entendre, mais tu ne te trompes jamais.

— Alors je te dirai simplement ceci : au début de ma relation avec Vijay, je ne m'imaginais avec personne d'autre. Et douze ans plus tard, je ne m'imagine toujours pas avec un autre que lui.

Nina renversa la tête en arrière afin de vider son verre de vin. Fortifiée par ces dernières gouttes d'alcool, elle voulut raconter à Leslie la demande en mariage avortée de Tim… mais se découvrit incapable de le faire.

— Je ne devrais rien imaginer avec qui que ce soit, moi non plus. Ce n'est pas… pas rationnel du tout.

— L'amour n'est pas toujours rationnel, déclara Leslie avec prudence. Tu sais que tu n'as pas à sortir avec Tim si tu préfères être avec quelqu'un d'autre.

Nina ne répondit pas. Elle le savait. Évidemment qu'elle le savait.

Au lycée et à l'université, il suffisait qu'elle ramène ses petits amis à la maison pour que son père passe la semaine suivante à lister leurs défauts et les raisons pour lesquelles ils n'étaient pas assez bien pour elle – pas assez intelligents, pas assez volontaires, pas assez riches. Il avait craint que Max s'intéresse à elle en partie à cause de sa fortune. Et peut-être était-ce vrai. Elle ne s'était jamais souciée de ça avant qu'il y fasse allusion.

Et c'était bien là le problème. Dès qu'il lui faisait part de ses réserves, elle commençait à voir les choses comme lui. Son petit ami du lycée n'était pas aussi poli et respectueux qu'elle l'aurait aimé. Et Max avait tendance à chercher la confrontation chaque fois qu'ils dînaient ensemble.

« Ton grand-père se retournerait dans sa tombe s'il savait que tu fréquentes quelqu'un d'aussi arrogant et ignare, avait dit Joseph Gregory après un repas particulièrement tendu. Quelle image tu donneras de notre famille si tu l'emmènes à la soirée de gala du Met ? »

À sa demande, elle n'avait pas invité Max, mais elle s'était rendue avec lui au mariage d'un ami de la famille – ce qui avait provoqué la troisième pire dispute que son père et elle aient jamais eue.

Échaudée par son attitude, elle s'était gardée de lui présenter l'homme avec qui elle était sortie durant ses études de commerce. Cela ne lui avait pourtant pas paru correct, et elle avait compris à ce moment-là que, malgré ses exigences, elle ne pourrait jamais envisager une relation durable avec quelqu'un qu'il méprisait.

Or il avait pratiquement donné sa bénédiction à Tim.

— Nina ?

— Je crois qu'il est temps qu'on aille se coucher, dit-elle en regrettant d'avoir discuté de ça. Je suis bourrée. Et fatiguée.

— Je sais.

Leslie la serra dans ses bras, et Nina s'abandonna contre son amie.

— Merci d'être restée ce soir, Leslie.

— Arrête. Il n'y a pas d'autre endroit où je voudrais être en cet instant.

Cette nuit-là, Nina eut un sommeil agité. Tim n'était pas venu afin qu'elle puisse passer un peu de temps avec Leslie, mais elle se retrouvait par conséquent seule dans son lit. Elle se tourna et se retourna, des images de son père et sa mère se superposant et se confondant dans son esprit. Elle rêva aussi qu'elle se tenait sur un récif corallien, les pieds léchés par les vagues, et que l'océan devenait une mer de chiffres. Elle savait que c'était un test qu'elle devait réussir pour empêcher son père de mourir, mais elle n'y arrivait pas. Lorsqu'elle se réveilla, à 4 heures du matin, elle avait mal à la tête et son oreiller était baigné de larmes. Ça lui apprendrait à se coucher ivre la veille de l'enterrement de son père.

Elle plissa les yeux devant son téléphone et vit qu'elle avait reçu un nouveau message. Son estomac fit un bond, mais il ne s'agissait que d'une notification de son opérateur lui annonçant que sa dernière facture était disponible. Elle en fut dépitée.

Ce n'était pas Rafael.

Elle s'endormit en se demandant ce que son père aurait pensé de lui s'il avait pu le rencontrer.

33

Le lendemain, après la cérémonie des funérailles, après le discours de TJ sur l'héritage, la réussite et l'influence de Joseph Gregory, et après l'inhumation du cercueil – moment durant lequel elle crut qu'on lui arrachait le cœur –, Nina s'agenouilla à côté de la tombe et effleura la terre meuble. Une fraîcheur automnale précoce se faisait sentir, et elle détestait l'idée de laisser son père dans le froid. C'était son corps qui reposait là, et qu'importe si ce n'était plus que l'enveloppe de l'homme qu'il avait été. L'humidité s'infiltra à travers sa jupe. Le tissu serait taché, mais elle s'en moquait bien.

Puis quelqu'un appuya une main dans son dos. L'instant d'après, Tim s'agenouillait à côté d'elle.

— On va surmonter ça ensemble, dit-il tout bas.

— Je sais.

Dans sa tête, elle n'en doutait pas. Seul son cœur avait du mal à le croire.

Tim la serra contre lui. Elle enroula un bras autour de sa taille, et tous deux restèrent ainsi agenouillés, chacun perdu dans ses pensées.

— Prête ? demanda-t-il au bout d'un moment.

Elle acquiesça. Ils se redressèrent en même temps, accrochés l'un à l'autre comme les aubépines près de la concession des Gregory, au point qu'il était difficile de dire qui soutenait qui.

Peut-être seraient-ils tombés amoureux longtemps auparavant s'ils n'avaient pas grandi de la sorte, aussi soudés.

34

— J'ai une idée, dit Tim le lendemain soir.

Nina épluchait les documents comptables de la Gregory Corporation en essayant de trouver ce dont son père avait voulu lui parler, mais les chiffres dansaient sous ses yeux. Impossible pour elle de se concentrer.

Elle reposa la feuille qu'elle tenait à la main.

— Quoi donc ?

Tim s'était donné tant de mal pour elle toute la journée. Il avait commandé son petit déjeuner dans l'un de ses restaurants préférés, réalisé en ligne un album photo de son père et elle en demandant qu'il soit livré dès le lendemain, et couru jusqu'au drugstore le plus proche pour y acheter tous les caramels en stock. Cela n'avait pas fait sourire Nina comme en temps normal, mais elle apprécia ses efforts, sa connaissance si parfaite de ses goûts personnels, et elle ne l'en aima que davantage.

— Bon, j'avoue, c'est une idée de Priscilla à la base. Elle a essayé de te joindre sur ton portable pendant que tu étais sous la douche et j'ai décroché. Elle propose qu'on aille tous les quatre dîner au restaurant du Met ce soir. Elle s'est rappelé que tu allais souvent là-bas au lycée.

Nina se savait chanceuse de pouvoir compter sur Tim et Priscilla, mais elle n'était absolument pas en état de sortir.

— Non, merci, dit-elle. Mais c'était bien pensé.

Tim se gratta les joues, puis claqua des doigts.

— Le temple de Dendour ! s'exclama-t-il. Oublie le restaurant. Il est ouvert à tout le monde depuis le mois de juin, ce qui fait qu'il n'a plus rien de spécial. Mais tu adores ce temple.

Nina revit la salle du musée avec son plan d'eau, sa grande baie vitrée donnant sur le parc et cet édifice antique qui lui avait toujours paru si solide, si stable.

— L'endroit est trop fréquenté le week-end, dit-elle. Je ne suis pas prête à me montrer en public.

— Laisse-moi gérer ça, déclara Tim avec un sourire triomphant.

Quelques heures plus tard, ils se faisaient conduire au musée. Après avoir passé une série de coups de fil et tiré deux ou trois ficelles, Tim avait obtenu de pouvoir rester une demi-heure seul dans la salle du temple avec Nina, Priscilla et Brent.

— Qu'est-ce que tu leur as dit ? s'étonna Nina alors qu'ils longeaient la West Side Highway.

Même pour eux, obtenir une telle faveur était incroyable.

— J'ai simplement expliqué que c'était pour toi. Tu as beaucoup de pouvoir dans cette ville, Nina Gregory. Et plus encore au Metropolitan Museum.

— Non, tu te trompes.

Les paroles de Tim la laissèrent pourtant songeuse. À New York, l'argent était synonyme de pouvoir, et il était vrai qu'elle en avait beaucoup. Bientôt, du moins. Elle se rappela une soirée sur le toit-terrasse du musée à laquelle elle s'était rendue avec son père. Une flûte de champagne à la main, une femme vêtue d'une robe scintillante lui avait tenu la jambe un moment. « Regardez, avait-elle dit en montrant les convives autour d'elle. Regardez qui est présent ce soir. C'est nous qui dirigeons cette ville. »

Était-ce ce qu'elle était devenue ? Faisait-elle partie désormais de ces gens imbus d'eux-mêmes qui buvaient du champagne sur le toit du Met ?

— À quoi tu penses ? demanda Tim, assis à côté d'elle dans la voiture.

— Au pouvoir.

— La valeur d'un homme se mesure à l'usage qu'il fait de son pouvoir. Et cela vaut pour les femmes aussi.

Nina le dévisagea avec surprise. Il n'était pas du genre à citer Platon d'habitude – ni même qui que ce soit à part Mark Zuckerberg ou Steve Jobs, en fait.

— Et tu t'es servi du tien pour obtenir la fermeture de la salle du temple de Dendur ?

— Non, du tien. Mais je ne vois pas quel meilleur usage on pourrait faire de son pouvoir qu'en cherchant à arracher un sourire à la personne qu'on aime, dit-il en lui prenant la main.

Au même instant, leur chauffeur s'engagea sur la 79e afin de traverser Central Park, et Nina contempla les arbres que son père voyait depuis sa chambre – ceux-là mêmes qu'il avait peut-être vus juste avant de mourir.

35

Quelques jours plus tard avait lieu une réunion du conseil d'administration de la Gregory Corporation. Nina savait qu'elle devait y assister. Se montrer. Montrer combien elle se souciait de cette entreprise. Combien elle avait déjà appris aussi, rien qu'en grandissant aux côtés de son père.

Elle se leva et se planta au milieu de son dressing, face à ses rangées de tailleurs jupes et pantalons, de robes fourreau et de chemisiers – tous dans des tons majoritairement gris, bleus, noirs, marron et crème.

Déjà habillé, Tim se dirigea vers la cuisine.

— Tu veux que je t'aide à choisir une tenue ? lança-t-il.

— Je n'ai rien à me mettre.

Il éclata de rire, mais Nina resta de marbre.

— Bien sûr que si, dit-il. Regarde-moi ce dressing. Tu as tout, et même plus encore.

Elle éclata soudain en sanglots.

— Non, je n'ai pas tout. Je n'ai pas mon père.

— Ce n'est pas ce que je voulais dire, Nina, bafouilla-t-il en pâlissant. Je ne voulais pas…

Il tenta de la prendre dans ses bras, mais elle le repoussa.

— Va-t'en, cria-t-elle. Va-t'en !

Il recula d'un pas pendant qu'elle s'effondrait par terre, les bras enroulés autour des genoux.

— Va-t'en ! répéta-t-elle.

Et elle resta assise sur le sol de son dressing, sans pouvoir s'arrêter de pleurer.

Elle n'assista pas à la réunion du conseil d'administration ce jour-là.

36

Plus tard cette même semaine, Nina rangea les vêtements de son père dans des cartons afin de les donner à des associations caritatives. Malgré l'aide d'Irena, elle n'avançait guère, tant elle ne cessait de se rappeler le dernier endroit où il avait porté telle cravate, tel smoking ou telle chemise à rayures avec des manchettes à motif cachemire. Elle espérait que la personne qui achèterait celle-ci l'aimerait autant que son père. Il l'avait mise pour son anniversaire cette année-là.

Elle la plia en trois après avoir attaché un bouton sur deux et ramené les manches vers l'arrière. Exactement comme il le faisait, s'aperçut-elle. Tant de ses gestes du quotidien reflétaient ceux de son père. Il lui parlait toujours de son héritage et de la nécessité de le préserver, mais elle comprit soudain qu'il continuerait à vivre aussi longtemps qu'elle-même vivrait. Il serait présent en elle chaque fois qu'elle plierait son linge, préparerait du café, célébrerait une fête nationale, irait skier, nager ou courir. Il serait là, même s'il ne l'était pas physiquement.

Elle posa la chemise dans un carton, puis s'approcha de la commode pour trier les T-shirts et les caleçons tout en songeant aux documents financiers qu'elle n'avait toujours pas réussi à éplucher. Ils représentaient dix années de comptabilité de la Gregory Corporation, et les chiffres se mélangeaient dès qu'elle se penchait dessus. Elle ne parvenait pas à y voir clair dans cette liste interminable de pertes et de profits. Mais il fallait qu'elle le fasse. Bientôt. Elle se le promit. Elle s'y attellerait le lendemain.

Parce que TJ voulait lui parler du testament de son père, Nina lui avait proposé de passer après sa journée de travail. Il arriva chez elle, l'air épuisé, les yeux rouges et gonflés comme s'il n'avait pas dormi depuis plusieurs jours. De fait, il dirigeait seul la société en présidant le conseil d'administration le temps qu'elle s'informe des dossiers en cours et prenne la place qui était la sienne. Elle culpabilisa de voir combien il travaillait dur, mais elle-même était à peine capable d'enchaîner deux phrases. Il n'était pas rare qu'elle découvre un bloc de post-it dans son frigo, quand ce n'était pas une bouteille de lait au congélateur, sans savoir comment ils s'étaient retrouvés là. De toute évidence, elle n'était pas prête à assumer la moindre responsabilité.

— Comment ça va ? demanda TJ.

Elle haussa les épaules. Elle était encore debout, encore capable de se mouvoir, encore en vie. Mais sa relation avec Tim s'était tendue. Le pauvre n'y était pour rien. Au cours de la semaine passée, il avait parfois suffi d'un simple mot, d'une banale petite remarque de sa part pour déclencher chez elle une crise de larmes incontrôlable et clore brutalement toute discussion. La violence de ses émotions les surprenait tous les deux. Nina avait l'impression d'être un terrain miné autour duquel il marchait avec prudence. Une créature fragile et instable, prête à exploser à tout instant. C'était le cas, à vrai dire, mais elle n'avait pas envie d'être traitée ainsi et, pour cette raison, elle avait commencé à rester plus souvent seule avec ses livres ou au téléphone avec Leslie.

— Aussi bien que possible, j'imagine, répondit-elle. Je suis habillée. J'ai mangé aujourd'hui. Je trie les T-shirts de papa sans m'effondrer complètement. Tu vois, quoi.

TJ hocha la tête. Sans doute éprouvait-il la même chose. Il n'ajouta rien, comme s'il voulait préserver ses forces pour un tout autre sujet.

— Tu veux t'asseoir là ? dit-elle en montrant la table et les chaises à l'extrémité du salon.

— D'accord.

Il alla poser la chemise cartonnée coincée sous son bras, puis frotta ses yeux bouffis.

— Bien, enchaîna-t-il. J'ai avec moi le testament de ton père. Je t'en ai déjà parlé et tu as toujours su que tu hériterais de sa participation majoritaire au sein de la Gregory Corporation.

Elle acquiesça en silence.

— Parfait. En plus de ça, tu ne seras pas étonnée d'apprendre qu'il t'a aussi légué tout ce qu'il possédait : son portefeuille boursier, cet appartement, la maison de tes grands-parents à East Hampton, les deux voitures garées là-bas, la Mercedes qu'il utilisait en ville, son bateau… et la maison au nord de l'État.

— Quelle maison ?

TJ baissa les yeux sur ses mains. Il parut sur le point de dire quelque chose, mais se ravisa.

Nina comprit soudain. Il faisait allusion à la maison dans laquelle sa mère séjournait au moment de sa mort. Celle que son père lui avait achetée en cadeau de mariage. Celle qu'elle n'avait pas vue depuis ses huit ans.

— La maison de ma mère, dit-elle en réponse à sa propre question. Je croyais qu'il l'avait revendue il y a longtemps.

— Il en a été incapable. Il a engagé un jardinier pour prendre soin de la propriété et quelqu'un passait à l'occasion ouvrir les robinets en hiver afin que l'eau ne gèle pas dans les tuyaux. Il faisait aussi refaire les peintures à intervalles réguliers de quelques années, et le ménage de temps en temps. Mais il n'a jamais pu se résoudre à la vendre – pas plus qu'à y remettre les pieds, d'ailleurs.

Nina était stupéfaite. Comment son père avait-il pu rester propriétaire d'une maison des années durant – celle de sa mère, qui plus est – sans lui en toucher un mot ?

— Voici les clés.

TJ lui tendit un porte-clés provenant de chez Tiffany, avec un cœur gravé dessus. Priscilla en avait eu un semblable quand elles étaient au lycée. Son père l'avait-il acheté en même temps que la maison ? Était-ce ainsi qu'il avait fait ce cadeau à sa femme ?

— Merci, dit-elle machinalement en se demandant quelles autres choses il lui avait peut-être cachées.

— Jack, notre chargé d'investissement, pourra passer en revue avec toi les finances de la société. Il est en contact avec l'avocat de ton père, qui s'occupera quant à lui de tous les problèmes juridiques à régler. Tu devrais aller le voir. Ce n'est pas *très* urgent, mais ne tarde pas trop quand même. Tout ce dont je t'ai parlé rentre dans la succession et te reviendra dès que le testament aura été enregistré. Joseph m'a désigné comme exécuteur testamentaire afin que je puisse t'aider, moi aussi.

Nina l'écouta d'une oreille distraite, l'esprit trop accaparé par ce qu'elle venait d'apprendre. Pourquoi son père ne lui avait-il rien dit ? Il devait avoir une raison. Peut-être craignait-il que cela ne soit trop douloureux pour elle, surtout lorsqu'elle était enfant. Mais comment expliquer qu'il ne l'ait pas fait plus tard ? Comment expliquer qu'il ait gardé le silence pendant vingt-quatre ans ?

— Je ne pense pas seulement au testament, poursuivit TJ. Je sais que je ne suis pas ton père, mais je te connais depuis ta naissance et je t'ai toujours aimée comme ma propre fille. Alors, s'il y a quoi que ce soit… je lui ai promis…

Ses yeux s'emplirent de larmes, et Nina sentit l'émotion la gagner elle aussi.

— Merci, répéta-t-elle mais du fond du cœur cette fois.

Elle n'ignorait pas tout ce que TJ avait fait pour son père dans les derniers temps et combien il était difficile pour lui de tout gérer. Cela en disait long sur la force de leur amitié – comme Leslie et elle, ils étaient restés inséparables depuis leur première année à l'université de Yale. Jusqu'à ce jour.

TJ l'embrassa, puis s'excusa. Il avait encore des choses à faire. Nina hocha la tête. Elle comptait bientôt l'aider, ainsi qu'elle l'avait promis à son père. Il fallait juste qu'elle se remette en selle, qu'elle retrouve les idées claires. Alors seulement, elle pourrait faire ses preuves face à des employés qui ne voyaient encore en elle que la fille de leur ancien patron. Elle accompagna TJ jusqu'à la porte, puis retourna s'asseoir à table et examina les clés qu'il lui avait laissées. Une adresse rédigée de la main de Caro avait été scotchée sur le porte-clés à côté du cœur.

Elle sortit son téléphone, tapa l'adresse dans Google Maps et passa en mode satellite. Sur son écran s'afficha une petite maison blanche à un étage, avec une galerie tout autour et un treillis qui lui donnait l'air d'être en pain d'épices. Elle fit un zoom sur la porte peinte en rouge vif. Il y avait des crocus et des hortensias à l'avant. Elle s'en souvenait très bien à présent. La maison de sa mère. Sa maison à elle, désormais.

Elle appela Tim.

— Salut, dit-il en décrochant dès la première sonnerie. Ça va ?

Il lui demandait comment elle allait chaque fois qu'ils se parlaient ou se voyaient, et elle avait toujours l'impression de le décevoir en répondant : « Pas vraiment. » Elle préféra ignorer sa question.

— Je viens d'hériter de la maison de ma mère, dit-elle. Je ne savais même pas que mon père l'avait gardée. Tu peux m'y accompagner demain ?

— Bien sûr. Ça nous fera du bien de nous évader un peu. Ce sera comme une petite aventure.

Elle appréciait son optimisme, mais il ne s'agissait pas d'une banale virée en week-end. Ni d'une aventure. Elle n'avait aucune idée de ce qu'elle trouverait dans cette maison.

37

— Je ne comprends pas, répéta Nina en longeant l'Hudson au volant de la Mercedes de son père.

Tim aurait préféré faire appel à un chauffeur, comme toujours quand ils quittaient Manhattan, mais il avait cédé devant le refus de Nina – ce voyage lui paraissait trop personnel pour qu'elle le fasse en compagnie d'une tierce personne.

— Mon père n'a pas mentionné une seule fois cette maison en plus de vingt ans. Franchement, qui peut garder un tel secret aussi longtemps ?

— Tu ne vas pas trop vite ? dit Tim, les yeux rivés sur le compteur.

— Je roule à 103 kilomètres heure.

— C'est au-dessus de la limite autorisée. Fais attention, tu n'as pas l'habitude de conduire.

Tim n'était pas à l'aise à l'avant d'une voiture. À l'exception de ses quatre années à Stanford, il avait toujours vécu à New York et n'avait jamais vu l'utilité de passer son permis. Le père de Nina en revanche avait insisté pour qu'elle apprenne à conduire avec des boîtes de vitesses automatiques et manuelles. Il lui avait donné une série de leçons un été dans les Hamptons, et elle le revoyait encore grimacer chaque fois qu'elle relâchait trop tôt l'embrayage de sa TVR de collection.

Mais, à part quand elle s'échappait de New York – ce qui ne lui était pas arrivé très souvent cet été –, elle prenait rarement le volant.

— Ne t'inquiète pas, tout ira bien.

Il garda le silence un instant.

— On venait ici avant, remarqua-t-il ensuite. Tu te rappelles ? Je n'y avais pas pensé depuis une éternité.

— Moi non plus. Et pourtant, on a randonné dans le coin, je crois. Toi, moi, ta mère et la mienne.

— Ça me revient aussi. On a fait un pique-nique un jour dans un parc où il y avait des sculptures.

— Sans doute le musée de Storm King, dit Nina, qui regretta de ne pas avoir gardé plus de détails en mémoire.

— C'est vraiment bizarre en effet que personne n'ait plus jamais parlé de la maison de ta mère après sa mort.

Nina sentit le regard de Tim posé sur elle. Il scrutait son visage pour voir s'il avait encore dit ce qu'il ne fallait pas.

D'une certaine façon, la réapparition de cette propriété dans sa vie aggravait les choses. Nina avait l'impression d'être une bombe à eau, menaçant à tout instant d'éclater et de déverser ses émotions sur son entourage.

La dernière image qu'elle gardait de sa mère remontait au matin de Noël, le jour de sa disparition. Ses parents et elle ne s'étaient pas encore habillés, contrairement à Maeve, leur jeune fille au pair, et sa mère portait un pyjama en soie rouge. C'était la dernière tenue que Nina lui avait vue. Un pyjama en soie rouge. Des années durant, elle avait évité cette couleur, même dans le choix de ses crayons ou de ses carnets. Et il n'y avait toujours pas la moindre touche de rouge dans sa garde-robe.

Ce Noël-là, elle reçut en cadeau des vêtements assortis pour elle et sa poupée Molly – celle avec des lunettes comme les siennes –, la série de livres *Anne, la maison aux pignons verts*, un synthétiseur avec des écouteurs et un gros pull en laine de la part de sa tante Daphne, la sœur de sa mère, qui le lui avait envoyé du Colorado.

Sa mère eut quant à elle le fameux bracelet en diamants dont Nina devait hériter par la suite. Elle protesta que c'était beaucoup trop, mais Nina sentit qu'il lui plaisait vraiment. Elle-même lui avait offert un roman espagnol acheté avec son père, et Daphne lui avait également envoyé un pull presque identique au sien – le genre de pull très à la mode chez les skieurs à l'époque.

« On retournera au ski cette année ? » demanda Nina en la regardant le déballer.

Durant leurs vacances à Zermatt l'année précédente, ses parents avaient passé une journée entière à dévaler des pistes bleues avec elle, et cela restait l'un de ses plus beaux souvenirs.

« Bien sûr, répondit son père. Peut-être à Aspen le mois prochain. »

Nina vit alors sa mère lever les yeux vers lui et froisser le papier cadeau qu'elle tenait entre les mains en formant une boule compacte avec.

« Non, on n'ira pas à Aspen.

— Pourquoi ? Qu'est-ce que tu n'aimes pas là-bas ? s'étonna Nina en caressant son nouveau pull bleu parsemé de flocons de neige en fils argentés.

— Rien », dit son père avant de s'attaquer à ses propres cadeaux.

Elle avait réalisé pour lui un cadre en mosaïque pendant ses cours d'éducation artistique et glissé une photo d'eux à l'intérieur. Il promit de le poser sur son bureau au travail, puis attrapa un autre paquet à son nom et ouvrit la carte qui l'accompagnait. Ses yeux s'écarquillèrent à la vue du message.

« Qu'est-ce que c'est ? demanda la mère de Nina. De qui cela vient-il ?

— Quelqu'un au boulot. Qui a livré ce cadeau ? L'un des portiers de l'immeuble ? Quand est-il arrivé ?

— Harold me l'a donné hier, expliqua Nina, soudain inquiète à l'idée d'avoir mal agi. Il m'a dit qu'une personne l'avait déposé pour toi. Comme c'était un cadeau de Noël, je l'ai mis sous le sapin.

— De qui cela vient-il ? répéta sa mère, plus sèchement cette fois. Joseph, je peux voir la carte ? »

Nina les observa tour à tour en essayant de comprendre ce qui se passait.

« Nina, dit Maeve en se levant du canapé. Si on allait apporter à Harold les cookies qu'on lui a préparés ensemble ? Et on ira aussi voir le concierge et les portiers pour leur souhaiter à tous un joyeux Noël.

— Mais tu n'as pas ouvert tes cadeaux. Et papa n'a pas terminé. »

Brusquement, ce Noël avait cessé d'être joyeux. Il se tramait quelque chose qui lui échappait complètement.

« Ne t'inquiète pas. Je les ouvrirai plus tard. Tu pourras m'aider, si tu veux. Je parie qu'Harold sera tellement content de manger tes cookies.

— D'accord. »

Perdue, Nina regarda ses parents. Mais elle savait reconnaître un ordre même quand il n'était pas formulé comme tel.

Lorsque Maeve et elle rentrèrent après avoir offert leurs cookies à Harold, sa mère était partie.

« Elle est allée se mettre au vert, dit son père.

— Mais pourquoi ? On n'a même pas encore déjeuné et je suis toujours en pyjama. Pourquoi on ne l'a pas accompagnée ? »

Il arrivait que sa mère se réfugie une journée ou deux seule à la campagne, quand la vie citadine lui pesait trop, ou quand des remarques déplaisantes à son sujet paraissaient dans la presse.

« Je suis enseignante, pas une gravure de mode, s'était-elle énervée un jour après la publication d'un article entier consacré à son choix de porter des ballerines au lieu de chaussures à talons lors d'un cocktail.

— Tu es les deux à la fois, avait répondu Joseph. C'est ton statut qui veut ça. »

« Maman a besoin d'un peu d'air, expliqua-t-il à Nina ce matin-là.

— Mais c'est Noël ! Quelqu'un a encore écrit quelque chose de méchant sur elle ? C'est à cause du message dans la carte ? »

Son père la serra longuement contre lui.

« On peut dire ça comme ça, je crois. »

Ce même soir, ils furent informés que la voiture de sa mère avait dérapé sur une plaque de verglas et s'était écrasée contre un arbre. Les secours avaient fait le maximum – en vain. Nina avait interrogé son père, encore et encore, mais elle n'avait jamais réussi à lui faire dire qui lui avait envoyé ce mystérieux cadeau ni pourquoi sa mère était partie. Noyée dans le chaos des événements, anéantie par la douleur, elle avait peu à peu oublié cet épisode. À présent qu'il lui revenait en mémoire, elle aurait voulu décrocher son téléphone et appeler son père pour lui demander ce qui s'était réellement passé, et aussi pourquoi il ne lui avait jamais rien expliqué. Elle avait eu mille fois l'occasion d'aborder le sujet au fil des ans, mais elle n'y avait plus pensé, et à présent que cela paraissait si important, il était trop tard.

Elle fut prise d'une envie soudaine d'écraser l'accélérateur, de foncer toujours plus vite comme si rien d'autre ne comptait, comme si elle avait pu ainsi laisser toute sa vie derrière elle et repartir de zéro dans un endroit nouveau. Son pied appuya sur la pédale. La voiture gagna de la vitesse. Toujours plus de vitesse. C'était si agréable qu'elle en fut effrayée.

Puis elle freina brutalement. Elle pouvait gérer cette situation et elle le ferait. Il n'était pas question d'aller où que ce soit.

38

À leur arrivée, une foule de souvenirs assaillit Nina. Elle en avait gardé bien plus qu'elle ne le pensait, en réalité : les rosiers qu'elle ne devait pas toucher, les parterres de fraises sauvages aux fruits si petits qu'on les aurait dits destinés à des poupées et les feuilles des arbres qui viraient au rouge et à l'orange à l'automne. Tous ces détails affluaient en pagaille dans sa mémoire.

— On y va ? demanda Tim au bout d'un moment alors qu'ils étaient encore assis dans la voiture.

Nina coupa le moteur, mais ne sortit pas tout de suite. L'envie de fuir, de s'échapper de cet endroit reprenait le dessus. Elle parvint malgré tout à la réprimer et se força à ouvrir sa portière.

Les graviers de l'allée crissèrent sous leurs pieds. Puis les planches de la galerie grincèrent, tout comme les gonds de la porte.

— Il faudrait les huiler, nota Tim.

Nina acquiesça en entrant dans la cuisine. L'îlot central en granit était toujours là, de même que les publicités encadrées des années 1950. Elle se revit en train de se trémousser avec ses parents au son de « Twist and Shout ». Ils étaient tous plus détendus dans cette maison qu'ils ne l'avaient jamais été à Manhattan.

Tim franchit la double-porte vitrée menant au salon et s'arrêta devant la cheminée.

— On a fait fondre des chamallows ici pour les manger avec des biscuits.

— Ah oui ? dit Nina, avant de se rappeler les guimauves qu'ils avaient plantées sur des bâtonnets et l'odeur de sucre chaud qui s'était dégagée quand elles avaient bruni et fondu.

— Et je crois que c'est ce jour-là aussi qu'on a fait un château en pain d'épices.

— C'était dans cette pièce ?

Elle n'avait pas oublié le château, mais elle était persuadée jusqu'alors qu'ils l'avaient préparé à New York, sur Central Park West, dans l'appartement 21-B.

— J'en suis presque certain, répondit Tim.

Ses souvenirs à lui étaient toujours un peu plus précis que les siens, peut-être parce qu'il avait deux ans de plus qu'elle.

— Ces chaises… Est-ce qu'on a fait le gâteau à cette table ?

— Il me semble. Elles me disent quelque chose, à moi aussi.

— Mince. J'ai l'impression de voir notre enfance se transformer sous mes yeux. Je n'en reviens pas d'avoir pu oublier tant de choses et d'en avoir déplacé d'autres à Manhattan.

— On ne parlait pas de cette maison et tu n'y étais jamais retournée. C'est normal que certaines scènes se soient estompées ou altérées dans ton esprit.

— Je suppose, oui.

Mais quels autres faits sa mémoire avait-elle modifiés ? Plus rien ne lui paraissait vraiment sûr.

Elle alla dans la cuisine ouvrir le frigo. Il était vide. Et le placard aussi. Personne n'avait pris le moindre repas dans cette maison depuis des décennies.

— Il nous faut de quoi manger si on veut rester plus de quelques heures, observa-t-elle.

— Parce que tu veux rester ?

Nina regarda autour d'elle. Elle était presque certaine de s'être assise sur le canapé du salon pour écouter sa mère lui lire un livre autrefois.

— Oui, pourquoi ne pas dormir ici ce soir ? On a emporté des vêtements de rechange au cas où, de toute façon.

— D'accord. J'ai aperçu une épicerie en ville, je vais aller faire quelques courses à pied pendant que tu explores ta nouvelle ancienne maison.

— Je peux t'accompagner si tu veux.

Elle n'avait pas très envie de se retrouver seule, même si elle répugnait à l'admettre. Elle en avait assez de se sentir aussi fragile et de laisser tout le monde – y compris Tim – la voir dans cet état.

— Ce sera beaucoup plus rapide si on y va en voiture, ajouta-t-elle.

— On habite à Manhattan. On a l'habitude de marcher. Et puis un peu d'exercice ne me fera pas de mal.

Peut-être avait-il raison. Peut-être valait-il mieux qu'elle explore la maison sans lui. Cela lui permettrait d'analyser plus librement ses émotions.

— Très bien, vas-y pendant que j'inspecte l'étage.

Une fois Tim parti, elle monta l'escalier et ouvrit la première porte à sa droite. À peine eut-elle mis un pied dans la chambre qu'elle se rappela le papier peint blanc à pois argentés, les voilages couleur lavande assortis au tapis rond sous le lit à baldaquin et les meubles en bois blanc, tout comme le parquet. Trois livres de la série des *Baby-sitters Little Sister* étaient posés sur la commode – sans doute avait-elle fini par les racheter à New York. Il y avait même dans un coin la paire de bottes de neige qu'elle portait à l'école primaire. La maison paraissait figée dans le temps. Tout était recouvert d'une fine couche de poussière, et Nina se demanda depuis quand son père n'avait pas fait faire le ménage. Elle continua à longer le couloir et retrouva la salle de bains, la chambre d'amis, le bureau et enfin la chambre de ses parents. Là encore, elle reconnut le papier peint, le cadre de lit en laiton et le petit téléviseur carré sur la commode qui datait à coup sûr de l'époque où George Bush était président. Le père, pas le fils.

Elle s'assit sur le lit. Elle n'avait pas tant de souvenirs que ça de sa mère, mais il y en avait un dont elle ne doutait pas : c'était l'été, le temps des vacances pour toutes les deux, et elles avaient fait un long séjour dans cette maison. Quelques semaines, peut-être un mois. Son père les rejoignait le week-end, mais pas systématiquement.

« Ça te plairait d'aller dans le Colorado ? avait dit sa mère. Tu as une petite cousine qui vient de naître là-bas.

— C'est vrai ? »

Elle savait que sa mère avait grandi dans cet État, que sa tante, son oncle et son grand-père y habitaient toujours, mais ils venaient rarement leur rendre visite. Et quant à son père, il n'aimait pas aller chez eux.

Il ne s'entendait pas très bien avec son beau-père et sa jeune belle-sœur, qui lui reprochaient d'avoir changé Phoebe. À cause de lui, elle avait choisi de vivre dans un milieu qui les mettait mal à l'aise. Ses cadeaux n'étaient jamais appréciés, ce qui le blessait. Peut-être était-ce pour cette raison qu'il avait toujours préféré que Nina fréquente des hommes appartenant aux mêmes cercles qu'eux. Il ne voulait pas qu'elle répète ses erreurs et qu'elle se complique inutilement la vie. Même si gagner de l'argent n'était pas aussi important pour elle que pour lui, le résultat était là. Elle vivait toujours dans ce milieu.

« Tu sais, mon cœur, tu n'es pas seulement une Gregory. Tu es une Lukas, aussi, avait ajouté sa mère. C'était mon nom de jeune fille avant d'épouser ton père. Il faudrait qu'on aille passer un peu de temps dans le Colorado pour que tu fasses davantage connaissance avec ma famille.

— D'accord. Comme ça, je pourrai jouer avec ma cousine.

— Super. »

Mais elles ne l'avaient pas fait. Elles n'étaient pas allées dans le Colorado durant ces vacances. Noël était ensuite arrivé, sa mère était morte et elle n'avait pas rencontré sa cousine. Après l'enterrement, elle n'avait recroisé sa tante qu'une fois – et jamais son grand-père.

« Ils ne veulent pas faire partie de notre monde, s'était contenté de répondre son père lorsqu'elle l'avait questionné à ce sujet.

— Mais je veux faire partie du leur, moi », avait-elle répliqué.

Par sa façon de s'exprimer, Daphne lui rappelait sa mère. Elle avait le même rire qu'elle, aussi. Et elle la serrait toujours fort dans ses bras quand elle la voyait.

« Il ne vaut mieux pas, je t'assure. Ils ne nous aiment pas. »

Elle avait cru à ces paroles, et grandi en étant persuadée que sa famille maternelle ne les aimait pas. Mais était-ce bien vrai ?

Elle se demandait à présent si ces quelques semaines d'été sans son père n'avaient pas été le signe d'un problème dont elle n'avait pas eu conscience à l'époque. D'un malaise conjugal tel que sa mère pensait plus souvent à sa famille et souhaitait leur rendre visite avec sa fille, sans son mari. D'une crise qui avait atteint son apogée le jour de Noël.

Nina s'approcha de la penderie en espérant y faire une découverte quelconque. Quoi au juste, elle l'ignorait. Peut-être une robe qui aurait réveillé un souvenir. Une bouteille de parfum. Un livre autrefois adoré dont elle aurait oublié l'existence.

Le cœur battant, elle ouvrit la porte. Il y avait bien des affaires à l'intérieur, mais pas ce qu'elle espérait. Quelques jeans. Des pulls. Une paire de baskets. Des vêtements qui ne lui évoquaient rien du tout. Après toutes ces années, elle retrouvait un petit bout de sa mère, mais cela ne lui suffisait pas. Elle sortit un jean et l'appuya contre ses jambes. Il était légèrement trop court pour elle. Elle ne s'était jamais posé la question de savoir si elle avait dépassé sa mère en taille – elle avait jusqu'alors supposé que non, tant celle-ci lui avait toujours paru grande. Phoebe Gregory n'avait qu'un an de plus qu'elle lorsqu'elle avait porté ces vêtements.

Se sentait-elle aussi déboussolée parfois ? Aussi déchirée ? Nina aurait tellement aimé pouvoir lui demander conseil. *Maman, si seulement tu étais là avec moi.*

Elle rangea le jean et ouvrit le tiroir de l'une des deux tables de nuit. Il contenait un dessin représentant deux lapins sur une pelouse, mais elle n'en avait aucun souvenir. *Ban dimanche !* était-il écrit dessus. Des flèches reliaient également chaque détail à son nom espagnol et à sa traduction. *Arbre, arbol. Lapin, conejito. Ciel, cielo. Soleil, sol. Pelouse, cesped. Fleurs, flores.* Était-ce un devoir que sa mère lui avait donné ou qu'elle avait réalisé de son propre chef pour lui faire plaisir ?

Au moins ce gribouillage eut-il le mérite de la faire sourire. Rafael en avait-il réalisé de semblables ou était-ce différent de grandir avec deux langues qui faisaient intrinsèquement partie de vous, sans avoir à en apprendre une pas à pas ? Elle sortit son téléphone de la poche arrière de son pantalon et photographia le dessin.

Elle poursuivit ensuite son inspection et remarqua sur la commode un portrait de ses parents le jour de leur mariage, à côté d'un autre où, encore bébé, elle dormait dans les bras de sa mère, les mains agrippées à ses cheveux bruns bouclés. Elle souleva le cadre en se cherchant des traits communs avec elle. Leurs doigts fins. Leur façon d'incliner la tête. Ou peut-être leurs oreilles.

Il y avait quelque chose de profondément bouleversant à revisiter cette maison dans laquelle elle avait un peu grandi. Cette maison qu'elle avait connue, puis oubliée. Cet endroit habité par des souvenirs toujours vivants qui l'attendaient sans qu'elle s'en doute. À présent qu'elle le savait, à présent qu'elle les avait retrouvés, elle découvrait que la personne qui les lui avait cachés était la seule avec qui elle voulait les partager.

39

En entendant frapper à la porte, Nina descendit ouvrir. Tim était de retour avec deux sacs de provisions.

— Tu ne t'imagines pas ce que j'ai trouvé, dit-il en les posant sur l'îlot central de la cuisine.

Nina commença à tout déballer et sourit. Du poulet rôti, des olives de Kalamata et du cheddar. Les aliments dont il remplissait toujours son frigo. Au moins le dîner serait-il rapide à préparer.

— Quoi donc ? demanda-t-elle.

Il sortit du deuxième sac un kit pour fabriquer un château en pain d'épices, avec un pont-levis, des remparts et quatre tours différentes.

— Comme celui qu'on a fait il y a une éternité. Ils les mettaient en rayon quand je suis arrivé. C'était leur première livraison de la saison.

— Il a l'air encore meilleur que celui de notre enfance, déclara Tim un peu plus tard alors qu'il maintenait deux murs de pain d'épices ensemble afin que

Nina puisse glacer l'angle extérieur avec une poche à douille.

— Je n'en suis pas sûre, dit-elle en s'appliquant à déposer sa préparation de manière régulière. On avait placé la barre très haut, si mes souvenirs sont bons.

Mais ça, elle ne pouvait plus en être sûre, désormais.

— On s'amusait bien quand on était mômes, hein ?

Tim était passé à une balustrade, dont il glaçait la base pour la coller sur une terrasse avant que Nina y ajoute des décorations.

— On a toujours formé une super équipe, ajouta-t-il.

Nina se remémora l'élaboration épique de sculptures de sable sur la plage de Georgica, avec l'aide de leurs pères. La fête qu'ils avaient organisée en apprenant que Richard, l'employé de maison des Gregory à East Hampton, allait avoir quarante ans. Ils avaient réuni tous les adultes et commandé au cuisinier un gâteau en forme de ballon de foot, en référence à son sport préféré. Elle se rappela également son premier Noël sans sa mère, quand elle n'avait plus supporté le regard compatissant des adultes et qu'elle s'était réfugiée sous la table. Tim l'avait rejointe avec une assiette de cookies. « J'ai pensé que tu aurais peut-être faim », avait-il simplement dit. Ils étaient restés là à manger leurs gâteaux jusqu'à ce qu'elle soit prête à ressortir.

— En effet. Nina et Tim, amis pour la vie. N'était-ce pas la formule de nos parents ?

Il se figea et la dévisagea.

— Bon, d'accord, c'est cucul la praline, se ressaisit-elle. Il faut que je me lave les mains ou je vais finir collée à cette poche à douille.

Elle se leva de table, mais Tim la retint par le poignet, l'air soudain très sérieux.

— Attends, j'ai un truc à te dire. Je cherche comment bien m'y prendre depuis la conversation qu'on a eue dans la cuisine de ton père.

Nina sentit les battements de son cœur s'accélérer. Elle devinait ce qui allait suivre. Malgré elle, ses yeux se posèrent sur son annulaire gauche et elle lécha le sucre accroché dessus.

Tim s'éclaircit la voix.

— J'ai beaucoup réfléchi ces derniers temps. Il y a eu la mort de ton père, tous ces bouleversements dans nos vies… Ç'a été difficile, et je n'ai pas toujours été à la hauteur, mais Nina… Je ne veux pas te perdre. Je n'arrête pas d'imaginer comment ce serait si tu venais à mourir toi aussi. Je ne m'en relèverais pas. Je sais, c'est morbide et horrible de penser à ça, mais je ne peux pas m'enlever cette idée de la tête. Et je n'ai envie que d'une chose : être avec toi, ici et maintenant, comme je l'ai été à l'enterrement de ton père. Pour toujours. Tout me paraît plus simple quand on avance ensemble. C'est ce que j'aurais dû te dire plus tôt, mais il m'a fallu un moment pour savoir comment l'exprimer.

» Je n'ai jamais aimé personne d'autre autant que toi. Quand je sortais avec des filles, je cherchais toujours à retrouver ce qu'on partageait tous les deux – l'intimité, le bien-être, le soutien inconditionnel. Quand je rêve de mes futurs enfants, c'est toujours toi leur mère. Et quand je pense au reste de ma vie, c'est encore toi que je vois à mes côtés. La première fois que je t'ai rencontrée, tu avais seulement quelques heures et j'ai pleuré quand on m'a obligé à partir. J'étais si impressionné. Je crois bien que je n'ai jamais cessé de l'être.

Les yeux écarquillés, presque suppliant, il mit un genou à terre et tira un petit écrin de sa poche arrière.

— Je n'ai pas pu avoir la bague de ta mère à cause du testament et de la procédure d'enregistrement, alors je t'ai acheté celle-là. Et ce n'est peut-être pas plus mal. C'est notre histoire et celle de personne d'autre.

— Oh, Tim…

Elle regarda cet homme qu'elle connaissait et aimait depuis toujours et ouvrit l'écrin qu'il lui tendait. Il contenait une bague d'une beauté exquise – un solitaire entouré de saphirs et serti sur un anneau en platine incrusté de petits diamants. Les saphirs étaient du même bleu que le pendentif offert par son père. Le même bleu que son bracelet et que ses yeux aussi. Évidemment qu'elle allait accepter sa demande en mariage. Évidemment.

Tim se redressa et retira la petite trace de glaçage qu'elle avait sur une joue.

— Nina ?

Elle glissa la bague à son doigt en riant. Celle-ci lui allait parfaitement.

— Je ne suis pas belle à voir, mais oui, bien sûr que oui. Et cette bague est magnifique, Tim.

Il l'embrassa tandis qu'elle se mettait à pleurer.

— Tout ira bien, dit-il en essuyant ses larmes. On y arrivera, tu verras.

— Je sais.

Elle s'appuya contre lui et écouta les battements de son cœur, si forts et réguliers, tout en savourant sa solidité et sa chaleur. Il la connaissait bien. Il était l'homme que son père avait toujours voulu pour elle, celui à qui il avait donné sa bénédiction la veille de sa mort. Peut-être était-ce là son dernier cadeau.

40

Nina ayant voulu dormir dans son ancienne chambre, ils firent le lit et se couchèrent sous la tenture en broderie anglaise blanche – non sans qu'elle ait d'abord posé sa bague sur sa table de chevet. Elle gardait souvent ses bijoux la nuit, mais celui-là recouvrait un bon tiers de son doigt et lui paraissait si gros qu'elle craignait de se blesser dans son sommeil.

— Tout ira mieux à partir de maintenant, affirma Tim.

Ils avaient décidé de taire leurs fiançailles pour le moment, même à Caro et à TJ. Il aurait été inconvenant d'annoncer ce genre de nouvelle si peu de temps après la mort de Joseph Gregory.

Nina répondit par un baiser, puis se blottit contre lui.

L'attirance physique avait été très importante dans ses précédentes relations. À la fin de son MBA, elle avait séjourné un été à Washington, où elle avait eu une liaison avec un certain Alex. Tous deux passaient des week-ends entiers dans le plus simple appareil et ne pouvaient rester l'un à côté de l'autre sans se toucher. Sur les photos, Alex était capable d'afficher un sourire serein tout en glissant discrètement une main sur ses fesses ou, s'ils étaient assis à table, entre ses jambes. Le dernier soir avant qu'elle retourne à New York, ils étaient allés au Lincoln Memorial à 2 heures du matin et s'étaient envoyés en l'air à l'ombre du monument, elle assise sur ses genoux, sa jupe longue les protégeant des regards.

Ils avaient entamé cette relation en ayant conscience qu'elle ne durerait qu'un été. Alex devait entrer au département d'État et partir à Moscou en septembre. Cela convenait très bien à Nina, que l'intensité du désir entre eux effrayait parfois. Elle se surprenait à faire des choses qu'elle jugeait répréhensibles – par exemple, se prétendre malade afin de ne pas travailler et passer la journée avec lui, ou annuler une sortie avec des amis à la dernière minute en apprenant qu'il avait pu se libérer une soirée. Alex ne lui demandait jamais rien et ne lui mettait aucune pression. Elle faisait tout ça de son plein gré pour être avec lui, et c'était précisément ce qui l'effrayait. Tim ne la plongeait pas dans cet état-là. Avec lui, elle se sentait en sécurité. Maîtresse d'elle-même.

Elle glissa les doigts sous son T-shirt et les fit courir sur les poils de son torse. Tandis qu'elle s'attardait sur la peau douce et lisse de ses tétons, il l'imita en caressant son ventre et en faisant remonter sa main vers ses seins sous son caraco en soie.

Tout cela paraissait approprié. Comme écrit d'avance. Comme si c'était ainsi qu'elle était censée passer sa vie.

Puis Tim s'immobilisa. Dans ses yeux se lisait une question.

Nina répondit en levant les bras. Il lui retira son caraco et ôta à son tour son T-shirt avant de reposer la main sur son ventre. Lorsqu'il s'aventura sous l'élastique de sa culotte en dentelle, Nina s'enfonça sous les draps pour le libérer de son boxer et commença à le caresser lui aussi.

— Nina…

Elle se débarrassa de sa culotte.

L'instant d'après, il la pénétrait et entamait un va-et-vient lent et déterminé. Elle se cala sur son rythme. C'était comme s'ils dansaient un slow, au son d'une musique qu'ils étaient les seuls à entendre.

Nina sentit une vague monter en elle.

— Maintenant, murmura-t-elle.

Elle était près, si près de jouir.

Mais le corps de Tim se raidit soudain, sa bouche forma un rond parfait en laissant échapper un grognement, et la vague qui allait déferler sur elle recula et mourut.

— Tu as eu le temps… ? demanda-t-il.

Il ne manquait pas grand-chose. Presque rien.

— Non, mais ce n'est pas grave. C'était quand même agréable. Je ne prends pas mon pied chaque fois.

— Je sais, dit-il en cherchant son boxer sous les draps pour le remettre. Mais je préfère quand tu y arrives.

— Moi aussi !

Elle rit, tapota le lit pour retrouver sa culotte, puis se ravisa.

— Il n'y a pas de mouchoir ici. Je vais faire un saut dans la salle de bains.

— D'accord. Au cas où je m'endormirais avant que tu reviennes, je vais te dire : Je t'aime maintenant. Fais de beaux rêves.

— Toi aussi, dit-elle en l'embrassant sur le nez.

Après la folie et la tristesse des semaines précédentes, il y avait quelque chose de sympathique à être là avec Tim, comme si sortir de New York avait fait disparaître tous ses soucis. Mais elle savait qu'ils finiraient par rentrer à la maison et qu'elle devrait tôt ou tard prendre les rênes de la Gregory Corporation. Un moment viendrait où le reste de sa vie commencerait. Et ce jour-là, peut-être, elle trouverait le moyen de faire comprendre à Tim qu'elle voulait avoir un orgasme, elle aussi. Chaque fois.

41

Il était 3 h 22 et le sommeil la fuyait toujours. Tim avait passé un bras autour d'elle, comme s'il avait besoin de la toucher pour se rassurer. Elle savait qu'elle avait besoin de dormir, mais elle avait l'esprit trop en ébullition pour ça. Elle fixa la tenture du lit à baldaquin en essayant d'identifier des formes dans le tissu, comme sa mère et elle le faisaient autrefois avec les nuages en été. Mille pensées l'assaillaient dès qu'elle fermait les yeux – la mort de sa mère, celle son père, son mariage avec Tim, qu'elle ne pourrait jamais annoncer à ses parents, sans compter tous les nouveaux souvenirs qu'elle avait déterrés dans cette maison. Des souvenirs dont elle ignorait s'ils étaient fiables, mais auxquels elle avait quand même envie de croire.

Elle prit son téléphone et consulta sa galerie de photos pour en regarder une de son père. Cela faisait à peine une semaine qu'il était mort et elle avait déjà peur d'oublier ses traits, la forme exacte de ses sourcils, la ligne d'implantation de ses cheveux sur son front. Elle eut les larmes aux yeux rien qu'en le voyant apparaître à l'écran.

Elle se ressaisit et fit défiler les photos jusqu'à ce qu'elle parvienne au dessin qu'elle avait découvert cet après-midi-là. Celui qui l'avait amenée à se demander si Rafael en avait fait de semblables. Rafael… Peut-être ne dormait-il pas lui non plus. Elle se rappela la conversation qu'ils avaient eue juste après la mort de son père. Il lui avait dit qu'il serait là pour elle si jamais elle avait besoin d'une oreille attentive au beau milieu de la nuit. Et, justement, elle avait envie de parler à quelqu'un. Quelqu'un capable de l'aider à démêler ses pensées. Rafael serait doué pour ça. Mais elle songea ensuite à ce qu'il lui avait dit lors de la veillée funèbre : *Nous pouvons être tout ce que nous voulons maintenant*. Elle ne l'appellerait pas.

La photo était floue. À défaut d'appeler Rafael, elle pouvait au moins la lui envoyer, lui faire signe. Elle souleva le bras de Tim, se glissa sans bruit hors du lit et alla dans la chambre de ses parents. Lorsqu'elle reprit le dessin pour mieux le photographier, elle remarqua tout au fond du tiroir une enveloppe scellée. Elle la retourna. Le nom de son père avait été griffonné dessus. C'était l'écriture ronde, caractéristique, de sa mère.

Elle retint son souffle. Sans réfléchir, elle glissa un doigt sous le rabat et sortit un ensemble de feuillets.

25 décembre 1992.

Le jour de la mort de sa mère.

Cher Joseph,

Je ne sais pas quoi dire. Je ne sais pas comment nous en sommes arrivés là.

Elle cessa de lire et rangea la lettre dans son enveloppe. Elle ne voulait pas aller plus loin. C'était un message privé qui ne regardait que ses parents.

Mais peut-être y trouverait-elle les réponses aux questions qu'elle se posait... Quelque chose au sujet du mystérieux cadeau de Noël adressé à son père cette année-là. Et puis il était mort, et sa mère aussi. De qui trahirait-elle la confiance ?

Elle rouvrit l'enveloppe.

Après cet été, après tout ce que nous avons traversé, tout ce dont nous avons parlé, tu m'as juré que tu ne la reverrais plus. Je pensais que tu le ferais, si ce n'est pour moi et Nina, au moins par égard envers ton père et son héritage. Mais je me suis apparemment trompée.

Je ne sais pas si je pourrai te pardonner cette fois.

Je ne sais pas si je pourrai de nouveau te faire confiance.

En imaginant qu'on finisse par divorcer et que la vérité au sujet de cette femme éclate au grand jour, as-tu songé combien Nina en souffrirait ? As-tu réfléchi à ce que nous devrons tous endurer ?

Je crois qu'elle et moi ferions mieux de partir. Dans le Colorado, peut-être. Je prendrai un congé et elle pourra terminer son année scolaire là-bas. On n'aura qu'à dire que ma sœur avait besoin de moi. Ou nous inventerons un autre prétexte.

Tu as merdé, Joe. Tu as vraiment merdé. Je te le dirais bien en face, mais j'ai peur de m'effondrer avant d'en avoir terminé. Et puis tu risquerais de me convaincre de ne pas aller au bout. Or il faut que je le fasse, Joe, et il faut aussi que tu comprennes pourquoi.

La lettre se poursuivait ainsi sur plusieurs pages, mais Nina s'arrêta là. Elle était incapable d'aller plus loin.

Son père avait trompé sa mère.

Il avait détruit ce qu'il y avait de beau entre eux.
Elle savait à présent.
Son père n'était pas l'homme qu'elle croyait.
Elle ne pouvait pas se fier à ses souvenirs.
Elle ne pouvait pas se fier à lui.
Mais alors à quoi ou à qui ?

42

Hébétée, Nina retourna se coucher et ramena le bras de Tim sur elle en essayant de puiser dans sa présence un peu de réconfort.

L'histoire d'amour de ses parents était un mensonge. Les pages du magazine *People* encadrées dans la réception des hôtels Gregory ne faisaient qu'illustrer une fiction qu'ils avaient créée de toutes pièces. Quelque chose qui avait peut-être été vrai à un moment donné, mais qui ne l'était plus depuis longtemps quand sa mère était morte. Un conte de fées auquel ils avaient laissé tout le monde croire – et auquel ils *voulaient* que tout le monde croie.

Elle n'en revenait pas qu'ils aient pu faire ça, qu'ils aient pu mentir ainsi. Pas seulement en public, mais aussi devant elle.

Son père avait-il trop honte pour lui avouer la vérité ? Elle repensa à cette phrase dans la lettre de sa mère : *Je ne sais pas si je pourrai te refaire confiance un jour*. Elle-même pouvait-elle continuer à croire tout ce qu'il lui avait dit ? Et qui était la femme mentionnée par sa mère ? Quelqu'un qu'elle connaissait ou qu'elle avait connu ? Faisait-elle partie des amis qui venaient chez eux à Thanksgiving ? Juste une fois peut-être ? Ou même chaque année ?

Elle se rapprocha de Tim. Il resserra son étreinte et elle se lova tout contre lui.

— Bonjour, dit-il en entrouvrant les yeux.

— Le jour n'est pas encore levé, répondit-elle tout bas.

Elle hésita à lui parler de sa découverte, mais elle préféra attendre d'y voir plus clair. Pour mettre fin au tumulte dans son cerveau, elle pressa ses lèvres contre les siennes. Tim l'embrassa avec hésitation. Cela ne lui suffisait pas, cependant. Elle voulait retrouver ce qu'elle avait vécu avec Alex : quelque chose de primal, d'animal. Elle voulait que ce soit son corps qui contrôle son esprit, pas l'inverse.

Elle repoussa la couverture afin de contempler Tim, et s'offrir tout entière à son regard.

— Nina ?

Elle avait besoin de sentir des mains sur elle, de sentir la caresse de quelqu'un, y compris la sienne. Il fallait qu'elle se focalise là-dessus. Elle fit glisser ses doigts le long de ses seins et de son ventre, passa sur le renflement de ses hanches, puis les ramena vers sa bouche pour les lécher avant de les glisser en elle.

Pris d'une érection, Tim ôta son boxer. Il était tout en muscles. Fort, dur, tendu. Elle le voyait rarement comme à cet instant. D'habitude, il était simplement Tim. Mais là, il devenait un objet de désir.

— J'ai envie de toi, dit-elle avec dans la voix une sorte d'urgence désespérée dont elle-même eut conscience.

— Nina ? répéta-t-il d'un ton incertain.

Elle ne s'était jamais masturbée devant lui.

— S'il te plaît, dit-elle. Caresse-moi.

Il fit descendre sa main sur son sexe. Le corps de Nina réagit aussitôt et la sensation créa une sorte de court-circuit dans son cerveau.

Elle ôta sa culotte et s'installa sur lui à califourchon.

Il commença à s'arc-bouter contre elle en allant de plus en plus vite.

— Comme ça ? demanda-t-il.

Elle resserra ses cuisses autour de lui.

— Oui, souffla-t-elle.

Cela n'avait rien à voir avec le premier rapport qu'ils avaient eu ce soir-là. Rien à voir non plus avec tous ceux qu'ils avaient eus auparavant. Une tension grandit entre ses jambes et elle poussa un cri en jouissant – chose qu'elle n'avait jamais faite devant lui. Il frémit en elle et se cambra une dernière fois.

Tous deux étaient essoufflés.

Épuisée, l'esprit totalement vidé, Nina appuya sa tête sur l'oreiller et se colla contre Tim.

Enfin, elle put dormir.

43

Lorsqu'elle se réveilla, Tim n'était plus à côté d'elle. Elle le trouva dans la cuisine, déjà douché et habillé.

— Tu veux un café ? demanda-t-il.

Elle se coiffa avec les doigts et se fit une queue-de-cheval à la va-vite.

— Volontiers. Merci.

— Au sujet de cette nuit…, enchaîna-t-il en lui tendant une tasse. Qu'est-ce qui s'est passé ?

— Comment ça ?

— On n'a jamais fait l'amour deux fois de suite. Et tu n'as jamais…

Sa phrase resta en suspens. Il peinait à formuler le fond de sa pensée.

Avec le recul, Nina avait un peu honte de lui avoir dévoilé cette facette de sa personnalité et de s'être masturbée devant lui.

— Je ne veux pas dire que ce n'était pas génial, continua-t-il. Mais ce n'est pas toi, ça. Ce n'est pas nous. Et… je n'ai pas pu me rendormir après.

— Eh bien…

Elle n'était pas sûre de ce qu'elle devait dire. Avouer qu'elle ne s'autorisait presque jamais à perdre le contrôle d'elle-même, y compris quand elle en avait envie, mais qu'elle s'était sentie en quelque sorte libérée après avoir découvert que ses parents n'étaient pas le couple parfait qu'elle imaginait ? Ou n'était-ce qu'une bonne excuse, un moyen de ne pas assumer ses propres désirs ?

— Tim, dit-elle enfin, je crois que tu as vu mon vrai moi. Ou du moins une partie de mon vrai moi.

Il la dévisagea en soupesant sa réponse.

Elle soutint son regard en silence. Comme il ne disait toujours rien, elle se tourna vers le journal qu'il lisait à son arrivée. Le visage de son père s'affichait sur la page.

— Qu'est-ce que c'est ?

— Je suis allé en ville tôt ce matin et j'ai rapporté le *Times*.

Elle fixa la photo différemment cette fois. Son père était un manipulateur hors pair. Elle l'avait toujours su, mais elle pensait jusqu'alors qu'il bernait seulement les médias et le public, pas ses amis ni sa famille. Pas elle. Quels nouveaux mensonges à sa gloire allait-elle trouver dans cet article ?

Elle prit le journal. La colère à laquelle elle s'attendait tardait à venir, et elle n'éprouvait que de la tristesse.

Elle parcourut la nécrologie et jeta un coup d'œil aux photos illustrant la vie de son père. Elle était présente sur certaines d'entre elles, à côté de ses parents – tantôt l'un, tantôt l'autre, tantôt les deux. *Les tortolitos sont aujourd'hui réunis*, concluait le journaliste. C'est à ce moment-là que la colère enfla en elle.

— Ce n'est pas vrai, tu sais, déclara-t-elle d'un ton plus froid qu'elle ne l'avait voulu.

— De quoi tu parles ?

Elle monta à l'étage lui chercher la lettre de sa mère.

— Je ne suis pas allée au-delà de la première page, dit-elle en revenant. Cette nuit. Avant que je… Avant qu'on…

Il prit les feuillets et les lut rapidement.

— Ton père avait une liaison ? Merde, je suis désolé.

— C'est à peine croyable, hein ?

— Il était si… Je n'aurais jamais soupçonné qu'il puisse même envisager de…

— Tu vois de qui il pourrait s'agir ?

— Non, pas du tout. Tu veux que je pose la question à mes parents ?

— Non. Je le ferai peut-être, mais… Si ça se trouve, ils ne se doutaient de rien.

— Ils étaient forcément au courant, dit Tim en écartant quelques mèches de cheveux retombées sur le visage de Nina. Ton père ne cachait jamais rien au mien.

Elle ne répondit pas. Sa rage se transformait en quelque chose qu'elle ne parvenait pas à identifier. De la déception ? De la résignation ? De la méfiance ?

— Je ne sais même plus quoi penser de lui. Après la mort de ma mère, il m'a affirmé que ma tante ne voulait pas faire partie de notre monde, qu'elle ne nous aimait pas. Et si c'était un mensonge, ça aussi ?

— Je ne l'imagine pas te tenir sans raison à l'écart de ta famille.

— Peut-être qu'il en avait une, mais avec laquelle je n'aurais pas été d'accord.

Tim baissa les yeux sur son café.

— Ton père était un homme bon, Nina. Il ne faut pas que toute cette histoire te le fasse oublier.

Puis il redressa la tête, et elle fut surprise de le voir au bord des larmes.

— Je l'aimais, moi aussi, tu sais.

— Je sais, oui, dit-elle en se penchant pour le serrer contre elle.

L'amour était si compliqué. Il ne disparaissait pas quand quelqu'un commettait quelque chose d'horrible, quelque chose que vous condamniez. Il restait là, à côté de votre déception, de votre réprobation, et vous deviez vous débrouiller pour faire cohabiter les deux dans votre cœur. Faute de quoi, vous perdiez tout.

Ils passèrent le restant de la journée à inspecter la maison. Ils retrouvèrent un foulard que Nina enroula autour de son cou, une pile de magazines datant de décembre 1992 et un vieux parapluie d'enfant, rose avec des cœurs rouges, qu'elle pensait avoir oublié des années plus tôt dans un restaurant ou à une fête d'anniversaire.

— Ça m'étonne que personne n'ait jamais vidé cette maison, observa Tim lorsqu'ils découvrirent une pile de jeux de société dans un meuble de rangement.

— Moi aussi, dit Nina. Ça ressemble à une mission pour Super-Caro.

— Je ne lui en parlerai que si tu me le demandes, mais je parie qu'elle en sait beaucoup plus que nous.

Nina le supposait elle aussi, seulement elle n'était toujours pas sûre de vouloir en apprendre davantage.

L'image qu'elle avait de son père avait déjà tant changé en une nuit. Elle doutait de pouvoir encaisser d'autres d'informations de ce genre pour le moment.

Elle jeta un coup d'œil à Tim en passant son pouce sur sa bague de fiançailles. Après avoir vu en lui le dernier cadeau de son père, elle ne pouvait s'empêcher de s'interroger : Joseph Gregory connaissait-il quoi que ce soit à l'amour ?

44

À leur retour en ville, Nina déposa Tim chez lui.

— Tu ne veux vraiment pas que je t'accompagne ? demanda-t-il alors qu'elle s'apprêtait à ramener la voiture chez son père.

— Non.

Elle avait besoin d'être seule pour réfléchir et assimiler tout ce qu'elle venait d'apprendre.

Tim la dévisagea un peu plus longtemps qu'il ne l'aurait peut-être fait quelques semaines auparavant.

— D'accord, dit-il enfin. Tu porteras ta bague autour du cou ?

— Oui, je vais trouver une chaîne pour l'accrocher.

Ils avaient décidé que c'était la solution la plus raisonnable. Ainsi, personne ne leur poserait de questions.

— On épluchera les documents comptables demain, si tu veux, offrit-il. Deux MBA valent mieux qu'un.

Il essayait de la faire rire, et elle apprécia ses efforts.

— OK. À nous deux, je parie qu'on trouvera à quel problème mon père faisait allusion. Et, dans le cas contraire, on n'aura qu'à appeler Irv.

Ils avaient évoqué le sujet ce matin-là. Sur ce point aussi, Tim avait suggéré d'interroger ses parents, mais Nina estimait que, s'il l'avait voulu, son père aurait veillé à ce que quelqu'un lui fournisse les explications nécessaires. Peut-être y avait-il une anomalie dans la comptabilité dont même TJ n'avait pas connaissance. Ils avaient convenu qu'Irv, le directeur financier de la Gregory Corporation, serait leur roue de secours, bien que Nina ne juge au fond pas plus utile de s'adresser à lui. Irv aussi se serait manifesté si son père l'avait voulu.

— Nina et Tim, amis pour la vie, conclut Tim – ce qui la fit sourire.

En repartant, elle songea comme par réflexe que cela faisait un moment qu'elle n'avait pas parlé à son père. Elle allait lui téléphoner lorsqu'elle prit de nouveau conscience qu'il n'était plus là, qu'elle ne lui parlerait plus jamais. Et qu'il lui avait menti. Comment avait-il pu préférer la laisser dans l'ignorance, sachant que si elle venait à découvrir son secret, il ne serait plus en mesure de l'aider à affronter la situation ? Était-ce pour ça qu'il l'avait encouragée à épouser Tim ? Pour lui assurer un soutien quand elle le verrait tomber de son piédestal ? Comment avait-il pu lui faire une chose pareille ?

Des larmes brûlantes de colère brouillèrent sa vision. Elle songea à la manière dont sa mère était morte. Une route verglacée à la campagne. Une voiture hors de contrôle qui heurtait un arbre. Une épave irrécupérable. Des secours arrivés trop tard.

Mais le verglas était-il seul en cause ? Se pouvait-il que sa mère ait été aveuglée par ses larmes ? Dans ce cas, n'était-ce pas la liaison de son père qui l'avait tuée ? Et quelqu'un ne risquait-il pas de l'apprendre ? Elle n'imaginait pas de pire article. *La liaison de Joseph Gregory à l'origine de la mort de sa femme. Une petite fille orpheline par sa faute*.

Un taxi klaxonna derrière elle. Elle prit le temps de s'essuyer les yeux avant d'accélérer. Il était hors de question que le chagrin la fasse mourir prématurément. Elle ne laisserait pas l'histoire se répéter. Jamais.

45

Quel bonheur d'être chez soi, se dit-elle après avoir retiré ses lentilles de contact et rempli sa baignoire avec du bain moussant offert par Leslie quelques mois plus tôt. « J'ai vu ça et j'ai pensé à toi », avait écrit son amie. C'était Leslie tout craché. Elle ne fêtait pas Noël et n'envoyait pas de jolies cartes d'anniversaire au motif que les gens étaient déjà très gâtés à chacune de ces occasions et qu'elle trouvait ridicule d'en rajouter. Elle préférait faire des cadeaux quand elle tombait sur quelque chose susceptible de plaire à ses proches. Et il était très agréable en effet de recevoir un présent au moment où l'on s'y attendait le moins.

Nina contempla son corps nu dans le miroir de la salle de bains. *Ce corps est aujourd'hui fiancé à Tim.* Cela lui paraissait totalement fou. Pas plus tard que la veille, elle seule en avait été maîtresse. Désormais, elle avait l'impression qu'il appartenait en partie à Tim aussi. Elle n'en revenait pas de voir combien tout pouvait changer du jour au lendemain. *Hier, j'avais un père. Aujourd'hui, je n'en ai plus. Hier, je participais à une campagne électorale. Aujourd'hui, c'est terminé. Hier, Tim représentait simplement mon présent. Aujourd'hui, il est devenu mon avenir.* Elle avait mal au crâne rien que de songer à tout ça.

Elle entra dans sa baignoire et s'immergea complètement sous les bulles de savon. Elle n'avait pas pris de livre avec elle et se contenta de baisser les lumières de la pièce pour tenter de se relaxer. Elle laissa ses muscles se relâcher un à un, mais ne parvint pas du tout à se délasser l'esprit malgré tout le temps qu'elle passa à compter ses inspirations en gardant les yeux fermés et en imaginant que ses pensées flottaient hors de sa tête. Elle commença à se caresser, comme avec Tim la nuit précédente. Au lieu de voir le corps nu de son fiancé, pourtant, ce fut le visage de Rafael qui s'imposa à elle. Elle rouvrit les yeux et s'efforça de chasser cette image. Son bain n'avait rien de relaxant finalement, et la sonnerie du téléphone dans sa chambre lui offrit un prétexte bienvenu pour sortir de l'eau.

Elle enfila un peignoir et regarda qui avait tenté de la joindre. Leslie. Elle la rappela aussitôt.

— Salut, dit son amie dès la première sonnerie. Cole m'a fait promettre de te téléphoner aujourd'hui. Il nous a parlé hier soir de la pâte à pizza à base de bière que tu avais préparée avec lui la dernière fois que tu es venue nous voir. Et ça fait une semaine qu'il me demande tous les jours si tu n'as pas besoin d'une nouvelle sucette.

— Dis-lui que je viendrai bientôt vous rendre visite, répondit Nina, amusée. On pourra refaire une pizza. Oh, et dis-lui aussi qu'il a dû me choisir une sucette magique parce que j'ai beau la lécher, elle ne fond toujours pas.

— Ha ! Surtout pas ! Sinon il faudra que je lui achète toutes les sucettes du magasin au cas où il pourrait en trouver une autre pareille.

— Tu as raison, il ne vaut mieux pas, approuva Nina, qui tout en parlant avait refait son lit et s'était assise dessus. Au fait, Leslie… il s'est passé un truc hier, mais c'est un secret.

Un coup de klaxon retentit au bout du fil. Leslie devait être au volant.

— Tu ne vas pas t'en tirer avec si peu, Nina.

— J'ai dit à Tim que j'acceptais de l'épouser.

Son amie observa un bref silence – à peine un quart de seconde – avant de réagir.

— Félicitations ! Comment a-t-il fait sa demande ?

— Avec une jolie bague et un château en pain d'épices comme celui qu'on avait préparé il y a très longtemps. Il m'a expliqué qu'on était faits l'un pour l'autre. Et mon père lui a donné sa bénédiction.

— C'est pour ça que tu vas te marier avec lui ? Parce que ton père le voulait ? s'enquit prudemment Leslie.

— Non, bien sûr que non.

Mais la question avait mis Nina sur la défensive, et elle refusa dans un premier temps d'envisager cette hypothèse. Elle visualisa des fourchettes et des serviettes pour ne pas perdre son calme.

— J'aime ma vie avec Tim. Et je l'aime. Je l'aime depuis toujours. Ma décision a du sens.

— C'est super, alors, dit Leslie avec un sourire perceptible dans la voix. Je suis contente que tu sois heureuse, Nina. Tu le mérites.

— Sauf que non, justement, soupira-t-elle. Je ne suis pas sûre de l'être. Ou pas à 100 %.

— Ah oui ?

Nina comprit que son amie cherchait à déterminer son rôle dans cette conversation. Était-elle censée la soutenir ? La critiquer ?

— J'étais heureuse quand il a fait sa demande. Mais je crois que j'ai commis une erreur la nuit dernière. Je me suis caressée devant lui et j'ai pris les choses en main, au lit. Je pensais qu'il avait aimé ça, mais il se trouve que non. Il considère que ce n'est pas « nous ». Si j'ai envie d'être comme ça, moi ? Au moins de temps en temps ?

— Tu as essayé d'en parler avec lui ? De lui dire ce que tu veux ? Les couples vivent plein d'expériences différentes au lit, tu sais. Tu connais Sextris, ce jeu que Vijay m'a montré au début de notre relation ? Il s'inspire de Tetris, mais à la place des briques, ce sont des êtres humains. Une fois, on a passé une semaine à tester toutes les positions qui s'affichaient.

Nina chercha comment formuler ce qu'elle ressentait.

— Tu te rappelles l'été où je suis sortie avec Alex ? À Washington.

— Bien sûr. « L'été de la liberté ». J'aimais bien ce type.

— Cet été-là, je n'étais pas la fille de Joseph Gregory. Là-bas les gens ne me connaissaient pas. Et je me suis autorisée à faire tout ce que je voulais parce que les endroits où j'allais, la manière dont je m'habillais ou les propos que je tenais ne semblaient pas vraiment prêter à conséquence. Mais, ensuite, j'ai trouvé du boulot à New York, j'ai de nouveau fréquenté des personnes qui connaissaient mon père, et cette partie-là de moi a disparu. Ou disons plutôt que je ne l'ai plus laissée s'exprimer. Tim ne l'a jamais connue.

Un second coup de klaxon retentit, suivi d'un petit cliquetis régulier. Leslie venait de mettre son clignotant.

— Qu'est-ce qui a changé ? Cette nuit, je veux dire.

Nina avait la réponse à cette question. Elle y avait réfléchi toute la journée.

— J'ai découvert que mon père avait eu une liaison. Et… je ne sais pas, j'ai eu besoin de me vider la tête. C'est comme si je m'étais comportée d'une certaine façon durant toute ma vie, en me conformant en permanence à ses attentes, pour découvrir à la fin qu'il suivait des règles différentes. Il était beaucoup plus exigeant envers moi qu'envers lui-même. Résultat, je ne sais plus où j'en suis maintenant.

Elle ne songeait pas seulement à Tim, mais aussi à Rafael. Quelque chose lui soufflait qu'il ne serait pas gêné qu'elle se caresse en sa présence, lui…

Elle s'interdit de s'aventurer plus loin dans cette direction et se ressaisit en entendant Leslie couper le moteur de sa voiture et déverrouiller une porte.

— Ma foi, dit son amie, toutes les relations sont compliquées. Je suis sûre que Tim pourrait s'habituer à ton envie d'un peu plus de fantaisie au lit, si le problème se résume à ça. Mais j'ai l'impression que tu n'as pas vidé tout ton sac.

— Je suis perdue, Leslie, avoua Nina en se massant les tempes. Toute ma vie se transforme sous mes yeux, et je n'aime pas ça.

Elles continuèrent à discuter ainsi un moment. Rien ne fut résolu au cours de cette conversation, et rien ne changea non plus, mais Nina puisa un peu de réconfort à savoir que Leslie était toujours là, attentive, à l'autre bout du fil.

46

Quelques jours plus tard, alors qu'elle disposait des verres sur la table pour le dîner, la porte de son ascenseur privé s'ouvrit sur Tim.

Il avait été très pris par son travail après leur retour à New York, si bien qu'elle avait passé son temps à éplucher seule des bilans comptables, à appeler les responsables des différents départements de la Gregory Corporation, à s'informer des questions à traiter et à étudier les résultats des années précédentes en commençant par les plus récents. Elle avait contacté Irv aussi, mais juste pour avoir un compte rendu de la situation de son point de vue. Le fait d'avoir grandi dans le monde de l'hôtellerie et d'avoir eu un père comme le sien lui avait beaucoup appris – sans parler de ses conversations avec Caro et TJ et de tous les cours qu'elle avait suivis en école de commerce –, seulement elle avait encore beaucoup à assimiler. Bien plus qu'elle ne l'avait supposé, même. C'était à cette tâche qu'elle s'attelait à présent. Elle le faisait en mémoire de son père et, si elle n'était toujours pas sûre de trouver ce à quoi il avait fait allusion, elle découvrait beaucoup de choses sur l'entreprise qui l'amenaient à douter de plus en plus de l'avoir jamais bien connu. Ses choix marketing semblaient relever d'un autre temps. Ses décisions paraissaient illogiques. Était-il vraiment le brillant homme d'affaires que tout le monde croyait ? Et TJ ? Quel rôle jouait-il dans tout ça ?

— Salut, dit Tim. Ça sent super bon ici.

Nina sourit. Elle avait passé plusieurs heures à cuisiner du poulet sauté aux pommes, aux oignons, à l'ail et au thym, ainsi qu'une salade d'automne et du pain frais.

Elle trouvait gratifiant de préparer un repas de A à Z, de suivre une recette pour obtenir un plat en tout point conforme à ce qu'elle avait prévu. Elle n'improvisait jamais en cours de route, son plaisir était de respecter les instructions à la lettre et de contempler le résultat. Ce jour-là, pourtant, elle avait glissé des petits morceaux de piment dans sa pâte à pain ainsi que des pépins de grenade dans la salade, et elle était presque gênée d'en éprouver une certaine satisfaction.

Tim l'aida à tout porter sur la table avant de la servir.

— Merci, dit-elle.

— Merci à toi de m'avoir préparé un tel dîner. Mais tu n'avais jamais mis de pépins de grenade dans la salade avant. C'est une nouvelle recette ?

— Non, une ancienne que j'ai simplement revisitée.

Il eut l'air surpris, mais ne fit pas d'autre commentaire.

Nina picora sa salade, l'esprit tourné vers une conversation qu'elle avait eue avec le responsable marketing. Jeff souhaitait renforcer leur présence sur les réseaux sociaux et accroître leurs achats de publicité dans une poignée de secteurs clés, mais elle lui avait opposé une fin de non-recevoir. Elle n'avait pas l'intention de suggérer le moindre changement à TJ pour le moment – sa priorité était simplement de lister ce que voulait chaque département. Certaines demandes semblaient anodines, mais elle savait que rien dans une entreprise n'était aussi simple qu'il y paraissait. Changer le savon dans les salles de bains, par exemple, obligeait à négocier un nouveau partenariat, ce qui engendrerait peut-être des coûts supplémentaires. Il faudrait s'assurer que le fabricant ne faisait pas travailler des enfants et ne subventionnait pas des lobbyistes afin d'assouplir les normes de gestion des déchets. Et en même temps qu'elle considérait ces problématiques, elle gardait en tête l'idée que son père avait trompé sa mère et provoqué indirectement sa mort. C'était plus fort qu'elle, elle ne pouvait cesser d'y penser.

— Tu as passé une bonne journée ? demanda Tim.

— Bof. Elle a été bien remplie. Intéressante aussi. Et vaguement déstabilisante.

— Déstabilisante ? Comment ça ? dit-il en se levant pour aller chercher une bouteille de cabernet.

— Je… C'est bizarre, en fait. Je me suis rendu compte aujourd'hui que mon père avait pris des décisions différentes de celles que j'aurais peut-être envisagées. Quand ça arrivait, avant, et surtout quand il était question des hôtels, je partais du principe qu'il avait raison et que mon approche n'était pas la bonne. Mais je crois… Je crois qu'il y a des choses qu'il aurait pu mieux faire. Et je ne comprends pas pourquoi il ne l'a pas vu. Ça m'étonne de sa part.

— Personne n'est parfait. Mais, quand même, ton père était quelqu'un de remarquable. Il a repris l'entreprise de ton grand-père et il a poussé plus loin encore sa réussite. Est-ce que tu sais combien de personnes auraient choisi de se la couler douce à sa place ou, pire encore, mené la boîte à la faillite ? On observe ça tout le temps.

— Peut-être, mais je ne te parle pas que de sa réussite professionnelle. Il y a aussi ce qu'on a découvert dans la maison de ma mère. J'ai l'impression de m'être accrochée pendant des années à un rocher qui n'était pas aussi solide que je l'imaginais.

C'était ça qui la contrariait le plus. Son père n'avait pas été l'homme qu'elle pensait. Elle s'était forgé une image de lui qui, à cet instant, lui paraissait totalement fictive. Comme le magicien d'Oz. Comme l'empereur tout nu du conte d'Andersen. Non seulement Joseph Gregory lui avait caché toute sa vie son vrai visage, mais elle n'avait à présent plus aucune chance de le connaître réellement.

— Tu n'as qu'à t'accrocher à moi, dit Tim en souriant. Je suis le rocher le plus solide que tu puisses trouver.

Elle dut se forcer à lui sourire en retour. Il n'avait pas du tout compris ce qu'elle voulait dire.

Lorsqu'ils se couchèrent ce soir-là, elle rangea son téléphone. Rafael lui avait envoyé un texto pour prendre de ses nouvelles et lui proposer d'aller boire un café. Incapable de refuser de but en blanc, elle avait simplement remis cette sortie à plus tard en évitant de s'interroger sur ce qui motivait son invitation. Elle ne pouvait pas faire ça alors que Tim était dans son lit et qu'ils se préparaient à passer le reste de leur vie ensemble. Alors qu'elle avait peur de se lâcher devant lui, de lui dire ce qu'elle voulait. Alors que leur relation lui semblait changer depuis un moment déjà d'une manière qu'elle n'aurait su décrire.

47

Le lendemain matin, le portier de son immeuble l'appela. TJ Calder demandait à la voir. Nina craignit que sa visite ne fasse suite aux conversations qu'elle avait eues avec les responsables de tous les départements de la Gregory Corporation. Il était le seul à qui elle n'ait pas encore parlé, car elle se sentait mal à l'aise à l'idée de devenir sa supérieure. Aussi mal à l'aise que si elle avait dû expliquer à son père ce qu'il devait faire. Cela lui semblait inconcevable. Impossible.

— Bonjour, ma chérie, dit-il en sortant de l'ascenseur.

Il avait meilleure mine que la dernière fois. Ses yeux n'étaient plus aussi gonflés et ses traits lui parurent moins creusés.

— Comment vas-tu ?

— Ça peut aller.

Telle était la réponse qu'elle avait décidé de donner quand on lui posait la question. C'était la vérité, après tout, et cela dissuadait les gens d'insister.

TJ s'assit devant l'îlot central de la cuisine.

— J'ai apporté des muffins, dit-il en posant un sachet devant lui. Aux pommes et aux canneberges. Ce sont tes préférés, si je ne m'abuse ?

— En effet.

Elle eut la gorge nouée devant cette petite attention. TJ connaissait ses muffins préférés. Il s'en était souvenu. C'était comme avoir un deuxième père. Un bonus, une chance supplémentaire. Peut-être accepterait-il de prendre sa retraite. Ainsi, elle n'aurait pas à être sa chef et, après avoir épousé Tim, elle pourrait devenir tout simplement sa fille. Il faudrait qu'elle en parle à Tim, songea-t-elle en apportant des serviettes et en ouvrant le sachet.

TJ prit un muffin au citron et aux graines de pavot.

— J'essaie de les faire patienter, mais les membres du conseil d'administration aimeraient vraiment te rencontrer. Je suis venu en personne parce que je sais que ton père aurait voulu que je te fasse comprendre combien c'est important.

Nina se rappela la fois où elle avait prévu de se rendre à une réunion du conseil. C'était le jour où elle avait craqué. Elle avait eu peur de se montrer devant ces gens, encore si peu sûre d'elle-même – et si peu préparée à assumer ses nouvelles responsabilités.

— Je ne peux pas m'accorder huit jours de plus ? demanda-t-elle sans regarder TJ.

Il fallait qu'elle détermine ce qu'elle voulait faire, y compris en ce qui le concernait.

— Il vaudrait mieux prévoir ça cette semaine. L'avenir de la société revient souvent dans les conversations maintenant que ton père nous a quittés. Ce serait bien que tu convoques une réunion. Je serai avec toi et je pourrai veiller à ce qu'elle ne dure pas plus d'un quart d'heure, vingt minutes maximum.

— D'accord. Alors disons vendredi, céda-t-elle, même si elle savait qu'elle avait peu de chances d'être prête d'ici là.

— Parfait. Tu te souviens de Ned ? Il n'arrête pas de râler et de réclamer qu'une banque d'investissement évalue plusieurs options stratégiques.

Le message était clair. Le conseil allait tenter de la convaincre de revendre sa participation majoritaire dans la société.

Elle eut un mouvement de recul. Ce fut une réaction instinctive.

— Je ne vendrai pas mes parts. Il s'agit de l'entreprise de ma famille. De mon nom. Je n'y renoncerai jamais.

— Je m'en doutais, soupira TJ. Mais es-tu en mesure de diriger les hôtels ?

— Je le serai bientôt. On pourrait peut-être se caler un rendez-vous demain pour discuter de la société et de l'avenir que tu lui vois à un horizon de trois ou cinq ans.

Avec un peu de chance, il lui dirait qu'il voulait prendre sa retraite à présent que Joseph n'était plus là. Elle n'aurait pas alors à aborder le sujet.

— Je sais que tu seras à la hauteur de la tâche, Nina. Et je sais aussi que c'était le vœu de ton père. Mais je vais te poser une question qui ne l'aurait jamais effleuré : en as-tu envie ?

Elle était censée le vouloir. Voilà tout ce qu'elle pouvait dire. C'était sa responsabilité. Le travail auquel elle avait été destinée dès sa naissance. L'avenir tracé pour elle. Et elle l'avait accepté. Elle s'y attendait. Cela faisait partie d'elle.

— Réfléchis-y un peu, Nina, dit TJ. Moi, il faut que je retourne au bureau.

Elle l'embrassa et insista pour qu'il emporte le reste des muffins avec lui.

— On se voit demain ?

— Appelle Rita. Elle trouvera un créneau dans mon agenda.

— Oh, attends. J'ai quelque chose à te demander avant que tu t'en ailles. J'ai épluché les documents comptables que mon père m'a donnés. De 2008 à 2011, j'ai relevé des honoraires de 60 000 dollars versés chaque mois à un cabinet d'expertise et de conseil. Manxome Consulting, ça te parle ? Ils n'ont pas l'air d'avoir de site Internet. Si tu as leurs rapports, je serais curieuse de savoir ce qu'ils pensaient de la société.

— Je ne suis pas sûr de pouvoir les retrouver, dit-il d'un air indéchiffrable. Je vais regarder ça et je te tiendrai au courant.

— Merci, TJ.

— De rien.

Après son départ, elle retourna se pencher sur les bilans comptables. Ce cabinet de conseil l'intriguait. Son père l'avait-il choisi parce que son nom reprenait l'un des mots-valises du « Jabberwock » ?

Qu'elle ait envie ou pas de diriger la Gregory Corporation, elle allait le faire. Pour le moment du moins, c'était bien suffisant.

48

Trois semaines s'étaient écoulées depuis la mort de son père et, malgré son impression de ne pas les avoir vues passer, Nina avait de plus en plus de mal à se rappeler le timbre exact de sa voix et le contact particulier de ses mains sur les siennes. Mais elle n'était plus aussi à fleur de peau, à risquer de s'effondrer dans les moments les plus improbables. Et elle avait retrouvé sa vivacité d'esprit habituelle. Dorénavant, lui semblait-il, elle pouvait renouer avec le monde extérieur.

Elle prit le journal sur la table du petit déjeuner et repéra un article sur Rafael. Il prévoyait de participer à la parade d'Halloween à Greenwich Village à la fin du mois, environ une semaine avant l'élection. Elle repensa à ses anciens collègues. Devait-elle aller les saluer ? Cela aurait été la moindre des choses vis-à-vis de Jane, qui lui avait écrit tous les deux ou trois jours pour prendre de ses nouvelles. Et Jorge effectuerait peut-être sa danse de la victoire si elle le lui demandait. Quant à Rafael, il lui avait envoyé quelques textos supplémentaires pour lui proposer de bavarder un peu. Elle avait répondu poliment, sans jamais fixer de date précise. À la place, elle allait courir le long de l'Hudson, en s'arrêtant parfois pour admirer le courage des gens qui s'initiaient au trapèze sur la jetée 40. Elle passait aussi des heures à tenter de comprendre comment son père avait pu tromper sa mère, et presque autant de temps à débattre avec Tim de l'intérêt d'interroger ses parents sur cette liaison. Lui, de son côté, aurait préféré savoir quand elle jugerait approprié d'annoncer leurs fiançailles.

« L'ancienne Nina serait si impatiente », lui avait-il dit l'autre soir.

C'était ainsi que débutaient la plupart de ses commentaires désormais. « L'ancienne Nina n'aurait pas mis de piments dans ce sandwich. » « L'ancienne Nina ne se serait pas fait poser un piercing sur l'oreille au beau milieu de la journée. » Ce qu'elle avait bel et bien fait. Deux jours après avoir parlé avec TJ et compris qu'elle avait gravement surestimé les qualités d'homme d'affaires de son père. Le jour même où elle avait repoussé sa réunion avec le conseil d'administration.

Il s'avérait que c'était TJ qui avait pris la plupart des décisions relatives à la société en s'efforçant de la maintenir à flot pendant que son père cultivait ses réseaux, incarnait l'image des hôtels et assurait leur publicité. C'était donc lui qui avait assumé la plus grosse partie du travail – et pas toujours comme il fallait, pensait-elle.

Elle avait l'impression de vivre dans une maison tapissée de miroirs où tout était inversé. Mais un matin, sans qu'elle sache pourquoi, elle s'était rappelé l'année de ses seize ans, quand elle avait voulu se faire poser un piercing et que son père avait refusé sous prétexte qu'il jugeait ça vulgaire. Elle avait protesté en lui énumérant les noms de toutes les filles de son école qui en avaient un – en vain. Dix-sept ans plus tard, elle avait donc passé outre son interdiction. Et son fiancé détestait ça autant que son père.

En mordant dans son muffin, elle se demanda si elle ne pourrait pas devenir bénévole pour la campagne de Rafael. Juste quelques heures par semaine, histoire de l'aider. Cela lui permettrait de retrouver le sens des réalités et de ne plus avoir cette impression d'être le personnage principal d'un film dans lequel elle partait à la dérive sur un océan de demi-vérités et de mensonges éhontés.

Son téléphone sonna soudain, et elle reconnut le numéro du QG de campagne de Rafael.

— Allô ?

— Nina ? C'est Christian.

Hormis les deux ou trois fois où il l'avait priée de lui présenter quelqu'un, elle n'avait pas souvent eu affaire à lui lorsqu'elle travaillait pour Rafael.

— Christian ? Tout va bien ?

Il laissa échapper un grognement évasif.

— Pour être franc, on s'attendait à ce que les donateurs de Marc Johnson se rallient à nous après les primaires, mais ils ne l'ont pas fait. Du moins pas autant qu'on l'espérait.

— Oh. Je suis désolée.

Elle se mit à réfléchir en cherchant qui parmi ces donateurs avait pu soutenir financièrement Rafael et qui ne l'avait pas fait. Un appel de sa part pourrait-il changer la donne ?

— Tu veux que j'essaie de convaincre certaines personnes ?

Christian se racla la gorge.

— Ton père organisait des dîners en soutien à certains candidats à l'hôtel Gregory. Des repas à 1 000 dollas le couvert.

— En effet. Il arrivait à lever quelques centaines de milliers de dollars.

Christian se racla de nouveau la gorge. Nina saisit enfin le but de son appel.

— Tu veux qu'on fasse la même chose pour Rafael ?

— La semaine prochaine, peut-être ? Ça m'ennuie de te demander ça, mais…

— Mais vous en avez besoin. Rafael en a besoin. Je comprends. Laisse-moi passer un ou deux coups de fil, je vais voir ce que je peux faire.

Rafael avait-il autorisé Christian à s'adresser à elle ? Oui, forcément. Cela expliquait peut-être pourquoi il lui avait proposé d'aller boire un café.

— Merci, Nina. Merci mille fois.

Elle raccrocha et téléphona aussitôt à Caro.

— Qu'en penses-tu ? dit-elle après lui avoir exposé la situation. C'est jouable ?

Elle entendit le clic d'une souris.

— La salle de bal du Gregory on the Park est disponible mardi soir. Ça ne nous laisse pas beaucoup de temps, mais…

— Mais on y arrivera. Génial. Tu sais comment papa procédait ? Comment choisissait-il les invités ?

Caro observa un bref silence.

— Ma chérie, c'est moi qui organisais ces dîners avec mon équipe. Je lui fournissais une liste après avoir consulté son répertoire et sélectionné les gens que j'estimais les plus susceptibles de faire un don. Joseph se contentait d'envoyer les invitations.

— Oh. Je vois. Évidemment.

Encore un mérite qu'elle avait attribué à tort à son père.

— Je les enverrai aussi, bien sûr. Mais je peux faire ma propre liste. Tu n'as pas à t'en occuper à ma place, Caro.

Elle sentit l'approbation de cette dernière.

— Combien de personnes vises-tu ?

Nina savait que la salle de bal pouvait accueillir jusqu'à trois cents convives lorsqu'on dressait des tables sur la piste de danse. Deux cent quarante dans le cas contraire.

— Trois cents. Faut-il que je fasse valider ça par quelqu'un ?

Caro éclata de rire.

— Seulement par toi, répondit-elle. Et par moi. La voie est libre.

— Parfait. Il faudrait qu'on se pose un moment pour passer en revue tout ce que tu fais d'autre au juste. Ça me permettrait d'y voir plus clair dans le fonctionnement de la société.

— OK, mais après le dîner. Je me charge d'organiser ça rapidement en attendant. Tu me mettras en contact avec la personne au QG de campagne avec qui je pourrai tout coordonner ?

— Bien sûr. Merci, Caro.

— De rien.

Nina rappela ensuite Christian pour lui communiquer la date retenue ainsi que le numéro de téléphone de Caro. Bien qu'il ne soit pas du genre à faire des danses de la victoire comme Jorge, elle le sentit soulagé. Et reconnaissant.

C'était si agréable de prendre de nouveau part à cette aventure. Mais il lui semblait incorrect de renouer avec ses anciens collègues sans parler à Rafael. *Bonjour*, écrivit-elle en commençant un texto. *J'ai hâte d'être à ce dîner de gala.*

Il lui répondit sur-le-champ.

Merci beaucoup, Nina. Vous n'imaginez pas combien cela va nous aider.

Elle le vit mentalement sourire et ne put s'empêcher d'en faire autant. *À part ça, comment se passe la campagne ?*

Ce n'est pas pareil sans vous. Mon nouveau rédacteur est bon, mais vous étiez meilleure.

Le sourire de Nina s'élargit. *Vous me connaissiez mieux, c'est tout.*

Vous savez très bien qu'il n'y avait pas que ça.

Évidemment qu'elle le savait. *Peut-être*, tapa-t-elle en retour.

Trois points de suspension apparurent sur son téléphone. Puis disparurent. Puis réapparurent. Elle fixa l'écran pendant que Rafael décidait ce qu'il voulait dire et comment le dire. Au bout de deux minutes, enfin, quelques mots s'affichèrent – mais bien peu au vu du temps qu'il avait passé à les rédiger.

J'ai une chance de vous convaincre de réviser le discours que Danny m'a écrit ?

Elle sourit à nouveau. Les mots de Rafael semblaient avoir souvent cet effet-là sur elle. Sans doute parce qu'elle parvenait sans peine à décrypter leur sens caché. À lire entre les lignes. Et, cette fois, elle était sûre que son message était le suivant : *Je veux vous voir. Sans attendre mardi soir.* Comparé à la complexité de ses relations actuelles avec Tim, la simplicité de cet échange avait quelque chose de rafraîchissant. Elle manquait à Rafael, tout simplement.

Je devrais pouvoir me libérer, répondit-elle en ignorant la partie de son cerveau qui lui demandait pourquoi elle considérait que c'était une bonne idée. Mais elle ne pensait pas que c'en était une. Simplement, elle s'en moquait. Elle aimait ce qu'elle ressentait en présence de Rafael, et elle voulait retrouver ça. Maintenant plus que jamais.

Il mit si longtemps à réagir qu'elle reposa son téléphone et alla brancher sa bouilloire pour se préparer un café.

Alors que l'eau commençait à chauffer, son portable fit entendre un petit *bip*.

Super, disait Rafael. *Je vais vous faire suivre le texte par mail. Pouvez-vous passer demain soir pour qu'on le regarde ensemble ?*

Tim avait prévu d'aller boire un verre avec des collègues le lendemain. Nina lui avait dit qu'elle l'accompagnerait peut-être, mais sans s'engager. Elle n'était pas sortie très souvent en public depuis la mort de son père. Elle avait annulé ses différents dîners et refusé les invitations à des galas de bienfaisance et des vernissages. Il y avait quelque chose de bizarre à voir les gens continuer à vivre leur vie tout à fait normalement alors que la sienne avait subi un tel bouleversement, et échanger des propos anodins exigeait d'elle un réel effort. Pour un peu, elle se serait crue sur une autre planète.

Oui, écrivit-elle. *Je passerai demain soir vers 18 heures*.

Le texte du discours lui parvint quelques minutes plus tard en pièce jointe d'un e-mail.

Elle se mit au travail. Peu à peu, elle respira mieux et se détendit, totalement absorbée par sa tâche, par ces mots qu'elle cherchait à améliorer. Ça, elle savait faire. C'était même facile pour elle.

TJ tenta de la joindre un peu plus tard, mais elle ignora son appel. Peut-être était-ce ce qu'elle avait intérêt à faire pour le moment : cesser de vouloir comprendre quel message son père lui avait laissé dans les documents comptables de la Gregory Corporation. Cela pouvait attendre.

49

Ce soir-là, son ascenseur privé tinta alors qu'il était près de minuit. Elle dormait, mais pas profondément, et le bruit suffit à la réveiller. Elle se redressa dans son lit.

— Qui est là ? Tim, c'est toi ?

— Salut, dit-il en entrant dans sa chambre.

— Le match de base-ball est terminé ?

Elle savait qu'il était allé regarder les Yankees affronter les Twins avec des collègues.

— Ouais, on a gagné.

— Tant mieux, répondit-elle en se rallongeant. Tu ne m'avais pas dit que tu viendrais.

Il ôta sa veste, sa chemise et son jean et ne garda que son boxer et son maillot de corps.

— C'est juste que… tu me manquais. J'avais envie de dormir à côté de toi cette nuit.

Il alla dans la salle de bains se brosser les dents. Lorsqu'il revint, Nina peinait à garder les yeux ouverts.

— Il s'est passé quelque chose ?

— Je voulais juste me rappeler combien je t'aime, dit-il en l'embrassant sur la joue.

Sa remarque lui parut curieuse, mais elle était trop fatiguée pour en discuter.

— D'accord. Je t'aime, moi aussi.

Elle se tourna vers lui, nicha sa tête sous son menton, et ils restèrent ainsi, l'un contre l'autre, jusqu'à ce qu'ils s'endorment tous les deux.

Le lendemain matin, au petit déjeuner, elle lui posa la question qui l'avait effleurée cette nuit-là.

— Pourquoi avais-tu besoin de te rappeler que tu m'aimais ?

— J'ai dit ça, moi ? répliqua-t-il en découpant avec sa fourchette l'omelette qu'elle lui avait préparée selon ses préférences – aux oignons et au cheddar, et pas du tout baveuse. J'étais bourré. Tu me manquais, c'est tout.

Il avala une bouchée.

— Mmm, c'est délicieux.

Nina n'insista pas, mais Tim ne mentait jamais quand il avait trop bu. Et il n'employait pas un mot pour un autre non plus. Il avait dit ce qu'il pensait. De toute évidence, il s'était passé quelque chose.

Elle se demanda si c'était la première fois qu'il lui cachait la vérité, ou si cela était déjà arrivé sans qu'elle s'en rende compte. Elle espérait vraiment que non, mais elle n'était plus sûre de rien.

50

Plus tard ce jour-là, Nina téléphona à Leslie.

— Je mange une salade, la prévint son amie. Ne t'étonne pas si tu entends des drôles de bruits en arrière-fond. Quoi de neuf ?

— Il y a un souci avec Tim.

— Comment ça ? Que se passe-t-il ?

Par la fenêtre de son appartement, Nina regarda les gens seuls, en groupe ou en couple, qui marchaient le long de Jay Street.

— Il a débarqué assez tard hier soir parce qu'il avait besoin de se rappeler qu'il m'aimait. C'est ce qu'il m'a dit. Il a balayé le problème ce matin, mais je ne peux pas m'empêcher de penser qu'il n'aurait pas dû avoir besoin de se rappeler ses sentiments pour moi. Tu comprends ? Et pourquoi refuse-t-il de me dire ce qui a provoqué ça chez lui ? C'est vraiment… vraiment bizarre. Quelque chose ne tourne pas rond.

Leslie ne répondit pas tout de suite.

— Je trouve ça un peu étrange, en effet, mais pas alarmant non plus. C'est tout ce qui t'inquiète ?

Ce n'était pas tout, non. Nina en avait parfaitement conscience.

— C'est juste que… je crois qu'il attend de moi que je sois la Nina qu'il a connue toute sa vie, mais je ne sais même plus si cette personne était bien réelle. Toutes mes décisions ont toujours été influencées par le jugement de mon père. Qu'est-ce que j'aurais fait si je n'avais pas été éduquée ainsi ? Aurais-je choisi une école différente ? Un autre métier ? Peut-être que j'aurais déménagé à Boston avec toi ou que je serais restée à Washington. Peut-être aussi que j'aurais rejoint les Peace Corps. Ou j'aurais pu devenir pianiste de jazz. Je ne sais pas qui j'aurais été. J'aimerais bien démêler tout ça… mais Tim a l'air de vouloir que je reste la même. La personne qui reflète les choix de son père dans tout ce qu'elle fait – c'est cette femme-là qu'il voit en moi.

Des assiettes s'entrechoquèrent derrière Leslie.

— Tu penses toujours à la nuit où tu as eu envie de t'envoyer en l'air et où sa réaction t'a fait culpabiliser ?

— C'est juste qu'il est tellement prévisible, soupira Nina en faisant les cent pas dans son salon. Et il voudrait que je le sois aussi alors que ce n'est pas du tout le cas à l'heure actuelle. Est-ce que je peux l'épouser dans ces conditions ?

— Eh bien, dit Leslie d'un ton cette fois très sérieux. Certaines choses ont changé dans ta vie. Beaucoup de choses, même. Et tout ça n'est pas encore stabilisé. Le moment est peut-être mal choisi pour accepter une demande aussi importante. D'ailleurs, ce n'est pas ce qu'on dit d'habitude, qu'on n'est pas censé prendre de décision majeure pendant au moins six mois après la mort d'un être cher ?

Nina soupira.

— Peut-être que tout ira bien au bout du compte, mais… Je lui ai dit qu'il était préférable de ne parler à personne de nos fiançailles parce que je trouvais bizarre de faire ce genre d'annonce si vite après la mort de mon père. Et maintenant que quelques semaines se sont écoulées, je ne suis toujours pas emballée à l'idée de prévenir nos proches.

Elle entendit le bruit d'une caisse enregistreuse qui se refermait.

— Ça ne me semble pas un signe très encourageant, commenta Leslie.

— Je suis complètement paumée. Je ne sais plus du tout dans quelle direction avancer.

— Tu devrais peut-être t'accorder un peu plus de temps. Tôt ou tard, tu finiras par voir ce qu'il faut faire.

Nina se laissa tomber sur son canapé et ferma les yeux.

— Comme tu es zen.

Leslie se mit à rire.

— Oui, ça ne me ressemble guère. Écoute, il faut que je file, mais je te rappellerai plus tard.

— D'accord. Embrasse tout le monde pour moi.

— Je n'y manquerai pas.

Après que son amie eut raccroché, Nina resta allongée sur son canapé. Elle aurait voulu se sentir emplie d'un tel amour pour Tim. Un amour qui n'aurait laissé place à aucun doute. Un amour débordant qui aurait égayé chaque instant.

Et elle aurait voulu qu'il éprouve ça lui aussi.

Le problème était bien là. Elle craignait qu'il n'en soit rien, ni pour elle ni pour lui. Cela voulait-il dire alors que la période déstabilisante qu'elle traversait depuis la mort de son père n'était pas la seule chose qui fasse tanguer leur relation ? Elle tenait à être aussi sûre de son envie d'épouser Tim qu'elle l'était de pouvoir toujours compter sur Leslie – et réciproquement – en cas de besoin.

Mais elle ne l'était pas.

51

Ce soir-là, Nina se présenta au QG de campagne de Rafael à 21 h 30. Il avait retardé leur rendez-vous car il voulait attendre que son nouveau rédacteur ait quitté le bureau, afin de ne pas lui donner l'impression qu'il trouvait à redire à son travail. Nina y vit un geste attentionné de sa part, même si cela signifiait que la plupart de ses anciens collègues seraient partis le temps qu'elle arrive. Il faudrait qu'elle repasse un autre jour si elle voulait voir toute l'équipe.

Sa carte magnétique ne fonctionnant plus, elle envoya un message à Rafael pour qu'il vienne lui ouvrir. Il portait un T-shirt avec un toucan en dessous duquel il était écrit : « Toucan Do It ». Cela la fit rire, et il lui décocha son sourire ultrabright.

— C'est drôle, hein ?

— Très, confirma-t-elle.

Elle avait oublié à quel point il était séduisant. À quel point aussi elle se sentait bien rien qu'en marchant à côté de lui.

Ils s'installèrent dans la salle de conférences près des ascenseurs. À certains égards, rien ne semblait avoir changé en trois semaines, et pourtant rien n'était plus pareil. Nina ne faisait plus partie du staff de Rafael. Ils étaient sur un pied d'égalité désormais, et il lui avait proposé de se tutoyer. Ils étaient amis. Elle ouvrit son ordinateur portable et lui montra ses corrections.

— Voilà ce que je te propose : enlevons cette partie un peu trop générique sur le bénéfice des écoles publiques d'excellence dans les quartiers défavorisés et remplaçons-la par ta propre expérience à la Bronx High School of Science. Et on pourrait aussi développer en contrepoint l'exemple de ton cousin Kevin en insistant sur le fait que tu as fini à la fac de droit, et lui en prison.

Rafael se gratta le menton.

— Tu crois que j'ai intérêt à mettre en avant la partie irlandaise de ma famille ? Mac tient beaucoup à me présenter comme le futur premier maire latino-américain de New York. Jusqu'à maintenant, on n'a pas dévié du récit centré sur mes origines cubaines – le fils de réfugiés, l'opération Peter Pan, les efforts pour réussir à partir de rien, la culture hispanique…

Nina le dévisagea. L'idée venait de la traverser qu'il était nu sous son T-shirt. Rien de plus normal, évidemment. Tout le monde était nu sous ses vêtements. Mais elle n'arrivait plus à s'ôter cette image de la tête. Elle n'avait pas anticipé qu'il serait si difficile de le revoir.

— Tu penses vraiment que c'est une bonne idée de parler de Kevin ? insista Rafael.

— Eh bien, dit-elle en prenant sur elle pour ne plus se laisser distraire. Quel message tiens-tu à faire passer ? Comment veux-tu être connu ?

Elle savait qu'il était risqué de mentionner son cousin Kevin. Serait-elle restée dans son équipe de campagne, elle ne lui aurait probablement pas suggéré de le faire. Cela ne lui serait d'ailleurs peut-être pas venu à l'esprit si elle ne s'était pas rappelé le jour où sa mère lui avait dit qu'elle était une Lukas tout autant qu'une Gregory.

— Si tu veux être uniquement connu comme le premier maire latino-américain de New York, on peut oublier Kevin. Mais dans le cas contraire… tu dois convaincre un électorat plus large que celui des primaires maintenant. C'est l'occasion pour toi de montrer aux électeurs qui tu es réellement.

Rafael resta songeur.

— Je savais bien que j'avais besoin de toi, dit-il enfin.

Elle éclata de rire.

— Je suis sérieux ! Personne ne m'avait jamais posé cette question. On m'a juste dit jusqu'ici quel était le meilleur moyen de remporter les élections. Quels aspects de moi il était logique de mettre en valeur pour recueillir plus de suffrages. Tu m'incites à reconsidérer tout ça, Nina.

— Je faisais pareil, moi aussi, reconnut-elle. Avant, dans tes discours, je cherchais à souligner les points que Mac jugeait importants. On a façonné ton personnage public en faisant ressortir certains aspects de ta biographie et en laissant les autres de côté.

— Et qu'est-ce qui a provoqué ce revirement ? demanda-t-il, les yeux rivés sur elle.

Elle frissonna sous l'intensité de son regard.

— J'ai réfléchi à ça depuis la mort de mon père. Et je ne suis plus certaine maintenant que ce soit ce qu'il y a de mieux à faire. C'est peut-être le meilleur moyen de gagner une élection ou de créer… comment dire… une légende urbaine. Mais est-ce la meilleure façon de vivre ?

Rafael quitta sa place de l'autre côté de la table et vint s'asseoir à côté d'elle.

— Que s'est-il passé ?

Il était très proche à présent, assez pour qu'elle puisse le toucher – ce qu'elle se retint de faire à temps.

— On devrait finir de revoir ce discours, dit-elle en reportant son attention sur le document.

Rafael ne la quittait toujours pas des yeux, au point qu'elle avait l'impression d'être sous un microscope.

— Faisons deux versions, alors. Une qui exploitera les deux facettes de mon histoire familiale, et une autre qui se concentrera exclusivement sur mes origines cubaines. Je réfléchirai et je prendrai ma décision demain.

Nina approuva son choix. Déterminer ce qu'on était prêt à montrer de soi et comment on voulait être perçu par les autres n'était pas le genre de chose à faire sur un coup de tête.

52

À 23 heures, ils avaient déjà bien avancé. Les textes n'étaient pas encore parfaits, mais ils s'en approchaient. Et Nina s'était habituée à la présence de Rafael tout près d'elle et à la chaleur qu'ils semblaient produire ensemble.

— Tu as faim ? demanda-t-il après avoir terminé de remanier un paragraphe sur l'éducation bilingue et les bénéfices qui en résulteraient pour tous les élèves new-yorkais.

Elle acquiesça. Elle était même affamée.

— Tu veux qu'on commande quelque chose ?

— Si on allait plutôt manger un hamburger ? Le snack-bar d'à côté ne fermera que dans une heure.

— J'ai peur qu'on n'ait pas le courage de se remettre au travail si on sort d'ici, dit-elle en s'étirant le cou.

Elle le vit alors se passer une main dans les cheveux juste au-dessus de l'oreille.

— Qu'y a-t-il ?

— Tu lis toujours en moi, hein ? dit-il en souriant. J'allais te proposer de revenir demain soir si tu peux.

Elle avait annulé sa participation au club de lecture auquel Priscilla l'avait invitée, elle n'avait donc rien de prévu. Tim souhaiterait sûrement dîner avec elle, mais il suffirait qu'ils mangent de bonne heure pour qu'elle puisse ensuite rejoindre Rafael.

— D'accord.

Elle lui envoya les brouillons par mail, éteignit son ordinateur et ils sortirent. Ils étaient déjà allés au snack-bar voisin avec Jane et Jorge au cours des mois précédents, et parfois aussi avec ses stagiaires. Penser à eux l'emplit soudain de culpabilité. Elle les avait abandonnés sans préavis.

— Comment vont Jasmine et Rob ? demanda-t-elle à Rafael en s'installant avec lui à une table.

— Ils s'entendent bien avec Danny. De ce point de vue-là, il n'y a aucun problème. Mais ils te préféraient, à mon avis.

Elle sourit et se cacha derrière son menu. Quand le serveur arriva, ils commandèrent des hamburgers avec des frites et deux bières – lesquelles leur furent apportées en pinte, et non en demi comme ils l'avaient demandé.

— Cadeau du patron, expliqua le serveur.

— Ouah ! s'exclama Nina.

— C'est consternant, soupira Rafael en adressant un petit signe au patron pour le remercier. Ce type n'arrête pas de me dire de venir boire un verre avec ma nouvelle petite amie quand j'en aurai une. Il doit espérer que je posterai des photos sur les réseaux. Ça lui ferait de la publicité gratuite.

— *Rafael O'Connor-Ruiz, candidat à la mairie de New York, savoure une bière dans un petit bar local.*

— Tu rédiges les titres de la rubrique « People » du *New York Post* maintenant ?

— On faisait toujours ça avec mon père. C'est un peu ridicule, je le reconnais.

— Pas du tout, répliqua-t-il en avalant une gorgée de bière. Je trouve ça charmant.

— Charmicule, alors ?

— Parce que tu n'inventes pas des mots-valises qu'en espagnol ? s'amusa-t-il. Cette histoire de titres… c'était un jeu ?

— Oui, mais je pense que c'était surtout sa façon à lui de me pousser à réfléchir aux conséquences de mes actes. Il m'encourageait à imaginer les titres les plus positifs et les plus négatifs pour illustrer mon comportement. Il fallait que j'aie toujours en tête le jugement le plus catastrophique qu'un journaliste aurait pu en donner.

— Ça ne plaisantait pas avec lui, on dirait.

— Je sais. Il me mettait une assez grosse pression, parfois. Je m'en rends de plus en plus compte ces jours-ci.

Elle eut envie de se confier à lui sur la maison de sa mère, ce qu'elle avait appris là-bas, les surprises qu'elle avait eues en discutant avec les employés de la Gregory Corporation et l'impact de ces découvertes sur l'opinion qu'elle avait de son père. Mais elle garda le silence. Même si quelque chose lui soufflait que Rafael la comprendrait, elle se sentait encore trop vulnérable et à fleur de peau pour s'aventurer sur ce terrain-là, alors qu'elle s'efforçait de ne pas fixer ses lèvres lorsqu'il buvait une gorgée de bière…

— Je crois que beaucoup de pères mettent la pression à leurs enfants. Dieu sait que le mien ne s'en privait pas avec moi.

— Comment ça ?

Mais leurs hamburgers furent servis à ce moment-là, et Rafael ne répondit pas. Nina ouvrit la bouteille de ketchup et essaya sans succès d'en verser un peu dans son assiette.

— Tu permets ?

Elle lui tendit la bouteille, qu'il referma avant de la secouer trois fois.

— Réessaie, maintenant.

Elle la retourna, et le ketchup coula cette fois sans problème dans son assiette.

— C'est un fluide non newtonien, expliqua Rafael.

— Euh… On t'a appris ça dans ton lycée scientifique ?

— Il se trouve que oui. Les fluides non newtoniens se comportent tantôt comme des solides et tantôt comme des liquides en fonction de la contrainte mécanique qu'on leur applique. Quand on secoue du ketchup, par exemple, on exerce sur lui une force suffisante pour que ses particules sphériques prennent une forme plus elliptique et deviennent en gros mille fois plus fines qu'elles ne l'étaient avant.

Nina ne put masquer sa stupéfaction.

— Je crois que c'est mon tour de paraître charmicule, dit-il, un peu gêné.

— Les gens charmicules sont mes préférés, répliqua-t-elle.

Rafael se détendit aussitôt, et elle songea un peu trop tard qu'elle n'aurait pas dû dire ça.

— Moi aussi, lui confia-t-il en la fixant comme si elle était un livre écrit dans une langue qu'il avait besoin de traduire.

Elle lui rendit la bouteille de ketchup.

Au même instant, un flash crépita.

Ils tournèrent tous les deux la tête vers le bar, où un nouveau flash les éblouit.

— Rafael ! Nina ! cria un photographe.

Ils échangèrent un coup d'œil.

— *Madre de Dios*, marmonna Rafael. Ce type n'arrête pas de me prendre par surprise. Il m'a déjà photographié la semaine dernière à la sortie de la salle de sport.

Nina se rappela alors l'invitation lancée par le patron du snack-bar à Rafael, puis estima le temps qu'il fallait pour boire les énormes verres de bière qui leur avaient été servis.

— Tu as été piégé. Le barman, la bière… Le photographe l'a payé pour obtenir des photos de toi.

Rafael observa les deux hommes.

— J'ai une idée, dit-il en prenant leurs vestes accrochées à une patère derrière eux. Tu me suis ?

Nina accepta la main qu'il lui tendait, et ce fut avec une conscience bien trop aiguë de ce contact sur sa peau qu'elle fonça avec lui vers la cuisine pendant que le photographe continuait à les mitrailler.

— Monsieur ! Madame ! s'écria le serveur derrière eux.

Rafael s'arrêta et lui régla la note en liquide.

— Pour info, je ne remettrai plus les pieds ici. Je n'apprécie pas ce genre de comportement.

Le serveur baissa les yeux. Nina le soupçonna d'avoir joué un rôle dans ce guet-apens, mais elle ne voulut pas en rajouter au risque d'aggraver la situation.

— Je suppose que votre établissement a une entrée de service ? continua Rafael.

— Oui, monsieur.

— Parfait. Nous passerons par là. Sur quelle rue donne-t-elle ?

— Vous déboucherez à l'angle de la 10e et de la 50e, répondit l'un des cuisiniers derrière Nina. *Espero que ganas, vato.*

— *Gracias*, le remercia Rafael en allant lui serrer la main.

— *Cual puerta debemos usar ?* l'interrogea Nina.

L'homme parut surpris qu'elle parle espagnol, mais il répondit à sa question en lui montrant une porte à côté du congélateur.

— *Ese.*

— *Gracias.*

— Viens, dit Rafael en lui donnant sa veste.

La porte ouvrait sur une ruelle à l'arrière du restaurant. Ils coururent, longeant des rues sombres jusqu'à ce qu'ils parviennent sur le Hudson River Greenway, la promenade arborée sur les bords du fleuve. Légèrement essoufflés, ils s'assirent sur un banc éclairé par le halo de lumière que jetait un réverbère dans l'air frais de cette nuit d'automne.

— Eh bien, commenta Rafael. Ce fut une jolie fuite.

— Je suis sidérée qu'on ait fait ça. Cette histoire va prendre des proportions encore plus folles que si on était juste restés à notre table. Mac et Jane vont nous tuer.

— *Un candidat à la mairie et son ancienne rédactrice tentent d'échapper à la presse en se cachant dans une cuisine ?*

D'abord amusée de le voir jouer à ce jeu, Nina redevint vite sérieuse.

— Ou peut-être… *La fille de Joseph Gregory en mode détente trois semaines après la mort de son père.*

Rafael effleura la manche de son chemisier en soie grise, mais retira sa main avant qu'elle puisse sentir la chaleur de ses doigts. Elle eut soudain tous les sens en alerte.

— Ils ne diront pas ça. Je verrais plutôt : *Un candidat à la mairie de New York en mode séduction avec son ancienne employée.*

Nina tourna la tête vers lui, le cœur battant.

— Parce que tu essaies de me séduire ?

— À ton avis, Palabrecita ? dit-il en lui pressant le bras cette fois, peut-être enhardi par le fait qu'elle ne s'était pas écartée quand il avait touché sa manche.

Un petit frisson la parcourut.

— Je crois que, si c'était vrai, un hamburger, une bière, une leçon de physique et une fuite au bord de l'Hudson…

— … ne suffiraient pas, compléta Rafael, l'air déçu. Je me doute que tu es habituée à bien mieux.

— Non, absolument pas. Tu aurais tout bon.

Rafael posa alors sa main sur la sienne en entrelaçant leurs doigts. Nina songea qu'elle aurait dû se dégager, faire une remarque au sujet de Tim, mais elle n'en avait pas envie. Il avait la main si chaude. Elle l'imagina lui caresser la joue. *Arrête ça*, se dit-elle. Peine perdue. Toute volonté l'abandonnait.

— Tu sais, dit Rafael, je me suis toujours vu comme un caméléon. Je peux être la personne que les gens veulent. Parler de ma famille en Irlande ou à Cuba. Saupoudrer mes phrases de mots espagnols, m'exprimer couramment dans cette langue, ou bien prétendre au contraire que ça ne m'est pas du tout naturel. Je peux être le gamin du Queens qui partageait autrefois une chambre avec sa sœur et son frère, ou le jeune homme que ses collègues emmenaient dans les restaurants les plus chics de New York l'été où il a travaillé pour le cabinet Sullivan & Cromwell.

Nina tenta de se concentrer sur ses paroles et de ne pas se laisser distraire par le contact de sa main sur la sienne.

— Ma sœur disait qu'elle se sentait toujours en porte-à-faux. Trop cubaine pour être irlandaise, trop irlandaise pour être cubaine. Jamais bien comme il fallait. Mais moi… je crois que je suis capable de présenter le bon visage et de tenir les bons propos en toutes circonstances, ce qui fait que les gens voient ce qu'ils souhaitent voir en moi. J'ai repensé à la discussion qu'on a eue tout à l'heure, avant de sortir manger. J'utiliserai la version du discours qui mentionne mon cousin Kevin. J'en ai assez d'être un caméléon. Je veux être pleinement moi-même, maintenant, et pas juste incarner le personnage qu'on attend de moi. Ça me coûtera peut-être quelques suffrages, mais j'espère que ma sincérité m'en apportera d'autres.

Nina resta songeuse. Les gens s'attendaient aussi à ce qu'elle se comporte d'une certaine façon. Mac, par exemple. Elle était censée coller à l'idée qu'ils se faisaient d'une Gregory, de quelqu'un qui avait grandi dans l'opulence. Et cela valait aussi pour Tim. Depuis toujours.

— Pour info, je suis une Lukas aussi.

— Une quoi ?

— Une Lukas. C'était le nom de jeune fille de ma mère. Elle a grandi dans le Colorado, mais sa famille est arrivée de Grèce il y a de ça quelques générations. Je n'en sais pas plus, malheureusement.

— Tu es grecque !

— Est-ce que je peux le revendiquer alors que je ne connais rien de mes origines ?

Cette question la hantait depuis une semaine déjà.

— Ça fait partie de ton ADN. De ton sang. Mais ça ne fera partie de ton identité qu'avec un effort conscient de ta part.

— Tout comme il faut fournir un effort conscient pour cacher qui on est réellement. Je suis contente que tu aies décidé d'utiliser la version du discours qui mentionne Kevin.

Rafael la fixa droit dans les yeux.

— J'ai l'impression que je peux être moi-même avec toi. Totalement moi-même. Je n'ai jamais ressenti ça avant. Y compris avec mon ex-femme.

— Moi aussi, j'ai cette impression-là avec toi, murmura-t-elle.

Les facettes de sa personnalité qui lui semblaient nouvelles, les questions qu'elle se posait… cela ne dérangeait manifestement pas Rafael, qui n'avait pas l'air de vouloir qu'elle se conforme à une certaine image. On aurait plutôt dit qu'il souhaitait apprendre à la connaître.

— C'est nouveau, ça, non ? dit-il en effleurant le piercing de son oreille gauche.

— Oui. J'ai toujours voulu en avoir un. Mon père me l'avait interdit, mais j'ai sauté le pas il y a quelques jours.

— Ça te va bien.

Il parut sur le point de commenter sa réflexion au sujet de son père, mais se ravisa.

Un calme absolu régnait autour d'eux, comme si la ville avait marqué une pause en attendant que chacun fasse un aveu et mette son cœur à nu.

— J'ai compris que je courais peut-être un risque quand j'étais seule avec toi le jour où on s'est rendus en voiture au Norwood Club, dit Nina en ignorant la voix de la raison qui lui conseillait de se taire. Et j'en ai eu la certitude quand on a discuté ensemble la nuit où mon père est mort.

Sa voix s'étrangla, et des larmes affluèrent. Cette fois, pourtant, elle ne tenta pas de les refouler. Elle n'avait plus peur de se sentir vulnérable. Rafael avait été franc avec elle, elle pouvait bien en faire autant.

Il passa un bras autour d'elle, et elle s'appuya contre son épaule en essuyant ses larmes sur son manteau. La force qui émanait de lui l'apaisait tout en la poussant à se confier davantage.

— Pourquoi aurais-tu couru un risque ?

— Parce que tu me fais perdre le contrôle que j'ai sur moi d'habitude.

— Et c'est une mauvaise chose ?

— Peut-être.

À peine eut-elle prononcé ces mots que mille pensées l'assaillirent. *Et Tim dans tout ça ?* fut la première d'entre elles. Venait ensuite : *Et maintenant, que fait-on ?*

Rafael resserra son étreinte et l'attira plus près de lui.

— On pourra refaire ça ? dit-il en lui caressant le bras.

— Quoi, s'asseoir sur un banc ?

Sa question le fit sourire.

— Oui, aussi. Mais j'envisageais plutôt une sortie à deux un autre soir. De préférence dans un endroit sans aucun photographe.

Devant son silence, il poursuivit :

— Est-ce que… est-ce que tu as ressenti cette montée d'adrénaline et de cortisol quand on était dans la même pièce tout à l'heure ? Celle qu'on éprouve quand on est avec quelqu'un pour qui on craque complètement ?

— C'est de ça qu'il s'agit ? Une montée d'adrénaline et de cortisol ?

— Yep. Ça veut dire que, d'un point de vue biologique, mon organisme apprécie beaucoup le tien.

— Oui, je l'ai ressenti, dit-elle en fermant les yeux.

Il se tourna vers elle et l'embrassa sur la tempe.

Le pouls de Nina s'accéléra. Elle voulait sa bouche contre la sienne. Elle voulait s'abandonner contre lui, mordiller ses lèvres et toucher sa peau nue.

Il la serra plus fort, mais son geste eut pour effet d'écraser contre elle la bague de fiançailles qu'elle portait en pendentif.

Elle prit une inspiration. Il fallait qu'elle arrête ça tout de suite.

— Rafael, murmura-t-elle. On ne peut pas… Je ne peux pas…

Il s'écarta légèrement.

— Qu'y a-t-il ?

— Je suis toujours avec Tim. Je suis désolée. Ça ne change rien à ce que j'éprouve avec toi, mais…

— Tu n'es pas libre, conclut-il en s'écartant un peu plus.

Pour elle, ce fut comme si la température avait soudain baissé de plusieurs degrés.

— J'avais espéré… J'avais espéré, vu ta réaction quand je t'ai dit que j'essayais de te séduire, et qu'ensuite tu as posé la tête sur mon épaule… J'avais cru comprendre que tu étais libre de…

— Je suis désolée, le coupa-t-elle avant qu'il la fasse culpabiliser. J'aurais dû être claire. Je ne voulais pas… J'aurais dû…

Elle se tut sans savoir quoi dire. Puis elle scruta ses yeux sombres aux reflets mordorés.

— C'est vrai, reprit-elle. Tout ce que je t'ai dit est vrai. C'est juste que… Ma vie est tellement compliquée en ce moment.

Il soutint longuement son regard avant de soupirer.

— On se revoit toujours demain soir pour que je t'aide à finaliser ton discours ? demanda-t-elle. Et on maintient le dîner de mardi ?

— Oui, dit-il d'un air résigné.

Le téléphone de Nina vibra à cet instant. Comme s'il avait lu dans son esprit, Tim essayait de la joindre. Elle s'aperçut alors qu'il lui avait envoyé plusieurs textos. Au moins une dizaine qu'elle n'avait pas vus. *Appelle-moi*, disaient-ils tous. *Appelle-moi tout de suite.*

— Excuse-moi, Rafael. Il faut que je réponde.

Craignant qu'il ne soit arrivé quelque chose de grave à TJ ou à Caro – voire à Tim lui-même –, elle décrocha.

— Tim ? Tout va bien ?

— Tu peux m'expliquer ce qui se passe ? Twitter vient juste de m'informer que tu me trompes. Avec ton ex-patron, pour être plus précis. S'il te plaît, dis-moi que c'est faux.

Elle jeta un coup d'œil à Rafael.

Allait-elle mentir à Tim ou être enfin honnête sur ses sentiments pour un autre homme ?

— C'est faux. J'arrive tout de suite.

Au fond d'elle, elle n'arrivait à penser qu'à une chose : *Nina Gregory, la digne fille de son père.*

53

Durant tout son trajet en taxi jusqu'à l'appartement de Tim, elle chercha ce qu'elle allait lui dire, et comment. Elle avait informé Rafael qu'une photo d'eux avait été postée sur Twitter. Elle était vraiment désolée, mais elle devait partir. Ils se parleraient le lendemain. Et elle avait ajouté que, malgré l'interruption du photographe et la manière dont tout cela s'était terminé, cette soirée restait la meilleure qu'elle ait passée depuis très longtemps. Puis elle avait hélé un taxi et demandé au chauffeur de suivre le trajet le plus rapide jusqu'à la 10e Est.

Je ne te trompais pas, dirait-elle. Ce qui était vrai. Rafael et elle ne s'étaient pas embrassés. Ils avaient gardé leurs vêtements.

Ce n'était qu'un dîner professionnel. Ça aussi, c'était vrai. Ils avaient révisé un discours au bureau avant d'aller manger un hamburger. Pas de quoi faire toute une histoire. Cela lui était déjà arrivé dans sa vie de femme active et, en tant que présidente de la Gregory Corporation, cela lui arriverait encore plus souvent. Tim le comprendrait. Il faudrait qu'il le comprenne.

Seulement, elle savait bien qu'elle se mentait à elle-même. Ce n'était pas qu'un dîner professionnel, loin de là. Et elle savait aussi qu'elle avait envie de recommencer. Elle voulait s'asseoir à côté de Rafael, parler avec lui, appuyer sa tête sur son épaule, caresser sa peau. Ce qu'elle ressentait avec lui était si différent de ce qu'elle ressentait avec Tim. Il y avait cette étincelle en plus. Cette énergie. Cette liberté.

Elle ouvrit Google sur son téléphone et tapa son nom et celui de Rafael dans la barre de recherche. Le premier résultat à apparaître fut une photo d'eux se tenant par la main et courant vers la cuisine du snack-bar. Elle le regardait, il tournait la tête vers elle par-dessus son épaule, et tous deux souriaient jusqu'aux oreilles.

Elle cliqua sur la photo titrée : *La princesse et le politicien : depuis combien de temps sont-ils ensemble ?* Juste en dessous, en plus petit, figurait le cliché de leur accolade le soir où Rafael avait remporté les primaires. Il avait les yeux clos, sa joue contre ses cheveux à elle. De son côté, elle l'étreignait si fort que ses doigts formaient des creux dans le dos de sa veste. Bon sang, était-ce vraiment l'image qu'ils avaient renvoyée ? Pas étonnant que Tim soit dans tous ses états. Mais pourquoi les médias ne pouvaient-ils pas les laisser tranquilles ? Pourquoi les gens s'intéressaient-ils à leur vie privée ?

Elle revint à la liste des résultats et consulta une autre page. La même photo surgit à l'écran, à côté cette fois d'une autre tirée de l'article que le magazine *People* avait consacré autrefois à ses parents. *Rafael O'Connor-Ruiz et Nina : à des années d'écart, le même échange de regards que Joseph Gregory et Phoebe,* disait le commentaire. Nina examina de près l'expression de Rafael et celle de son père. C'était bien la même, à la fois intimidée, amusée et pleine d'adoration, qui s'étalait à la vue de tous. *Merde.*

Son téléphone bipa. Elle avait reçu un message de Rafael.

Jane vient de me faire suivre quelques liens. Il n'y a pas que Twitter. Tout Internet parle de nous. Je suis vraiment désolé.

Nina contempla son téléphone sans savoir quoi faire. C'était pour éviter ça que son père avait joué avec elle à inventer des titres de presse. Désormais, elle était confrontée au pire des scénarios. Elle ouvrit la dernière conversation qu'elle avait eue avec lui. *J'aurais bien besoin de ton aide, papa*, songea-t-elle. *Et de la tienne aussi, maman.*

En quête d'inspiration, elle fit défiler tous les textos qu'ils avaient échangés les dernières semaines avant sa mort. Comment aurait-il géré cette situation ? Qu'aurait-il dit pour limiter les dégâts ? Elle aurait tant voulu pouvoir lui demander conseil mais, dans le même temps, elle était presque contente qu'il ne soit pas là pour voir sa fille le décevoir publiquement.

Elle sortit un mouchoir de son sac et se tapota les yeux. *Rochers. Pigeons. Tortues. Pamplemousses.*

Le temps que le taxi s'arrête devant l'immeuble de Tim, elle avait retrouvé son calme. Côté public, les choses pourraient être arrangées grâce à un communiqué de presse de l'équipe de campagne et à l'annonce officielle de ses fiançailles avec Tim. Enfin, si c'était ce qu'elle voulait. Mais justement, côté vie privée, ce qu'elle éprouvait en présence de Rafael rendait la conduite à adopter bien plus difficile à définir.

Parvenue devant l'appartement de Tim, elle ne se sentit pas le droit d'utiliser la clé qu'il lui avait donnée. Il avait eu l'air si contrarié au téléphone. Elle frappa à la porte.

— Tu n'entres plus ici comme chez toi maintenant ? dit-il en lui ouvrant.

Elle soupira. Avant même d'avoir prononcé un mot, elle avait commis une bévue.

— Je ne voulais pas te surprendre.

— De la même façon que tu m'as surpris en faisant les yeux doux à ce type ?

— Je ne faisais pas…

Elle se ressaisit à temps. Ça ne servirait à rien de se braquer, elle le savait. Il était dur pourtant de rester impassible quand Tim se montrait aussi agressif. Ce trait de caractère ne se manifestait pas souvent chez lui, mais elle en connaissait l'existence. Elle l'avait déjà vu se conduire ainsi avec d'autres personnes avant. C'était la première fois en revanche qu'il s'emportait contre elle.

— Je peux entrer ?

Il s'écarta, et elle alla s'asseoir sur le canapé pendant qu'il s'installait avec raideur sur la causeuse en face d'elle.

— Toute cette histoire me dépasse, commença-t-il. Tu m'as dit que tu ne me trompais pas, mais ça en a vraiment l'air. La photo de votre accolade le soir des primaires. La manière dont tu le regardais. Qu'est-ce qui t'arrive, Nina ? Tu imagines ce que ton père aurait dit en découvrant ça ?

Nina s'efforça de conserver son sang-froid. Elle l'imaginait très bien, évidemment. Tout comme elle sentait que Tim ne la croyait pas. Il avait choisi de se fier aux articles plutôt qu'à elle. Et il savait parfaitement remuer le couteau dans la plaie – il venait tout juste de le prouver. Il en fallait beaucoup pour qu'elle explose. Un journal avait cité un jour une source anonyme, ancienne employée de la Gregory Corporation, qui avait qualifié son père de « colérique lent au démarrage ». Selon cette personne, il ne s'énervait pas facilement mais, quand c'était le cas, il ne valait mieux pas traîner dans les parages. Nina ne jugeait pas ce portrait tout à fait juste. Son père avait été comme elle. La colère était là parfois, mais ils la contrôlaient. Ils n'affichaient pas leurs émotions à tout bout de champ – seulement quand cela leur semblait justifié, et aussi quand il y avait un intérêt à les exprimer.

Elle serra les poings.

— Je te le répète, les médias se trompent.

— Mais cette accolade…

— … n'était qu'une accolade. Le soir des primaires. On était tous contents et il m'a serrée dans ses bras. Point barre.

— Et son visage…

— Je ne contrôle pas son visage. Et ça me sidère que tu oses me reprocher ça. Non mais, tu t'entends ?

Tim eut la décence de paraître gêné.

— Et ce soir, alors ?

Cette partie-là était autrement plus délicate.

— Ce soir… Il m'avait demandé de l'aider à réviser un discours. Je t'en avais parlé. J'y suis donc allée, en grande partie parce que j'avais envie de me sentir de nouveau moi-même, ne serait-ce que quelques heures. On a travaillé et, quand on a eu faim, on est allés manger un hamburger juste à côté, au Dublin Pub. Un repas purement professionnel, entre collègues. Je suppose que le photographe avait dit aux restaurants autour du QG de campagne qu'il saurait se montrer généreux s'ils pensaient à le prévenir dès que Rafael se pointerait seul avec une femme. Et ça n'a pas raté. Du coup, on s'est enfuis en cuisine.

Tim avait l'air bien plus calme à présent.

— C'était donc une soirée tout à fait innocente ? Il ne s'est rien passé entre vous ?

Nina regretta de ne pas avoir un verre d'eau. Ou de vin. Ou de n'importe quoi, en fait, du moment qu'elle avait une boisson à siroter pour se donner le temps de réfléchir. Mais elle ne voulait pas lui mentir, et elle finit par répondre à la question qu'elle aurait aimé entendre.

— Il ne s'est rien passé de physique.

Il blêmit.

— Qu'est-ce que tu veux dire ?

— Je suis désolée. Après ça, on a couru dans les rues en se tenant par la main et on a discuté sur un banc au bord du fleuve. Je ne l'ai pas embrassé et on n'a rien fait du tout, mais, Tim… j'en avais envie.

Elle se mordit la lèvre pour l'empêcher de trembler. Cet aveu lui semblait un constat d'échec. Comme si elle n'était pas assez forte. Comme si elle était redevenue cette enfant à qui son père disait de ne pas pleurer devant les invités et qui ne pouvait pourtant s'en empêcher. En énonçant la vérité ainsi, elle savait qu'elle allait blesser Tim – chose qu'elle aurait voulu ne jamais avoir à faire –, mais découvrir les secrets de son père l'avait dissuadée de garder les siens plus longtemps. C'était terminé.

— L'essentiel est que tu ne l'aies pas fait, dit Tim. Vous êtes juste collègues.

Faisait-il exprès de ne pas comprendre ?

— Est-ce que tu m'as écoutée ? Je viens de te dire que j'avais envie d'embrasser quelqu'un d'autre.

Il frotta ses mains sur son jean.

— Ce n'est pas grave. Moi aussi, j'ai parfois envie d'embrasser d'autres femmes. Mais je ne le fais pas. Ça ne m'inquiète pas vraiment que ça t'arrive, du moment que tu en restes là.

Elle le fixa.

— Attends un peu, tu as envie d'embrasser d'autres femmes ? Des femmes que tu connais ou des célébrités ? Comme quand tu en pinçais pour Anna Paquin après l'avoir vue jouer Polexia Aphrodisia dans *Presque célèbre* ?

Tim se redressa légèrement sur son siège.

— Tu veux qu'on soit tout à fait honnêtes l'un envers l'autre ?

— Évidemment.

Comment pouvait-il poser cette question ? Elle repensa à la veille, quand il avait débarqué chez elle en pleine nuit en lui disant qu'il avait besoin de se rappeler qu'il l'aimait. S'était-il passé quelque chose ce soir-là dont il ne lui avait pas parlé ?

— Tu vois ma collègue Casey ? Celle avec des cheveux très longs qui dirige l'équipe de web designers ? déclara-t-il lentement, comme si cette confession lui coûtait, mais que le prix à payer lui paraissait somme toute minime pour se réconcilier avec elle. Ça ne me dérangerait pas de l'embrasser.

Nina garda le silence.

— Je ne l'ai pas fait, se hâta-t-il de préciser. Mais puisque tu veux qu'on soit honnêtes, eh bien, ça ne me dérangerait pas. C'est pour ça que tu as bien le droit d'avoir envie d'embrasser Rafael. C'est normal. Simplement… tu vois, il y a une différence entre vouloir faire quelque chose et le faire réellement.

Nina doutait que ce soit bien normal et elle s'arma de courage, consciente que sa réponse pouvait briser leur couple.

— Peut-être qu'on devrait s'autoriser à le faire. Après tout, si c'est ce qu'on souhaite tous les deux.

Tim se leva d'un bond et vint s'asseoir à côté d'elle.

— Ce n'est pas ce que je voulais dire ! protesta-t-il en lui prenant la main. Je ne veux pas sortir avec Casey. Je n'envisage pas ma vie avec elle, mais avec toi. Tout va bientôt s'arranger. Attends qu'on soit mariés. Tu présideras la Gregory Corporation. On aura des enfants. Et je pourrai devenir P.-D.G. à la place de mon père quand il prendra sa retraite. Tout sera parfait.

Nina se raidit.

— Parce que tu veux diriger la société ? dit-elle en le fixant d'un air interdit.

— Oui, pourquoi ? Ce n'est pas ce que tu avais prévu ?

Comment avaient-ils pu ne jamais évoquer ce sujet ? Comment avait-elle pu ignorer que c'était ainsi qu'il envisageait l'avenir ?

— Je… je ne sais pas. Je n'y ai pas réfléchi.

— Comment ça, tu n'y as pas réfléchi ? dit-il, visiblement perplexe. Tu te rappelles quand on était gosses et qu'on faisait semblant d'être des chefs d'entreprise alors que tous les autres jouaient au papa et à la maman ? C'était toujours moi le P.-D.G., et toi la présidente du conseil d'administration. On se promenait avec les attachés-cases que ma mère nous avait donnés et on prétendait que les vieilles grilles de mots croisés de ton père étaient nos bilans comptables.

En effet. Mais ils étaient enfants. À l'époque, ils s'imaginaient aussi pouvoir escalader un arc-en-ciel en fixant des ventouses à leurs baskets.

— C'était un jeu, Tim. Je ne prenais pas ça au sérieux.

Un silence tomba entre eux, comme s'ils ne savaient plus comment se parler. Nina ne voyait pas du tout comment pacifier la situation, et la bague que Tim lui avait offerte pesa soudain lourdement autour de son cou.

— Je… je suis largué, avoua Tim. Je ne comprends pas comment on a pu en arriver là.

— Moi non plus.

Elle balaya du regard cet appartement qui lui était aussi familier que le sien, les photos d'eux disposées un peu partout, et le petit tableau de la jetée où ils avaient échangé leur premier baiser, qu'elle avait fait réaliser pour son anniversaire. Aucun d'eux ne souffla mot pendant un moment.

— Tu veux… Tu veux dormir ici ce soir ? proposa Tim. On pourra peut-être en rediscuter demain matin.

C'était la solution la plus simple, mais Nina repensa à la lettre de sa mère. À ses conversations avec Leslie, à ce qu'elle éprouvait avec Rafael. À cette nouvelle Nina qu'elle souhaitait encore laisser s'épanouir. Cela faisait trop. Beaucoup trop.

— Je crois qu'il vaudrait mieux que je rentre chez moi. J'ai les idées trop embrouillées ces jours-ci.

— Tu es sûre ?

— Je crois aussi que j'ai besoin d'être seule ce soir.

— Très bien.

Il parut sur le point de faire un geste vers elle, mais s'abstint finalement.

— Je t'aime, dit-il. Plus que tout au monde. Je t'aime vraiment.

— Moi aussi, je t'aime. Ça n'a jamais été ça, le problème.

— On se parle demain ? demanda-t-il en se levant.

— Bien sûr.

Au moment de sortir, elle se retourna.

— La nuit dernière, avant que tu viennes chez moi… est-ce que Casey a regardé le match de baseball avec vous ?

Il referma doucement la porte sans répondre.

54

Malgré la distance, Nina décida de rentrer à pied plutôt que de prendre un taxi ou un métro. Elle avait besoin de se vider la tête, de bouger, de réfléchir. Même à cette heure tardive, les rues grouillaient de gens et de bruits, et elle puisa un certain réconfort à habiter cette ville. À New York, on n'était jamais seul – les lois de la probabilité voulaient qu'il y ait au moins des centaines, voire des milliers de gens qui vivaient la même chose au même moment, et cela la consolait.

Tout en marchant, elle sortit son téléphone. Elle avait raté une foule d'appels, de messages téléphoniques et de textos envoyés par Leslie, Jane, Priscilla et Rafael. Elle les fit rapidement défiler.

Pince-moi, je rêve ? (Leslie)

Putain de merde. Il faut qu'on discute d'une stratégie. Appelle-moi au plus vite (Jane)

Que se passe-t-il ? Brent vient de me montrer une photo de Rafael et toi sur Twitter (Priscilla)

Ne lis surtout pas les commentaires ! (Leslie)

Comment ça va ? Tu veux bien me rappeler quand tu le pourras ? (Rafael)

Ce qu'elle fit aussitôt. Il décrocha dès la première sonnerie.

— Je suis vraiment désolé, dit-il d'emblée d'une voix lourde de regrets. Je n'aurais pas dû t'attraper par la main. Le mieux aurait été qu'on reste assis et qu'on se laisse photographier. C'est moi qui ai fait prendre des proportions démesurées à cet incident. J'ai réagi trop instinctivement.

— Ce n'est rien. Tu n'es pas responsable.

— Si. J'aurais dû avoir un peu plus de jugeote. C'est juste que… je ne suis pas encore habitué à être harcelé par les photographes. Est-ce que Tim l'a très mal pris ? Jane m'a pratiquement crucifié, elle.

Nina songea aux médias, ou plutôt aux paparazzis – ce qui n'était pas la même chose. Son père se servait d'eux quand cela pouvait lui profiter, à lui ou à sa société. Il savait comment les manipuler et ce qu'il fallait dire à telle ou tel pour obtenir le résultat qu'il souhaitait. Il l'avait entraînée à faire de même, mais elle n'avait pas réfléchi, pas ce soir-là avec Rafael en tout cas.

Elle alla s'asseoir sur un banc dans un petit parc de l'autre côté de la rue.

— C'est drôle, dit-elle. Au début, il était livide, et puis il s'est calmé et il m'a avoué qu'il avait envie de son côté d'embrasser une de ses collègues, Casey. Mais, pour lui, il est normal d'être attiré par d'autres personnes, quelle que soit celle avec qui on est, du moment qu'on ne passe pas à l'acte. Je ne sais pas comment je dois le prendre.

Rafael ne répondit pas tout de suite. Dans le silence, elle se rendit compte qu'elle venait de lui confier son désir de l'embrasser.

— Qu'est-ce que tu en penses, toi ? demanda-t-elle avant que la conversation dévie dans cette direction.

Elle aurait pu jurer à cet instant qu'il se passait une main dans les cheveux. Quelque part derrière elle, un pigeon nocturne roucoula.

— Il ne vaut mieux pas que tu le saches, Palabrecita.

— Je crois le deviner, de toute façon.

Une fois de plus, elle songea au plaisir qu'elle avait éprouvé quand il l'avait serrée contre lui ce soir-là et à cette fièvre qui la gagnait en sa présence. Comment avait-il qualifié ça ? Ah oui, une montée d'adrénaline et de cortisol.

— Je ne te dirai qu'une chose : depuis que je t'ai rencontrée, je n'ai eu envie d'embrasser personne d'autre que toi.

Un frisson la parcourut tout entière. Il ne fallait surtout pas qu'elle se laisse entraîner sur ce terrain-là.

— Qu'as-tu répondu à Jane ?

— Qu'on était juste amis, bien sûr. Que tu étais venue m'aider ce soir et que les médias interprétaient tout à tort et à travers.

Elle se remémora leur soirée ensemble. Leur conversation tranquille et détendue. Son corps électrisé par le contact de sa main sur la sienne. La photo prise au moment où ils s'enfuyaient. La manière dont il la regardait. Les médias ne se trompaient pas, non.

— Bonne réponse, dit-elle.

— Nina…

— Et comment a réagi Jane ? le coupa-t-elle pour ne pas entendre ce qui allait suivre.

— Selon elle, si vraiment on est juste amis, on peut ignorer cet emballement sur les réseaux sociaux. Mais, dans le cas contraire, cela risque de détourner l'attention de ma campagne.

— Elle n'a pas tort. On a peut-être intérêt à publier un communiqué et à se contenter ensuite d'observer un silence radio.

— Oui, sans doute.

Elle leva la tête vers les lumières de la ville qui scintillaient comme des étoiles et pensa à tous ces gens que Rafael voulait gouverner – ou plutôt aider.

— Si… (Elle hésita, puis se lança.) S'il devait se passer quelque chose entre nous, il vaudrait mieux que ce ne soit pas avant les élections, dit-elle en sachant très bien qu'elle lui redonnait ainsi espoir. Même si on est amis maintenant, les médias continueront à me considérer comme ton employée.

— Je ne t'ai jamais réduite à ça. Tu as toujours été mon égale à mes yeux.

Elle soupira. En ce qui la concernait, la réalité était un peu plus compliquée.

— Ça ne change rien à ce qu'on était, et c'est tout ce qui comptera pour eux.

— Tu as raison. On reste donc amis encore un mois ? Et après on verra ?

— Et après on verra.

Il fallait qu'elle décide ce qu'elle voulait. Tim et elle devraient pouvoir surmonter cette crise – ils se connaissaient depuis suffisamment longtemps et leur relation était assez solide pour ça. Cela supposerait des efforts de leur part. Ce ne serait pas facile. Mais c'était faisable. Sauf que… était-ce vraiment la vie à laquelle elle aspirait ?

Elle avait un mois devant elle. Ensuite, elle aviserait.

55

Le lendemain matin, Nina appela Caro à la première heure pour approuver le menu du dîner organisé en soutien à Rafael et lui expliquer comment les médias avaient monté en épingle leur sortie de la veille. Caro parut la croire, mais Nina sentit qu'elle se retenait d'ajouter quelque chose – quelque chose qu'elle n'aurait peut-être pas hésité à dire si elle n'avait pas eu affaire à la compagne de son fils.

Elle reprit ensuite son étude des comptes de la Gregory Corporation en commençant par déterminer combien d'argent les restaurants des deux hôtels dépensaient chaque jour en légumes. La somme s'avéra astronomique. Puis elle voulut savoir quelle proportion de ces légumes était réellement utilisée et combien partait à la poubelle. Et quelle était la marge réalisée sur chaque plat. Si seulement quelqu'un avait pu mettre la main sur les rapports de la société de conseil Manxome… Elle éplucha lentement et méthodiquement les documents comptables en sa possession en collant des Post-it avec des questions un peu partout. Elle monta même dans les combles au-dessus de son appartement pour y retrouver quelques-uns des manuels qui lui avaient servi en école de commerce. Elle était heureuse de ne pas les avoir expédiés dans leur maison d'East Hampton, là où atterrissait tout ce dont son père et elle n'avaient plus vraiment besoin.

Jane l'appela au milieu de ses recherches.

— Salut, Jane.

— Je suis surprise que tu ne m'aies pas téléphoné dès ton réveil.

Nina ôta ses lunettes et se frotta les yeux.

— Rafael m'a dit que tu allais publier un communiqué et que tout serait réglé après ça. Je n'ai pas jugé utile de t'embêter. Ce n'était qu'un dîner professionnel. Quant à cette accolade… on était contents, voilà tout.

Jane resta un instant silencieuse.

— Est-ce que j'aurai l'air d'une idiote demain, ou la semaine prochaine, ou le mois prochain, si je publie un communiqué affirmant qu'il ne s'est rien passé entre vous ? Est-ce qu'une photo ne risque pas de surgir, ou un message vocal, ou un échange de textos ?

Nina repensa à ce que Rafael et elle s'étaient dit et écrit la veille.

— On ne s'est même pas embrassés. Tu sais que je suis avec Tim.

— Donc, si on me cite en train de dire : « Rafael O'Connor-Ruiz et Nina Gregory ont une relation purement professionnelle », on ne pourra pas m'accuser d'avoir menti ? insista Jane.

— Je parlerais plutôt de relation amicale.

— Merde. Tu te fous de moi ? On a trop bossé pour échouer si près du but. Je n'accepterai pas que tu sabotes la campagne de Rafael parce que tu es incapable de calmer tes ardeurs… Ne me fais pas un coup pareil, Nina. Je te jure que, s'il perd cette élection à cause de…

— On n'a rien à se reprocher, Jane. Détends-toi. Je ne ferai jamais rien qui puisse compromettre sa campagne. Tu me connais. Rafael et moi sommes amis maintenant. Juste amis.

— J'espère pour toi que tu dis la vérité.

— Je t'assure que oui.

Après que Jane eut raccroché, Nina reçut un texto de Rafael.

Désolé. Si ça peut te consoler, j'ai eu droit à un savon encore pire que le tien.

Nina n'utilisait les émojis qu'avec Tim d'habitude, mais elle répondit à Rafael en lui envoyant celui aux yeux grands écarquillés et aux joues rouges.

Tu l'as dit, écrivit-il en retour.

Elle fit ensuite les cent pas dans son appartement. Jane se trompait. Elle n'avait pas saboté les chances de Rafael de devenir maire… ou bien si ? Elle avait déjà torpillé sa relation avec Tim et craignait d'en faire autant avec la Gregory Corporation – à supposer que son père ne s'en soit pas chargé. Pourquoi ne pas y ajouter une campagne électorale ?

Elle étouffa soudain. Elle n'avait pas assez d'air, pas assez d'espace pour respirer.

Elle reprit son téléphone et appela Priscilla.

— Un déjeuner à l'Ippudo, ça te tente ? On s'y retrouve dans deux heures ?

— J'adorerais. D'autant plus que j'attends une explication sur cette photo de Rafael et toi. L'ennui, c'est que j'ai un cours de spinning dans une heure et demie et j'ai obtenu le meilleur vélo. Tu veux venir avec moi ?

Le vélo d'intérieur n'emballait pas franchement Nina – elle ne voyait pas l'intérêt de fournir tant d'efforts pour faire du surplace –, mais elle avait besoin de sortir.

— D'accord. C'est au club près de chez toi ?

— Comme toujours. Je vais t'inscrire.

— Merci.

Elle enfila une tenue de sport et téléphona ensuite à Leah, la responsable des restaurants Gregory. Celle-ci s'exprimait d'un ton très professionnel qui le devint encore plus quand Nina lui expliqua qu'elle cherchait à mieux comprendre le fonctionnement de l'entreprise.

— On remplit la benne à ordures environ deux fois par semaine, essentiellement avec des restes de nourriture, dit-elle en réponse à sa première question.

— Et quelle est la contenance de cette benne à ordures ?

— Je dirais pas loin de quatre mètres cubes. On jette surtout ce que les gens ont laissé dans leur assiette. Et des petits pains aussi. On en met une très grosse quantité à la poubelle. Une fois qu'on les a placés dans des corbeilles sur les tables, on ne peut plus les réutiliser.

Il faut réduire les portions, songea Nina. *Servir un petit pain au client au lieu de lui en proposer plusieurs dans une corbeille, afin qu'il puisse le refuser.* Mais quelqu'un avait déjà dû y penser et écarter cette solution.

— Et qu'en est-il des aliments qui se gâtent avant d'avoir été mangés ? Quelle quantité cela représente-t-il ?

— Il n'y en a pas des tonnes, mais un peu quand même. On a beau prévoir assez précisément ce dont on aura besoin, ce n'est pas une science exacte.

Il faut faire des dons, nota Nina. *Et essayer d'obtenir des déductions fiscales*.

— Merci, dit-elle. Je vous rappellerai peut-être plus tard.

Elle se pencha sur les pages des documents comptables où apparaissait le cabinet de conseil Manxome Consulting. Elle ne l'avait pas trouvé sur Internet, mais peut-être pourrait-elle demander à l'avocat de son père de consulter le registre des entreprises. Ou même à Rafael. Il devait avoir accès à ces informations, lui aussi. Elle était très curieuse de savoir ce que ce cabinet avait à dire pour éviter de proposer des améliorations déjà préconisées.

Quand vint l'heure de partir, elle sauta dans un taxi pour rejoindre Priscilla.

56

Après leur séance de sport, Nina et Priscilla s'installèrent au bar à fruits du club, la première avec un smoothie à la mangue, la seconde avec un jus de carotte.

— Je ne m'étais pas rendu compte que Rafael et toi étiez si proches quand tu m'as demandé de lui organiser un dîner pour l'aider à financer sa campagne, dit Priscilla en resserrant sa queue-de-cheval.

— On ne l'était pas. Et on ne l'est toujours pas tant que ça, en fait. La photo est un peu trompeuse.

Nina mentait à son amie, mais son père lui avait appris des années plus tôt que, lorsqu'on vendait une histoire à la presse, il ne fallait pas dévoiler la vraie version des faits à quiconque n'avait pas à la connaître. Or Priscilla n'avait pas à la connaître. Leslie avait toujours été une exception en raison de son éloignement. Priscilla en revanche évoluait en plein cœur de la haute société new-yorkaise.

— Mais le dîner de mardi dans l'un des hôtels de ton père… je veux dire, dans l'un de tes hôtels ? Je serai là avec Brent, d'ailleurs.

— Oh ! super, j'en suis ravie !

Nina avait déjà reçu beaucoup de réponses – environ soixante-quinze couples avaient accepté l'invitation –, mais elle aurait aimé savoir combien parmi eux étaient motivés par une curiosité morbide et l'envie de voir comment la fille de Joseph Gregory allait gérer son premier événement professionnel d'envergure sans lui.

— J'organise ce dîner à la demande de Christian. Et aussi parce que mon père l'aurait probablement fait.

— Sans doute, oui.

Priscilla avala une gorgée de sa boisson et grimaça.

— Je commande toujours un jus de carotte pour me donner bonne conscience mais, chaque fois que je commence à le boire, je me rappelle que ce n'est vraiment pas terrible.

Pour la première fois ce jour-là, Nina éclata de rire. Cette remarque illustrait pourquoi elle était restée proche de Priscilla pendant tant d'années. Son amie n'était pas du genre à prétendre aimer le jus de carotte si elle ne trouvait pas ça bon, et il y avait si peu de gens dans son entourage capables d'une telle franchise.

— Tu veux qu'on partage mon smoothie ?

Priscilla jeta un coup d'œil autour d'elle.

— Si tu ne me dénonces pas à mon coach sportif, murmura-t-elle avec un clin d'œil.

— Ton secret est bien gardé avec moi.

Nina poussa son verre au milieu de la table afin que Priscilla puisse plonger sa paille dedans.

— C'est carrément meilleur. Tiens, tu t'es fait poser un piercing sur l'oreille ?

— Oui, dit Nina en l'effleurant. Tim déteste.

— Pas moi. Ça te donne l'air d'avoir une personnalité plus complexe qu'on ne le croirait au premier abord.

Nina se surprit à rire encore.

— Tu veux dire que je suis ennuyeuse ?

— Non, pas que tu l'*es*, mais que tu le *parais*.

— Comment ça ?

— Pour être honnête, tes vêtements sont toujours très classe, mais un peu ternes.

— Mes vêtements ?

Nina baissa les yeux sur sa tenue. Elle portait un legging noir avec un débardeur gris. Celui de Priscilla était turquoise.

— On dirait que tu t'habilles pour te fondre dans le décor au lieu de te démarquer. Tu as toujours fait ça.

Vraiment ? Nina passa en revue sa garde-robe. La plupart de ses vêtements étaient noirs, gris, bleu marine, marron ou blanc cassé. Chics, mais confortables. Convenables. Pourquoi s'habillait-elle ainsi ?

— Il est peut-être temps que j'y remédie, alors. Tu es dispo pour une virée shopping ?

57

Nina accompagna d'abord Priscilla chez elle afin de se doucher.

— Brent veut qu'on commence à essayer, dit son amie en passant avec elle devant l'aile de leur appartement qui attendait d'accueillir leurs futurs enfants.

— C'est super. Vous allez avoir le bébé le plus mignon et le plus blond de tout l'Upper East Side.

— Je n'ai encore rien dit à personne. Pas même à Hayley.

Nina lui pressa la main.

— Je garderai ça pour moi. Je suis touchée que tu m'en parles. C'est sympa de pouvoir se projeter sur quelque chose de positif.

Priscilla sourit et l'entraîna vers la chambre d'amis et sa salle de bains attenante.

— Fais comme chez toi. Pendant ce temps, je vais aller te chercher quelques fringues.

Tout en se douchant, Nina pensa aux enfants qu'elle avait imaginé avoir avec Tim. Elle s'était toujours dit qu'ils seraient amis avec ceux de Priscilla. Ils passeraient du temps tous ensemble à East Hampton et ils iraient au ski à l'occasion de vacances en famille. S'ils avaient des filles, ils les enverraient à Brearley. Et si c'étaient des garçons, à Collegiate. Bien qu'elle se juge différente de son père et de ses proches, elle devait bien admettre qu'elle ne l'était pas sur beaucoup de points. Si elle rompait avec Tim, elle perdrait cette vie-là. Elle perdrait ces enfants-là. Sans compter TJ et Caro, ses parents de substitution. Toutes les traditions qu'ils avaient instaurées au fil des ans. Et cette intimité qu'elle partageait avec Tim, ce plaisir de connaître quelqu'un aussi bien qu'ils se connaissaient tous les deux.

— Je t'ai mis des affaires sur le lit ! lança Priscilla de la chambre d'amis. Et puisqu'on est parties pour te constituer une nouvelle garde-robe avec un peu plus de peps, je t'ai choisi un ensemble assez sympa. Je dis ça juste pour te prévenir.

Nina sortit de la douche et trouva un peigne et divers produits capillaires dans la coiffeuse. Elle prit un soin pour donner du volume à ses cheveux et les sécha la tête en bas. Déjà, elle avait un air différent.

Priscilla revint dans la chambre alors qu'elle enfilait un jean gris artistiquement déchiré, un débardeur blanc et un pull jaune qui lui tombait sur une épaule.

— Tiens, dit-elle en lui tendant un mascara bleu foncé. Essaie ça.

Nina obtempéra et cligna des yeux devant le miroir.

— J'aime bien.

— Je t'en fais cadeau alors. Ça te va mieux qu'à moi.

Les deux jeunes femmes descendirent Madison Avenue jusqu'à la boutique Reiss.

— Premier arrêt ?

— Premier arrêt.

À l'intérieur, Nina repéra une robe grise toute simple sur un portant.

— Ah non, pas ça ! protesta Priscilla. File dans une cabine d'essayage. Je vais te faire une sélection d'articles et il faudra que tu les passes tous.

Nina se retrouva bientôt vêtue de tenues aux motifs élaborés et aux couleurs vives. Dès l'instant où elle voyait ces vêtements sur elle, Priscilla rendait son verdict : définitivement oui, définitivement non, à voir. Face à cette nouvelle femme qu'elle découvrait dans le miroir, avec ses cheveux ébouriffés, son piercing à l'oreille et ses cils bleus, Nina se sentit comme avec Rafael : libre.

Elles allèrent d'un magasin à l'autre, et à l'exception d'un tailleur pantalon rouge moulant que Nina refusa catégoriquement d'essayer, cet après-midi fut, de l'aveu même de Priscilla, « un succès sur toute la ligne ».

Nina avait acheté tant de vêtements qu'elle appela un taxi pour les déposer chez elle. Des robes portefeuille à motifs. Des pantalons cigarettes. Des jupes à volants. De fines ceintures. Tout la ravissait.

Sous la pression de son amie, elle s'était également offert un sac à main bleu roi dans lequel elle avait tout de suite glissé son portefeuille et son téléphone et qu'elle avait gardé toute la journée après avoir fourré son vieux Birkin noir dans un cabas. Ce modèle emblématique de la maison Hermès était un cadeau de son père, mais elle n'avait jamais été très à l'aise avec. Si dépenser de l'argent pour se faire plaisir ne lui posait aucun problème, il lui semblait qu'à travers ce genre de possessions Joseph Gregory cherchait surtout à clamer sa réussite à la face du monde.

— Ceci est la nouvelle Nina, déclara-t-elle en calant la lanière bleue sur son épaule et en enroulant un foulard à franges autour de son cou.

— Je l'adore, dit Priscilla en même temps qu'elle l'embrassait sur la joue.

Nina l'adorait tout autant qu'elle. Dans ses vêtements, elle se sentait pleine d'assurance et de pouvoir. Digne d'attention. Et capable de choix osés.

Mais elle sut aussi, dès l'instant où elle se découvrit dans le miroir, que Tim ne serait pas d'accord. Et elle s'en voulut de penser ça. Peut-être était-elle injuste avec lui. Il fallait qu'ils aient une petite conversation. Elle lui dirait ce qu'elle éprouvait, ce qu'elle désirait. Elle lui donnerait une chance de la voir telle qu'il ne l'avait jamais vue jusqu'alors. Elle lui expliquerait combien il était important pour elle que les choses changent. Si elle pouvait le surprendre, peut-être était-il en mesure d'en faire autant. Peut-être comprendrait-il.

58

Ce soir-là, elle enfila l'une de ses nouvelles robes pour aller retrouver Tim. Un modèle en satin couleur magenta, cintré à la taille et inspiré des années 1950, qui la faisait paraître plus en courbes qu'elle ne l'était réellement, elle dont le corps était plutôt longiligne.

Elle avait toujours les cheveux ébouriffés et s'était remis un peu de mascara bleu. Ce serait une soirée agréable. Une sortie en amoureux, rien que tous les deux, hors de leurs appartements respectifs. Ils allaient boire un verre et passer du temps ensemble. Tim avait accepté qu'elle retourne au QG de campagne à 20 heures, du moment qu'il y avait d'autres personnes présentes sur place – ce qu'elle pouvait comprendre. Elle appréciait même qu'il lui fasse assez confiance pour la laisser y aller.

En attendant, elle ne voulait penser qu'à lui. Essayer de se rappeler toutes les raisons qui faisaient qu'elle aimait sortir avec lui et qu'elle avait accepté de l'épouser. S'assurer que c'était bien lui qu'elle désirait, et pas simplement la vie qu'ils mèneraient ensemble. Et surtout, lui donner une occasion de connaître « la nouvelle

Nina ». Qu'importe ce qu'elle éprouvait avec Rafael, Tim avait toujours été là à ses côtés. Il incarnait son passé, son présent et son avenir, et elle ne pouvait pas tirer un trait comme ça sur lui. *Aide-moi à y voir clair, maman.* Elle s'était demandé toute la journée ce que sa mère aurait fait à sa place. Ou plutôt ce qu'elle aurait voulu qu'elle fasse.

Elle était assise au bar quand Tim arriva.

— Wouah, ça pique les yeux, dit-il à la vue de sa robe avant même de l'embrasser.

— Elle est nouvelle, expliqua Nina en descendant de son tabouret pour tourner sur elle-même.

Ce n'était pas dans ses habitudes, mais cette robe lui donnait l'envie irrésistible de le faire. Et elle était résolue à ne pas se laisser atteindre par la critique implicite de Tim.

— Tu cumules les nouveautés ces derniers temps.

Il n'y avait rien de sarcastique ni de réprobateur dans son commentaire. Il faisait juste une observation qui offrit à Nina la perche qu'elle attendait.

— Écoute, dit-elle en remontant sur son tabouret. Je sais que tu aimes bien que tout soit toujours pareil, et c'est un trait de caractère que j'apprécie beaucoup chez toi. Cette stabilité, cette fiabilité… Mais aujourd'hui, pour moi… ce n'est pas parce que j'ai agi un jour d'une certaine façon que je ne veux plus jamais envisager d'agir autrement. Il y a des choses que je commence tout juste à découvrir et… je ne me sens pas très prévisible en ce moment. J'ai besoin que tu l'acceptes.

Elle avait réfléchi à la manière dont elle pourrait s'expliquer, et celle-là n'était de toute évidence pas la bonne, mais peut-être verrait-il où elle voulait en venir. Elle l'espérait en tout cas.

Tim se racla la gorge et commanda une vodka tonic avant de répondre.

— Je peux essayer d'être plus ouvert. Si c'est ce que tu veux.

Nina poussa un soupir de soulagement.

— Merci.

Mais elle ne savait plus très bien comment poursuivre – et lui non plus, semblait-il.

— Tu as passé une bonne journée ?

— J'ai fait du shopping avec Priscilla. Et j'ai aussi découvert que les restaurants Gregory jetaient des quantités de pain affolantes.

— Tous les restaurants jettent du pain. Nos pères ont forcément étudié la question et limité le gaspillage autant que possible.

— Je n'en suis pas aussi certaine que toi.

— Bien sûr que si. S'il y a bien une chose que nos pères savaient faire, c'était diriger cette entreprise. Ils l'ont rendue beaucoup plus rentable qu'elle ne l'était à la mort de ton grand-père.

Nina le regarda avaler une grande gorgée de son cocktail. Elle n'ignorait pas ce que leurs pères avaient fait. Elle aussi avait grandi en les écoutant parler. Le second hôtel. Les restaurants. Les bars. Les night-clubs sur les toits. Les espaces événementiels entièrement revus qui rapportaient des millions chaque année. Mais cela ne voulait pas dire que tout était parfait, qu'il n'y avait pas une façon encore plus judicieuse de procéder ou une direction différente dans laquelle avancer.

Elle songea à son désir de devenir P.-D.G. quand son père partirait en retraite. Si c'était comme ça qu'il comptait prendre en compte ses remarques et ses idées, elle ne pouvait pas l'accepter.

— J'ai repensé à ce que tu m'as dit hier soir.

— À quel moment ? demanda-t-il en continuant à boire sa vodka.

Elle sentait combien cette conversation lui pesait. Combien il voulait que tout aille bien entre eux, sans pour autant savoir comment y arriver. Il n'était pas heureux. Elle non plus. Ce qu'elle s'apprêtait à lui dire n'allait pas arranger la situation, mais elle ne pouvait pas reculer.

Elle agita son verre pour faire tournoyer le vin à l'intérieur et observa ses reflets dorés, bleutés et ambrés sous la lumière tamisée.

— Quand ton père prendra sa retraite, il vaudrait mieux engager une personne extérieure à la famille, déclara-t-elle sans regarder Tim. Ça rendra les choses moins compliquées.

Comme il restait silencieux, elle leva les yeux vers lui.

Sa mine était celle d'un homme qui venait de recevoir un coup de poing dans le ventre.

— Qu'est-ce qui se passe ? C'est ta façon de me dire que je n'ai pas les compétences pour ce boulot ? Je peux le faire, Nina. Je peux le faire bien. Ça me sidère même d'avoir à le préciser. J'étais persuadé que tu croyais en moi.

Nina eut les larmes aux yeux. Elle avait toujours détesté lui voir cet air-là, et elle détestait encore plus en être à l'origine.

— Ce n'est pas ça. Je crois en toi et je sais que tu serais tout à fait à la hauteur du poste. C'est juste que ça ne me paraît pas une bonne idée qu'on travaille ensemble. Ni que je sois ta patronne.

— Mais nos pères…

— Ne sont pas nous. Et ils étaient amis.

— Plus que ça. Chacun était le meilleur ami de l'autre.

— C'est vrai.

— Et pas nous ?

Nina vida son verre de vin et le posa doucement sur le bar.

— Plus maintenant. Notre relation a changé quand on s'est embrassés, quand on a couché ensemble. Dès lors que tu sors avec ton meilleur ami, il cesse de l'être pour devenir ton copain. Ce n'est pas pareil.

— Ton fiancé, marmonna Tim, avant de le répéter d'une voix plus forte. Ton fiancé.

Nina sortit la bague qui pendait au bout d'une chaîne sous sa robe et la fit rouler entre ses doigts. Ce mot, *fiancé*, la gênait. Et, pour être honnête, elle devait avouer qu'elle se sentait mal à l'aise depuis qu'elle avait accepté la demande en mariage de Tim. De plus en plus mal à l'aise.

L'ancienne Nina s'en serait accommodée. Pas la nouvelle.

— Peut-être vaudrait-il mieux que tu ne sois pas mon fiancé, déclara-t-elle calmement.

Elle n'avait pas prévu de lui dire ça. Ce n'était même pas du tout ainsi qu'elle avait envisagé cette soirée. Mais il lui semblait que cette réponse s'imposait. Elle exprimait la vérité.

— Tim, je t'aime et je t'aimerai toujours, mais ce mariage n'est pas une bonne décision. Du moins pas pour le moment. Je ne sais plus qui je suis. Tu n'arrêtes pas de parler de l'ancienne Nina alors que je suis en train de changer et que ça me plaît. Tu veux que je reste la même alors que je n'en ai aucune envie. Et même si je t'aime, je ne peux pas me trahir pour toi.

— Qu'est-ce que ça veut dire ? demanda Tim d'une voix forte qui la fit ciller. Qu'est-ce que tu trahis au juste ? Mon père se cogne tout ton boulot pendant que madame court les boutiques et se fait percer les oreilles comme une ado. Explique-moi ce que tu trahis.

Le barman s'approcha.

— Tout va bien ?

— Il n'y a aucun problème, répliqua Tim.

Mais l'homme ne bougea pas avant que Nina l'ait rassuré.

— Oui, tout va bien.

Il hocha la tête et repartit à l'autre bout du bar, sans toutefois les quitter des yeux.

— Je t'écoute, insista Tim d'une voix moins forte, mais tout aussi véhémente.

— Je trahis mon désir d'être un jour avec quelqu'un qui ne me fera pas de tels reproches, répondit Nina sur le même ton. Mon père vient de mourir. C'était la seule famille qui me restait. Je suis désolée que le tien soit obligé d'assumer les tâches pour lesquelles il est payé pendant que je fais mon deuil. Je suis désolée si tu n'aimes pas… qu'est-ce que tu n'aimes pas, d'ailleurs ? les nouvelles robes ? les boucles d'oreilles ? les piments et les pépins de grenade ?

— Ce n'est pas ça.

— C'est quoi, alors ?

Tim se passa une main sur le visage.

— Tu te souviens quand tu m'as dit que tu avais l'impression de ne pas avoir connu ton père ? D'être déstabilisée parce qu'il n'était pas l'homme que tu croyais ? Eh bien, c'est pareil pour moi avec toi.

Sa voix se brisa. Il pleurait.

— Je croyais te connaître et je constate aujourd'hui que je me suis trompé. Et ça me tue de voir que tu ne m'as jamais fait assez confiance, ou que tu ne m'aimais pas assez pour me montrer avant qui tu étais vraiment.

Nina se sentit à deux doigts de pleurer elle aussi. En accédant à une liberté nouvelle, elle avait blessé la personne qui avait un jour compté plus que tout au monde à ses yeux.

— Le problème n'était pas que je n'avais pas confiance en toi. Je ne me connaissais pas moi-même, c'est tout. Et maintenant…

— Maintenant tu ne m'aimes plus.

— Non ! protesta-t-elle en lui prenant la main. Ce n'est pas vrai. Je t'aime. Simplement, je ne suis plus sûre d'être amoureuse de toi. Ni même que tu le sois de moi, à vrai dire.

Tim ne répondit pas. Sa main était molle dans la sienne.

— Peut-être qu'on pourrait redevenir amis pendant un moment ? proposa-t-elle. Jusqu'à ce qu'on ait démêlé tout ça ?

Il retira sa main et l'enroula autour de son verre vide sans la regarder.

— Et si je ne veux pas ? dit-il d'une voix à peine audible. Nina, je sais depuis la fac que j'ai envie d'être avec toi. Nous deux, ça a toujours été mon objectif. Mais je n'étais pas prêt à l'époque. Je ne voulais pas qu'on sorte ensemble sans être certain que ce serait pour toujours. On n'a pas souvent droit à un second départ dans une relation. Et puis on pensait surtout à tracer chacun notre chemin. On n'était pas au bon endroit. J'ai donc attendu et j'ai fréquenté d'autres filles mais, pendant tout ce temps, je suivais tes histoires d'amour à distance en me demandant toujours si l'une d'elles allait durer, si on avait raté notre chance…

— J'ai peur que oui, dit doucement Nina.

— Tout n'est peut-être pas fini entre nous, la coupa-t-il en se penchant vers elle. Je ferai plus d'efforts. Et tu pourrais essayer aussi, de ton côté. On surmontera cette épreuve. On peut encore mener la vie dont nos parents ont toujours rêvé pour nous.

Nina secoua tristement la tête. Il ne l'écoutait pas.

— Je doute que ça change quoi que ce soit, dit-elle en ôtant son collier. On aura beau faire, ça ne marchera pas. Tu as raison. Je ne suis pas celle que tu croyais. Ni celle que moi, je croyais. Et je veux vivre ma propre vie, pas celle qui a été rêvée pour moi par quelqu'un d'autre.

— Nina…

Tim semblait brisé. Elle l'était, elle aussi, mais pour la première fois depuis un mois, elle sentait s'estomper en elle cette panique sourde sur laquelle elle n'arrivait pas à mettre un nom. Comme si elle avait fait ce qu'il fallait.

— On est des partenaires. On forme une équipe. Depuis toujours.

— On l'a peut-être été, mais… je suis désolée.

Elle prit dans sa main la bague qu'il avait choisie exprès pour elle, cette bague magnifique aux saphirs assortis à ses yeux.

— Je t'aime, je tiens à toi et j'aimerais qu'on passe du temps ensemble jusqu'à ce qu'on soit vieux et grisonnants. Tu as toujours fait partie de ma vie et je veux que ça continue. Mais…

— Alors pourquoi est-ce qu'on ne peut pas résoudre ce problème ?

— Je ne suis pas en mesure d'épouser qui que ce soit, là maintenant, dit-elle en laissant la bague glisser entre ses doigts et osciller au bout de sa chaîne.

— C'est à cause de tes parents et de leur mariage qui n'était pas aussi merveilleux que tu l'imaginais ?

— Non. Ça n'a rien à voir avec eux. Juste avec nous. Avec moi.

— Tu es sûre ?

Nina réfléchit un instant. Ce n'était pas tout à fait vrai. Cette conversation était l'aboutissement de tout ce qui s'était passé durant le mois précédent – voire avant encore.

— C'est les deux.

À cet instant, Tim parut prendre une résolution.

— Tu organises toujours ce dîner de gala mardi soir ?

— Oui.

— Si on en reparlait après ? Et ce n'est pas la peine de décider tout de suite si on a intérêt à travailler ensemble ou pas. Je crois sincèrement qu'on est faits pour fonctionner en tandem. Dans tous les domaines. Je ne suis pas prêt à renoncer à nous. Essayons au moins. Juste quelques jours. Essayons vraiment. Après, on verra.

Parce qu'elle l'aimait, parce qu'il était son plus vieil ami, Nina accepta. Et elle appela Rafael pour lui dire qu'elle n'allait pas pouvoir le rejoindre ce soir-là finalement.

59

Nina et Tim passèrent tout le week-end ensemble. Visite au MoMA, dîner au restaurant du musée, tour de manège : quiconque ne les connaissait pas aurait dit qu'ils s'amusaient bien mais, en réalité, Nina ne se sentait pas à sa place, comme si ses rapports avec Tim avaient été contraints, comme si un simple mot de travers pouvait gâcher ces deux jours. Elle ne parvint à tenir qu'en se concentrant sur la soirée du mardi. Dans ses moments libres, elle travailla avec Christian, Caro et Jane en veillant à ce que tout soit parfait. Le lundi, le barman du Los Tortolitos et elle consacrèrent une heure à la création d'un cocktail spécial pour l'occasion. Et elle promit à TJ qu'elle serait à son poste à partir du mercredi, prête à prendre les rênes de la société.

Elle appela aussi l'avocat de son père et laissa un message à sa secrétaire pour lui demander de chercher si le cabinet Manxome Consulting était toujours en activité.

Vint le mardi soir. Ils avaient reçu deux cent cinquante réponses positives, et Christian afficha une mine réjouie en entrant dans la salle de réception. Déjà présente sur place, Nina ne cessait de rectifier des détails, rabrouée par Caro.

— Du balai ! Ton rôle, c'est d'accueillir les invités, pas de faire le travail du personnel de l'hôtel, dit-elle en surprenant Nina en train d'arranger les feuilles d'un bouquet disposé au centre d'une table.

Mia arriva avec deux autres membres de l'équipe de campagne chargés de repérer les lieux à l'avance lors des déplacements de Rafael. Nina s'arrêta pour les saluer.

— Ta robe est magnifique, la complimenta Mia.

Nina avait mis une robe Badgley Mischka très ample dont le motif fleuri semblait avoir été peint à la main sur le tissu. C'était l'un de ses derniers achats, et elle se faisait l'effet d'une œuvre d'art vivante avec.

— Merci.

Peu après, Tim apparut dans un costume trois-pièces taillé sur mesure. Tous deux circulèrent parmi les invités pour saluer leurs connaissances et les encourager à essayer le cocktail spécial du jour et les tout nouveaux hors-d'œuvre créés par le chef.

— On est doués pour ça, dit Tim, un verre de whisky à la main, lorsqu'ils se croisèrent. Et tu es superbe.

— Merci, répondit Nina en souriant.

Peut-être voulait-il lui montrer ce que leur vie ensemble pourrait être. Ce qu'elle serait. Mais, tout en jouant son rôle d'hôtesse, Nina eut la même impression que lors des brunchs du samedi instaurés par son père : elle ne faisait au fond que jouer un rôle, celui de l'héritière. Sauf qu'elle n'était plus l'héritière, à présent. Elle était la présidente du conseil d'administration de la Gregory Corporation. Cette prise de conscience lui coupa le souffle. Comprenant qu'elle risquait de pleurer devant tout le monde si elle ne sortait pas très vite, elle gagna le vestiaire installé au bout du couloir.

En y entrant, elle surprit Rafael, qui répétait son discours devant un miroir.

— Oh, pardon !

C'était la première fois qu'ils se voyaient depuis leur conversation la semaine précédente, et son cœur s'affola aussitôt. Nouvelle montée d'adrénaline et de cortisol.

Il se tourna vers elle et lui sourit.

— Pas la peine de t'excuser.

Elle se demanda s'il était aussi troublé qu'elle. Les vibrations de sa voix lui semblaient se propager dans tout son corps. Il fallait qu'elle sorte de là. Elle n'avait nulle part où se réfugier.

— On m'attend ?

Nina fit signe que non. Elle ne pouvait détacher les yeux de lui.

— Pas avant un quart d'heure, dit-elle. Et… encore une fois, je suis désolée de ne pas avoir pu venir jeudi. Mais cela valait probablement mieux.

— Probablement, oui.

Le regard de Rafael suivit la courbe de ses épaules et de son cou avant de croiser le sien.

Elle ne pensait plus qu'à poser ses mains sur lui.

— Je dois retourner auprès de nos invités, dit-elle. Mais on se reverra dans la salle de réception. Il y a déjà beaucoup de monde.

— Encore merci d'avoir organisé cette soirée.

— De rien, répondit-elle doucement.

Dans le couloir, elle tomba sur Caro.

— Ah, Nina ! L'équipe de Rafael te cherche partout. Tout va bien ?

Nina se sentit rougir et pressa ses mains sur ses joues.

— J'étais justement avec lui. Pour lui dire qu'il lui restait un quart d'heure avant de prendre la parole.

— Fais attention, ma chérie, répliqua Caro, qui avait visiblement remarqué sa rougeur. J'ai un compte Twitter moi aussi, tu sais.

Nina devint cramoisie.

— Je ferais bien d'aller voir Jane, dit-elle en se sauvant.

60

Une fois les discours prononcés – le sien et celui de Rafael –, puis le dessert servi, Nina s'accorda une pause de quelques instants avec Priscilla et Hayley.

— On est vraiment devenus adultes, déclara Hayley en faisant rouler le pied de son verre à vin entre ses doigts.

— Comment ça ? demanda Priscilla.

— On fait tout ce que nos parents faisaient avant nous. Je ne m'en étais pas rendu compte avant de te voir sur l'estrade, Nina, mais on a pris la relève. C'est notre tour maintenant.

Nina balaya la salle du regard. Hayley n'avait pas tort. Quelques-uns des amis de son père avaient fait le déplacement, mais la foule se composait surtout de personnes de son âge.

— En effet, dit-elle en s'adossant à sa chaise.

Priscilla s'apprêtait à réagir lorsque son attention fut attirée par un point derrière Nina. Elle haussa les sourcils. Nina se retourna et devina tout de suite la nature du problème. Tim et Rafael quittaient ensemble la salle de réception. Elle les suivit aussi vite qu'elle le put sur ses talons hauts. Le garde du corps de Rafael était déjà là le temps qu'elle émerge dans le couloir, juste hors de vue des convives.

— … d'homme à homme, disait Tim. Elle est avec moi.

— Pardon ? répliqua Rafael d'un ton calme et déterminé.

Nina aurait voulu s'interposer, mais elle resta là à les observer, pétrifiée.

— J'ai remarqué comment vous la regardiez. Je sais qu'on ne se connaît pas mais, si vous comptez évoluer dans ce milieu, apprenez qu'on ne touche pas aux femmes des autres.

Si vous comptez évoluer dans ce milieu ? Les femmes des autres ? Elle ne reconnaissait plus du tout Tim, et elle avait honte. De lui et pour lui.

Dans la salle de réception, toutes les personnes proches de la porte s'étaient tues et tendaient le cou dans leur direction.

— Que se passe-t-il ici ? demanda Nina en s'avançant vers les deux hommes.

Tim eut l'air surpris de la voir. Elle comprit à ses yeux troubles qu'il avait trop bu. Et qu'il avait sans doute eu une petite conversation avec Eric Lancer aussi, le mari de Maggie. Depuis l'école primaire, ce type avait toujours eu une mauvaise influence sur lui. « Si vous comptez évoluer dans ce milieu » était tout à fait le genre de commentaire dont il était capable.

— Il n'arrête pas de te mater. Je lui ai dit que ne ça pouvait pas durer. Il n'a pas le droit.

Nina se tourna vers Rafael.

— Je suis vraiment navrée.

— Pourquoi tu t'excuses ? protesta Tim. C'est lui qui devrait s'excuser auprès de toi. Et de moi.

Il refit face à Rafael au moment où Caro les rejoignait.

— Timothy, viens avec moi. Tout de suite.

Pendant qu'elle l'entraînait le long du couloir, Nina revint dans la salle de réception, où les invités la dévisagèrent en silence.

— Quel spectacle ! plaisanta-t-elle en plaquant un sourire sur ses lèvres. Quand vous en parlerez à vos amis, n'oubliez surtout pas de mentionner la jolie robe que je portais !

Quelques personnes se mirent à rire, et les conversations ne tardèrent pas à reprendre.

— Je ne m'attendais pas à ça, dit Rafael en s'approchant d'elle.

— Moi non plus. Je ne sais plus où me mettre.

— C'est lui le fautif, Nina. Pas toi. Et il n'a pas tort, ajouta-t-il tout bas. Je ne peux pas m'empêcher de te regarder.

Nina rougit de nouveau. Amusé, il enchaîna :

— À part ça, j'aimerais beaucoup avoir ton avis sur mon discours.

— Je… euh…

— OK, je comprends. Merci encore… pour ce dîner, je veux dire.

Après son départ, Nina se mit en quête de Tim et de Caro. Elle interrogea des employés et finit par les retrouver dans la suite nuptiale, où Tim se tenait assis devant une tasse de café.

— Il refuse de me parler, l'informa Caro à son entrée dans la chambre. J'ignore quel est le problème avec lui, ou toi, ou toi et Rafael, mais quoi qu'il en soit, Nina, la scène de tout à l'heure est inacceptable. Ce n'est pas comme ça qu'on se conduit ici. Pas dans cette famille.

Nina sentit l'émotion la submerger. À présent qu'elle n'avait plus à faire semblant, le poids de cette soirée, de ce week-end et même de tout le mois précédent l'écrasait complètement.

— Je sais.

— Je peux te laisser régler ça ?

— Oui.

— Je vous aime tous les deux, dit Caro en l'étreignant.

— Je t'aime aussi.

Tim ne réagit pas et resta silencieux lorsque sa mère sortit.

Puis Nina et lui échangèrent un regard.

— Qu'est-ce qui t'a pris ? demanda Nina, les poings serrés et la voix tremblante.

Elle se retenait de ne pas laisser exploser sa colère. C'était son premier dîner de gala sans son père. Un dîner pour lever des fonds en faveur de Rafael, qui plus est.

— Tu croyais vraiment que tout irait mieux après ça ? Tim, tu as foutu la soirée en l'air !

Elle se prépara à une dispute, mais les traits de Tim se tordirent et il éclata en gros sanglots avinés.

— Je suis désolé, dit-il en s'essuyant le nez du revers de la main. Je suis tellement désolé. J'ai merdé. Si tu savais comme je m'en veux.

Malgré son exaspération, Nina eut pitié de lui. Il devait tant souffrir pour s'être comporté ainsi.

Elle s'approcha en lui tendant les bras. Il tomba contre elle, et elle se mit à pleurer elle aussi – pour tout ce qu'elle allait perdre quand leur relation s'achèverait. Parce qu'elle savait désormais qu'il le fallait.

61

Le lendemain matin, après avoir attendu qu'il eut pris un Advil, une douche et un café, Nina rejoignit Tim dans la cuisine. Elle avait envisagé de l'envoyer dormir chez lui, mais elle s'inquiétait. Il avait besoin de quelqu'un. Il avait besoin d'elle. Pour cette raison, ils avaient dormi une dernière fois ensemble.

Seulement la nuit était derrière eux à présent, et tout apparaissait plus clair dans la lumière crue du jour. Elle ouvrit son poing serré devant lui. Sur sa paume reposait la bague de fiançailles qu'il lui avait offerte.

— Je m'excuse pour hier soir, dit-il d'une voix rauque en levant les yeux vers elle.

— Ce n'est pas seulement à cause d'hier soir, Tim. Je voulais que ça marche entre nous. Je le voulais vraiment. Mais on n'y arrive plus.

Elle avait conscience de perdre les enfants qu'elle avait imaginé avoir avec lui. La vie à laquelle elle s'était préparée. Et probablement Caro aussi.

Tim prit la bague.

— Je n'ai pas assez d'énergie pour parler de ça maintenant, Nina.

Elle le dévisagea. Il avait les yeux cernés et le teint pâle.

— Et moi je n'ai pas assez d'énergie pour continuer à faire semblant, Tim. Je ne peux plus être ta fiancée.

Il resta d'abord muet, comme sonné, puis glissa la bague à son auriculaire.

— Tu ne peux pas être ma fiancée, soit. Mais moi, je ne peux pas... je ne veux pas être le bon copain cantonné sur le banc de touche, Nina. Ça me tuerait de te voir avec un autre.

Tête baissée, elle passa les doigts sur le bord de sa tasse.

— Si on doit se quitter aujourd'hui, poursuivit Tim, je préférerais que tu ne m'appelles pas pendant un moment. Je ne serai pas ton ami à défaut d'être ton fiancé. Pas avant longtemps.

Nina ne concevait pas sa vie sans lui. Elle voulut protester, lui expliquer pourquoi c'était ridicule, méprisant de sa part, même. Il valait mieux pour eux qu'ils soient amis. Il la regretterait, lui aussi. Mais elle l'aimait. Elle l'aimait vraiment. Puisqu'elle ne pouvait exaucer son vœu le plus cher, elle exaucerait au moins le deuxième.

— Très bien. Si c'est ce que tu souhaites.

Il parut surpris qu'elle n'émette aucune objection, et cela le fit vaciller, mais il se ressaisit.

— Oui, répondit-il, avant de prendre dans sa poche le double des clés qu'elle lui avait donné et de le poser sur la table. J'aimerais que tu me rendes les miennes aussi.

Nina alla les chercher dans son sac à main et les détacha de son porte-clés.

— J'imagine qu'on ne se reverra pas dans l'immédiat, alors ? dit-elle en les lui tendant.

— En effet.

Il se leva, et ils s'embrassèrent avec raideur. Nina n'osa pas le serrer contre elle – elle savait qu'elle n'en avait plus le droit. À compter de cet instant, Tim était censé n'être plus qu'une ancienne connaissance.

Elle fut incapable de le regarder sortir de chez elle.

62

Un peu plus tard, encore en état de choc, elle quitta son appartement en tenue de sport et entama un footing. Une boule au ventre l'obligea vite à s'arrêter, cependant, et elle s'appuya contre un poteau, certaine qu'elle allait vomir. Il n'en fut rien. C'était juste la culpabilité qui la rongeait intérieurement. Et l'incertitude. Elle avait pris une décision que son père n'aurait jamais approuvée. Elle avait renoncé à l'homme qu'il avait toujours voulu voir à ses côtés, pour la vie. Et, en faisant ça, elle avait perdu son meilleur ami.

Elle s'approcha du rétroviseur d'un camion garé devant elle, juste à sa hauteur. Dans le miroir, elle vit qu'elle avait les yeux gonflés, avec des traces de maquillage, et les cheveux en berne dans sa queue-de-cheval. Elle chercha un mouchoir et un autre élastique dans son petit sac à dos. Elle était peut-être au-dessous de tout, mais elle ne gagnerait rien à en avoir l'air. Une natte la rendrait un peu plus présentable.

Elle ne trouva finalement que son couteau suisse, cadeau de Caro pour ses vingt et un ans – « au cas où tu te sentirais un jour menacée ». Elle qui ne s'en était jamais servie déplia les petits ciseaux et décida là sur le trottoir qu'il était temps qu'elle se coupe les cheveux. Elle ne voulait plus voir l'ancienne Nina dans le miroir.

Un carré sous le menton, ce serait très bien, songea-t-elle en défaisant sa queue-de-cheval. Elle s'était attaquée à quelques mèches quand elle mesura la folie de son geste. Par chance, il y avait un salon de coiffure au bout de la rue.

— Que puis-je pour vous ? demanda la femme derrière la caisse, épinglant du regard ses traces de maquillage et ses yeux gonflés. Je viens d'ouvrir le salon, mais nous ne prendrons des clients que dans une demi-heure.

— Je… j'espérais que vous pourriez me faire une coupe.

La coiffeuse l'examina plus attentivement.

— Après un coup dur, changer de tête peut être un premier pas positif, dit-elle. Je devrais réussir à vous caser avant mon premier rendez-vous.

Elle guida Nina vers un fauteuil et jeta une cape sur ses épaules.

— Je m'appelle Hannah, au fait. Hannah Lee.

— Et moi Nina.

Hannah travailla rapidement et efficacement. À la fin, elle secoua les cheveux de Nina avec les doigts et les laissa se placer naturellement.

— C'est une longueur qui vous va bien. Elle fait ressortir vos pommettes.

Nina s'examina dans le miroir. Elle était une tout autre personne. La transformation était complète. Des cheveux courts, un piercing à l'oreille, et plus de Tim.

— Merci.

— Entre femmes, on doit se serrer les coudes, pas vrai ?

— Oh oui !

Nina pensa à Leslie, Priscilla et Caro. Et à sa tante aussi. Pourquoi avait-elle disparu de sa vie ? Pourquoi ne l'avait-elle pas soutenue après la mort de sa mère ? Il fallait qu'elle la retrouve. Elle voulait lui parler et comprendre pour quelle raison Daphne avait coupé les ponts avec son père et elle.

— Je vous dois combien ? demanda-t-elle à Hannah.

— D'habitude, c'est 65 dollars, mais pour vous ce sera 50.

— Merci, dit Nina en lui tendant sa carte de crédit. J'en avais vraiment besoin.

Elle signa sa facture et y ajouta un pourboire de 200 dollars correspondant à ce qu'elle payait en temps normal chez son coiffeur. Hannah ouvrit de grands yeux en découvrant son nom de famille – de toute évidence, elle venait de faire le lien avec les hôtels Gregory. Mais elle se garda de tout commentaire et se contenta de rendre sa carte à Nina accompagnée d'une lingette démaquillante.

— Si vous voulez l'essayer, c'est mon produit préféré pour les yeux.

Nina la remercia encore. Pendant qu'Hannah retournait dans l'arrière-boutique, elle s'approcha d'un miroir près de la porte et ôta les dernières traces de son maquillage. Ou de ses peintures de guerre, pour reprendre une expression de Caro. « Donnez-moi juste une minute, je ne peux pas sortir sans mes peintures de guerre », disait-elle souvent lors de leurs vacances en famille.

Nina grimaça. Allait-elle vraiment perdre Caro aussi ? À jamais ? Elle se regarda encore dans le miroir et regretta de ne pas avoir son mascara avec elle. Ni son eyeliner. Ni son rouge à lèvres. Des peintures de guerre s'imposaient. Surtout à présent qu'elle s'apprêtait à livrer bataille.

63

Alors qu'elle repartait chez elle, son téléphone fit entendre un *bip*. Elle espéra un message de Tim lui disant qu'il souhaitait finalement rester ami avec elle, mais ce n'était que Jane.

Il faut qu'on parle d'hier soir. Tu peux passer au QG dès que possible ? Emprunte l'un des monte-charge à l'arrière au cas où il y aurait des photographes devant l'immeuble.

Nina regarda l'heure. 8 h 45. Une conversation avec Jane au sujet du dîner de la veille ne l'enchantait pas du tout, mais elle ne pouvait pas l'esquiver.

Je serai là dans une heure, répondit-elle. Il fallait d'abord qu'elle aille se changer. Et qu'elle réapplique ses peintures de guerre.

À son arrivée au QG, elle fit le tour du bâtiment pour rejoindre l'entrée de service, comme Jane l'avait suggéré, et envoya un texto afin que quelqu'un vienne la chercher.

En attendant, elle commença à taper un message à Leslie et un autre à Priscilla pour leur expliquer ce qui s'était passé avec Tim mais, avant qu'elle ait pu trouver les bons mots, la porte devant elle s'ouvrit sur Rafael.

— Je ne pensais pas que ce serait toi qui descendrais, dit-elle en s'engouffrant dans le bâtiment.

Rafael l'examina un instant.

— Nouvelle coupe ? demanda-t-il alors qu'ils traversaient un dépôt en direction des monte-charge.

— Mm-mm.

— Ça te va vraiment bien.

Ses réactions étaient si différentes de celles de Tim…

— Je m'excuse si j'ai provoqué ton fiancé hier soir, continua-t-il. Je n'en avais pas l'intention.

— Mon ex-fiancé, dit-elle doucement.

Rafael la dévisagea cette fois avec compassion en appuyant sur le bouton d'appel de l'ascenseur.

— Désolé.

— Vraiment ?

— Bon, non, avoua-t-il en riant. Mais c'est ce qu'on est censé dire à une personne qui vous annonce qu'elle a rompu avec son compagnon. Et je sais combien l'épreuve est dure à vivre, quelle qu'en soit la raison.

Il redevint soudain sérieux.

— C'est à cause de moi ?

— Pas vraiment, répondit-elle. En partie peut-être, mais la réalité est bien plus complexe.

— Elle l'est toujours.

À ce moment-là, le monte-charge arriva à leur niveau. L'intérieur était tapissé d'un revêtement rembourré qui obstruait les boutons et la caméra de surveillance.

— J'avais l'impression d'être dans un paquet cadeau rempli de papier bulle en descendant, dit Rafael, qui maintint la porte ouverte d'une main afin de laisser passer Nina en premier. Un paquet cadeau estampillé « Fragile ».

Nina s'adossa à une paroi. Il était agréable de relâcher la pression.

— Et moi j'ai l'impression d'être une figurine en porcelaine, dit-elle en fermant les yeux.

— Tu en as l'air dans cette robe.

La voix de Rafael avait résonné juste à côté d'elle, et un corps pesa contre le capitonnage à sa gauche.

Elle rouvrit les yeux et se tourna vers lui.

Il était si près d'elle qu'elle sentit son souffle sur ses lèvres. Une force magnétique entre eux les attirait et, sans même avoir conscience de ce qu'ils faisaient, ils inclinèrent chacun la tête vers l'autre. L'instant d'après, ils s'embrassaient. Rafael avait un goût de chewing-gum à la cannelle. Un goût épicé et doux à la fois. Nina frissonna lorsqu'il lui mordilla la lèvre, mais ils s'écartèrent très vite l'un de l'autre – presque d'un commun accord, sembla-t-il.

— Je ne voulais pas..., dit Rafael en lui prenant la main. Ce n'est pas pour ça que je suis descendu. J'ignorais que tu avais rompu avec Tim. Je voulais juste...

— Je sais, le coupa-t-elle, le cœur battant.

La porte du monte-charge s'ouvrit sur le onzième étage. Jane les attendait, et son sourire s'évapora quand elle remarqua leurs doigts entrelacés.

— Arrêtez tout de suite et suivez-moi, leur ordonna-t-elle.

Rafael et Nina se lâchèrent la main et lui emboîtèrent le pas jusqu'à la salle de conférences. Penaude, Nina entendait la voix de son père dans sa tête : *Tu es plus futée que ça, quand même*. Ce qui était vrai. Mais tout ne se résumait pas à une question d'intelligence dans la vie, surtout quand des sentiments étaient en jeu. Son père ne l'avait apparemment jamais compris – ou peut-être trop bien, au contraire.

— Pas un mot, dit Jane en refermant la porte derrière eux.

Elle prit une serviette en papier sur une table.

— Vous avez du rouge à lèvres sur la bouche, Rafael. Essuyez-moi ça. Et toi, Nina, tu as pété les plombs ou quoi ? D'abord tu expliques à notre candidat qu'il devrait changer de stratégie électorale sans nous consulter, Mac et moi. Ensuite tu trompes ton fiancé et tu me mens – et vous aussi Rafael – sur votre relation. Dans ces conditions, le fiasco d'hier soir n'est pas étonnant. Je sais que tu as perdu ton père et que ce n'est pas facile, mais merde, Nina, qu'est-ce qui t'arrive ?

L'ancienne Nina se serait excusée. Elle aurait battu en retraite. Mais pas la nouvelle.

— Primo, on n'est plus ensemble, Tim et moi. Je n'ai donc trompé personne. Secundo, ce qu'on t'a dit, Rafael et moi, était vrai au moment où on l'a dit. On n'était que des amis. Le fiasco d'hier soir, comme tu l'appelles, est dû au fait que Tim était ivre et jaloux. Et en ce qui concerne la stratégie électorale, je ne travaille plus ici. J'ai le droit de parler à Rafael de tout ce dont j'ai envie.

Jane la fixa bouche bée.

— Gare à vous, Jane, dit Rafael, que cet échange semblait beaucoup amuser. Nina est déchaînée.

En proie à une bouffée d'adrénaline, Nina lui sourit.

— Vous me tuez, tous les deux, soupira Jane. Je voulais voir avec vous comment gérer les photos d'hier qui ont commencé à fuiter dans les médias, mais je crois qu'on va avoir besoin d'une autre stratégie maintenant. Bon sang, Rafael, vous avez encore du rouge à lèvres sur le visage.

— Désolée, dit Nina. Les Chanel ont une bonne tenue.

— Chanel ! C'est le bouquet. Restez ici tous les deux pendant que je vais chercher Mac et un peu de savon. Il faut qu'on trouve une solution.

Après son départ, Rafael se mit à rire.

— J'ai vraiment du rouge à lèvres Chanel sur la figure ?

— Oh, à peine, dit Nina en même temps qu'elle le laissait l'attirer contre lui. Mais Jane a raison, le moment est mal choisi pour entamer une relation. Ce qu'on s'est dit la semaine dernière vaut toujours. On devrait attendre l'élection, sous peine de détourner l'attention des gens de ton programme politique. On risque de te faire perdre une partie de ta base électorale sinon.

— Je sais, oui, mais la semaine dernière on ne s'était pas encore embrassés. Je ne suis pas certain de pouvoir penser à autre chose maintenant.

Nina leva les yeux vers lui. Elle ressentait jusque dans son cœur cette force magnétique qui surgissait entre eux dès qu'ils étaient ensemble.

— Bien sûr que si, tu le pourras.

— J'en doute, dit-il en l'enveloppant dans ses bras pour l'embrasser.

Ses lèvres étaient chaudes et douces, et Nina se plaqua contre lui tandis qu'il faisait glisser ses mains dans son dos.

— Rafael…

Ils parvinrent à se détacher brièvement l'un de l'autre, mais Rafael déposa ensuite un baiser dans son cou, puis dans le creux de sa clavicule, et elle inclina la tête en arrière afin de lui dévoiler un peu plus de peau.

— Il faut qu'on arrête, souffla-t-elle alors même qu'elle n'en avait aucune envie. Jane sera bientôt là.

— Mmm.

— Je suis sérieuse, dit-elle tout en enfonçant les mains dans les poches arrière de son pantalon.

— Moi aussi.

Ses lèvres revinrent se poser sur les siennes. Leurs corps étaient si soudés que Nina sentit les boutons de la chemise de Rafael s'incruster dans sa peau.

Elle se força à reculer d'un pas, ferma les yeux et inspira lentement en essayant d'étouffer son désir, son besoin de se coller à lui. *Frites. Milk-shakes. Enveloppes.* Ses vieux trucs marchaient encorc, mais si peu.

— C'est de la torture, dit Rafael.

— Tu as encore plus de rouge à lèvres maintenant.

Elle prit une nouvelle serviette sur la table. Lorsque Mac et Jane entrèrent dans la salle, elle était occupée à essuyer la bouche de Rafael.

Ils ne furent pas ravis.

64

Après avoir écopé d'un bon sermon de Mac, après s'être engagée à ne plus remanier les discours de Rafael et enfin après avoir promis que leur relation ne sortirait plus de la sphère privée afin de ne pas faire les choux gras de la presse, Nina resta de nouveau seule avec Rafael dans la salle de conférences.

— Que fait-on maintenant ? demanda-t-elle.

Elle mourait d'envie de toucher sa main, et même de se coller contre lui.

— Eh bien…, dit Rafael en la regardant comme s'il avait voulu mémoriser son visage dans ses moindres détails. J'ai encore quelques interviews à donner aujourd'hui. J'aimerais vraiment te voir après ça, mais j'ai peur qu'un dîner au resto soit hors de question. Et je ne peux guère te proposer de cuisiner quelque chose chez moi ou chez toi – Mac nous étranglerait si l'un de nous se faisait photographier aux alentours de l'appartement de l'autre.

Nina songea à la maison de sa mère. La sienne désormais. Personne ou presque n'était au courant de son existence.

— Que penses-tu de la vallée de l'Hudson ?

— Euh… La saison de la cueillette des pommes y est très sympa ?

— J'ai une maison là-bas. C'est un secret, en fait. À condition de s'y rendre séparément, personne n'en saura rien. Elle n'est qu'à une heure et demie d'ici.

Rafael lui tendit son téléphone.

— Tape-moi l'adresse. Je devrais avoir bouclé ma dernière interview à 20 heures. Je dois ensuite aller boire un verre avec un donateur et assister à une réunion préparatoire pour mon meeting de demain avec les représentants des syndicats… disons qu'on se retrouve là-bas vers 23 h 30 ?

— Je vais tout de suite réserver un chauffeur.

Rafael reprit son portable et embrassa Nina une dernière fois.

— À tout à l'heure.

— Essuie ta bouche ! dit-elle en lui lançant une serviette alors qu'il sortait de la pièce.

Pour la première fois depuis la mort de son père, il lui semblait renaître à la vie.

65

Grâce à Rafael, elle se sentait plus forte. Plus intelligente. Capable de s'attaquer à n'importe quel problème. Ce fut dans cet état d'esprit qu'elle se rendit au siège de la Gregory Corporation, situé au vingt-huitième étage d'un gratte-ciel de Midtown.

Elle prit l'ascenseur et informa la réceptionniste qu'elle voulait voir TJ – lequel, pour ce qu'elle en savait, la croyait toujours en couple avec son fils. En l'attendant, elle alla s'asseoir sur un canapé et commença à feuilleter une brochure de présentation des hôtels Gregory. Elle fut surprise de tomber sur une photo d'elle à dix ans, debout près de la pancarte à l'entrée du Nid de Nina, les mains sur les hanches et un sourire aux lèvres. Elle se rappela quand elle avait été prise. Elle portait des chaussures rouges à paillettes, comme celles de Dorothy dans *Le Magicien d'Oz*. Elle les adorait tant à l'époque que son père lui en avait acheté une seconde paire quand la première était devenue trop petite. *Même Nina Gregory sait combien les anniversaires peuvent être formidables dans nos restaurants*, disait la légende.

Son père l'emmenait tout le temps là-bas et n'oubliait jamais de la photographier près du panneau. Elle avait grandi ainsi et fini par dépasser les lettres de son prénom. Mais, un jour, l'un de ces clichés avait servi d'illustration à une campagne de publicité réalisée pour les seize ans de l'hôtel. *Seize ans, le plus bel âge de la vie !* clamait le slogan.

« J'ai dix-huit ans sur la photo, avait protesté Nina en appelant son père de l'université, où des gens lui avaient parlé des affiches sur lesquelles elle apparaissait. C'est l'hôtel qui a eu seize ans. Pourquoi faut-il que je sois sur ces publicités ?

— Parce que tu es plus jolie que moi », avait plaisanté son père sans tenir compte de sa contrariété.

Elle se demanda si c'était lui qui avait choisi d'inclure ce portrait d'elle à dix ans dans la brochure. Et s'il l'avait fait avant ou après sa remarque sur la campagne publicitaire. Elle allait décidément de surprise en surprise.

— Nina ! s'exclama TJ en traversant la réception. Je suis content de te voir. Je ne savais pas que tu passerais aujourd'hui.

— Désolée de ne pas t'avoir prévenu. J'avais dit que je prendrais mes fonctions après le dîner d'hier et cet après-midi me semblait le bon moment pour le faire.

Ils franchirent des portes vitrées que TJ déverrouilla avec son badge et longèrent le couloir desservant les bureaux des hauts cadres de la société. À sa gauche, Nina aperçut celui de Caro, qui n'était pas là cependant. Ils continuèrent à avancer jusqu'à l'angle du bâtiment, là où travaillait TJ.

— Tu peux t'installer, dit-il en lui montrant l'ancien bureau de son père, situé juste à côté du sien. On n'a touché à rien. On t'attendait.

Nina parcourut seule les derniers mètres. Elle avait la très nette impression que tous les employés qu'elle croisait la dévisageaient. Elle salua d'un signe de tête Melissa, l'ancienne assistante administrative de son père, puis entra dans son bureau et ferma la porte.

Elle balaya la pièce du regard et nota d'emblée une photo d'elle à la naissance, bien emmaillotée sur les genoux d'un Tim aux cheveux roux frisés qui la fixait avec émerveillement. Son cœur se serra. On distinguait dans un coin la main de Caro, prête à intervenir si nécessaire. Ses efforts n'avaient pas suffi à empêcher une catastrophe, cette fois, songea Nina, qui, même si elle se réjouissait de passer la soirée avec Rafael, ressentait toujours durement le vide laissé par Tim.

Elle examina les étagères. Il y avait un autre portrait d'elle datant de sa remise de diplômes à la fin de ses études de commerce. Et aussi le cadre en mosaïque qu'elle avait offert à son père ce triste jour de Noël où sa mère était morte. La photo à l'intérieur la montrait penchée avec lui sur une grille de mots croisés pour enfants. Sa mère l'avait prise un dimanche dans sa maison de campagne, s'aperçut-elle en reconnaissant le motif du canapé sur lequel ils étaient assis. Pas dans l'appartement 21-B.

Elle ouvrit ensuite le tiroir du bureau, qui contenait un ensemble de fournitures classiques – des crayons, des stylos, des Post-it, des trombones. Plus au fond, elle trouva un bon pour un match des Yankees qu'elle avait réalisé à l'occasion d'une fête des pères. Elle avait essayé de s'intéresser au base-ball, mais ce sport ne l'avait jamais vraiment passionnée, et elle n'accompagnait son père que de temps en temps pour lui faire plaisir. Parfois aussi, il emmenait juste TJ et Tim et la laissait avec Caro. Celle-ci s'était un jour inscrite avec elle à un cours de self-défense durant lequel Nina avait appris les réflexes à adopter si quelqu'un l'agressait. Viser les yeux. Face à un homme, donner un coup de genou dans l'entrejambe. Crier aussi fort que possible. Une autre fois, elles s'étaient attaquées au mur d'escalade de Chelsea Piers. « Les femmes se doivent d'être fortes », lui avait dit Caro. Sur le coup, Nina n'avait pas compris ce qu'elle entendait par là, mais le sens de ses paroles s'était éclairci depuis.

Son téléphone portable vibra et la rappela à la réalité. C'était l'avocat de son père.

— Mademoiselle Gregory ?

— Nina, s'il vous plaît.

— Nina. Pardonnez-moi, je n'ai pas pu vous joindre plus tôt. Concernant ce cabinet sur lequel vous avez interrogé ma secrétaire… Manxome Consulting.

— Oh, oui. J'aimerais beaucoup les contacter. Avez-vous leurs coordonnées ?

— C'est-à-dire que… ce cabinet appartenait à votre père. Je l'ai monté pour lui il y a plusieurs années.

Nina comprit tout de suite ce que cela impliquait.

— Merci. Je… je suis désolée, il faut que je vous laisse.

— Attendez…

— Je reviendrai vers vous plus tard, le coupa-t-elle, soudain nauséeuse. Excusez-moi.

Elle avait suivi des cours de droit comptable. Un président de conseil d'administration qui créait une entreprise afin de facturer des services à sa propre société augmentait illégalement ses revenus. Et se rendait donc coupable de malversation financière.

Elle prit le téléphone de son père et pressa la touche d'appel direct de son assistante.

— Melissa, pouvez-vous me passer Irv ?

Quelques secondes plus tard, le directeur financier de la Gregory Corporation décrocha.

— Avez-vous gardé une trace des chèques qui ont servi à régler des factures datant d'il y a six à dix ans ? demanda-t-elle après l'avoir salué.

— Oui.

— Ils doivent être signés par deux cadres dirigeants, n'est-ce pas ?

— Ceux d'un montant important, oui.

Nina baissa les yeux. Ses genoux étaient agités d'un tremblement nerveux qu'elle ne parvenait pas à contrôler.

— Pouvez-vous me dire qui a signé les chèques adressés au cabinet Manxome Consulting ? Ils ont travaillé pour nous de 2008 à 2011.

Irv était en poste depuis assez longtemps pour savoir quand il était préférable de ne pas poser de questions.

— Bien sûr. Laissez-moi juste le temps d'accéder aux bons fichiers… ah, voilà. Je suis en train de faire défiler les archives… Tous ces chèques ont été signés par votre père et par TJ Calder.

— Merci. J'apprécie votre aide.

— À votre service, répondit Irv avant de raccrocher.

Nina resta sonnée. L'espace d'un instant, elle crut qu'elle allait vomir. Son monde s'écroulait une fois de plus. Son père et TJ avaient détourné des fonds de la Gregory Corporation. Il n'y avait pas d'autre explication possible.

Elle aurait tant voulu pouvoir demander à son père à quoi il avait joué au juste. Et pourquoi il avait ainsi mis en danger la réputation de ses hôtels, sa liberté et la respectabilité de leur nom – celui-là même qu'il avait transformé en synonyme d'entreprise prospère et dont il était si fier.

Combien de coups durs allait-elle encore devoir encaisser ? Et y arriverait-elle seulement ? Elle rappela Melissa.

— Oui, mademoiselle Gregory ?

— Vous voulez bien dire à TJ Calder de venir, s'il vous plaît ? J'ai besoin de lui parler.

Elle ignorait ce qu'elle allait faire. Mais, puisque son père n'était plus là, TJ était la seule personne qu'elle pouvait encore interroger.

66

En apprenant qu'elle savait désormais à qui appartenait le cabinet Manxome Consulting, TJ afficha presque la même expression que Tim quand elle lui avait annoncé qu'elle ne pensait pas judicieux de lui confier le poste de P.-D.G. de la Gregory Corporation.

— TJ, dit-elle en s'efforçant de contenir sa colère. Aide-moi à comprendre. Qu'est-ce qui vous est passé par la tête ?

TJ se leva et commença à aller et venir devant les baies vitrées du bureau.

— On était en 2008, expliqua-t-il. Les affaires allaient mal. Les réservations baissaient. Ton père venait juste d'investir des sommes folles dans la rénovation des salles de sport et des centres aquatiques de ses hôtels et il avait un problème de liquidités. Son portefeuille boursier s'était tellement déprécié qu'il ne voulait pas vendre ses actions, et il aurait perdu son statut d'actionnaire majoritaire s'il avait cédé ses parts de la société. Il a demandé qu'on revoie sa rémunération à la hausse, mais le conseil d'administration a voté contre – et à raison, pour être franc.

Nina n'avait jamais rien su de tout ça.

— Pourquoi ne m'en a-t-il pas parlé ? s'étonna-t-elle, mettant de côté un instant le problème principal.

— Je pense qu'il voulait que tu sois fière de lui. Il avait honte d'avouer qu'il s'était fourré dans un tel pétrin. Il a déjà mis un moment à se confier à moi, alors à toi…

— Quelqu'un d'autre est au courant ?

Avait-elle influencé le comportement de son père de la même façon qu'il avait influencé le sien ? Ne savait-il pas qu'elle aurait été fière de lui quoi qu'il advienne ?

— Je ne crois pas, dit TJ. Et ton père préférait qu'il en soit ainsi. Il ne voulait pas vendre ses maisons – le marché de l'immobilier s'était retourné lui aussi, de toute façon. La seule autre solution aurait été de déclarer faillite, mais il aurait fallu endurer l'humiliation publique, les commérages, le regard des gens…

— Et il ne pouvait pas le supporter.

— Exactement. C'est à ce moment-là qu'il m'a exposé son plan. Il avait besoin d'une deuxième signature sur les chèques.

L'orgueil seul de son père les avait mis dans cette situation. Et elle-même avait profité de son larcin, puisqu'il avait facturé près de trois millions de dollars à sa société. Combien de dîners, de robes, de courses en taxi et Dieu sait quoi d'autre encore cet argent avait-il payé ?

— Personne n'a jamais rien découvert ? s'enquit-elle, les tempes battantes.

— Pas à ma connaissance. Quand les marchés boursiers sont repartis à la hausse, on a tout arrêté. Ton père a même baissé son salaire après ça. Je pense qu'il essayait de se racheter, de rembourser ce qu'il devait. Et il m'a chargé de fermer légalement Manxome Consulting un peu plus tôt cette année, quand son cancer a récidivé.

Nina était sous le choc. Elle songea à Jane et comprit que, si cette histoire venait à s'ébruiter, même après l'élection, cela risquait de compromettre Rafael. Entretenir une relation avec quelqu'un dont la famille était mêlée à un scandale financier entacherait sa réputation. *Détournement de fonds*. Ces mots lui donnaient la chair de poule.

— Je devrais peut-être dire à Ned que j'envisage de vendre mes parts dans la société, finalement. Et laisser quelqu'un d'autre se débrouiller avec ça.

TJ haussa les épaules.

— Tu pourrais, oui.

— Caro est au courant ?

— Non, je ne lui ai jamais rien dit. À Tim non plus, bien sûr. Et j'apprécierais que tu…

— C'est entendu.

Par la fenêtre, elle voyait les derniers étages du Gregory on the Park et les lumières du Los Tortolitos. C'était pour cette raison que son père avait choisi cet immeuble et ce bureau. Afin d'avoir son hôtel sous les yeux pendant qu'il travaillait. La colère enfla en elle. Elle ne pouvait plus s'en prendre à lui et lui faire payer ses décisions, mais il restait TJ.

— Je pense qu'il est préférable que tu quittes ton poste, déclara-t-elle d'un ton sérieux et parfaitement contrôlé. Tu peux partir en retraite. On s'arrangera pour tirer d'affaire la société, mais je n'accepte pas qu'elle soit dirigée par un P.-D.G. capable de telles pratiques.

TJ baissa les yeux. Elle chercha un peu de compassion en elle et n'en trouva aucune. Elle leur en voulait, à son père et à lui, de l'avoir mise dans une telle position. Même si elle vendait la société, elle tenait à préserver son avenir et à la laisser entre de bonnes mains. Cette entreprise portait son nom, après tout. Et elle ne souhaitait pas non plus abandonner les employés. Tous comptaient sur les hôtels Gregory pour vivre.

Elle attendit que TJ exprime sa rage et sa rancœur.

— Tu as raison, dit-il à la place, l'air presque soulagé de se voir offrir une porte de sortie. J'annoncerai mon départ en retraite la semaine prochaine. Et je réglerai les dernières choses qui doivent l'être dans le courant du mois. Tu sais que Tim veut…

— Je sais, oui.

TJ lui jeta un coup d'œil, puis se leva.

— Je ferais bien de retourner dans mon bureau, dit-il. J'ai un rendez-vous dans cinq minutes. Je… je suis vraiment désolé, ma chérie.

Après son départ, Nina garda les yeux fixés sur la porte qu'il avait refermée derrière lui. Elle s'interrogeait sur ce qu'elle devait faire à présent quand son attention fut attirée par un petit dessin de Narcisse signé du Caravage accroché au-dessus du chambranle. S'il avait eu besoin d'argent, son père aurait pu le vendre. Ça, ou n'importe quelle œuvre parmi toutes celles que contenait leur maison des Hamptons. Mais sa grand-mère ne s'était jamais séparée d'aucune des pièces de sa collection, et lui non plus. Sans doute parce que cela aurait trahi ses difficultés financières, comprit-elle à cet instant.

Elle se demanda s'il avait acheté ce dessin pour se souvenir de ne pas se laisser dominer par son orgueil, comme Narcisse.

Si oui, ça n'avait pas marché.

67

Quand Gene la déposa devant la maison de sa mère ce soir-là, Nina inspira l'air froid de cette nuit d'automne à pleins poumons. Elle appréciait d'avoir pu s'échapper de New York après la journée qu'elle venait de passer. Elle avait besoin de temps pour assimiler ses dernières découvertes, souffler, décider de ce qu'elle dirait à Rafael. Elle ne pouvait pas lui taire le délit commis par son père – elle refusait d'être comme ce dernier et de cacher certaines choses à ceux qu'elle aimait. Mais elle redoutait les conséquences de cet aveu. Rafael allait-il faire demi-tour et la planter là ? Leur relation se terminerait-elle avant même d'avoir commencé ? Pourtant, même en sachant qu'une conversation difficile l'attendait, l'idée de le revoir la grisait.

Elle entra dans la maison et alluma la lumière. Il restait des olives dans le frigo, ainsi qu'un peu de vin dans la bouteille que Tim et elle avaient entamée. Elle ne put s'empêcher de se remémorer tout ce qui s'était passé lors de sa précédente visite. La lettre de sa mère. La demande en mariage de Tim. Elle était une tout autre personne alors.

En montant à l'étage avec son sac, elle décida qu'il était temps pour elle de prendre la suite parentale. En partie parce que la maison lui appartenait désormais, et en partie parce que Tim et elle avaient couché dans son ancienne chambre et qu'elle ne voulait pas y penser. En fait, elle ne voulait pas du tout penser à Tim. Leur rupture l'emplissait de tristesse, de honte et de culpabilité, mais aussi d'une certitude – celle d'avoir fait ce qu'il fallait.

Avait-il prévenu ses parents ? TJ avait-il parlé à Caro ? Elle se demanda si l'un d'eux l'appellerait. Ou si, après avoir été une famille pour elle, ils ne seraient bientôt plus que des employés, voire de parfaits étrangers.

Elle commença à répartir ses affaires dans la commode et la penderie de ses parents en poussant les vêtements de sa mère pour mettre les siens. Son père n'avait pas laissé grand-chose, lui. Alors qu'elle rangeait ses chaussettes, la sonnerie de l'entrée retentit.

Elle descendit et vit Rafael lui sourire à travers le carreau de la porte.

— Jolie maison, dit-il quand elle lui eut ouvert.

Il posa un sac marin par terre. Pour la première fois depuis leur rencontre, il avait l'air peu sûr de lui. Nerveux, presque. Tout comme elle.

— Merci, dit-elle.

Elle l'embrassa rapidement sur les lèvres. Il l'enlaça, mais s'écarta ensuite et l'obligea à lever le menton.

— Qu'y a-t-il ?

Elle s'appuya contre lui afin de puiser un peu de force dans ses bras qui l'enveloppaient.

— Tu te souviens quand je t'ai dit que j'avais appris récemment un certain nombre de choses concernant mon père ? Des choses étonnantes ?

— Mmm. Cette maison, par exemple.

— Oui, dit-elle en respirant le parfum musqué et épicé de son eau de Cologne. Eh bien, j'ai découvert un autre secret aujourd'hui. Au bureau.

Elle le sentit se crisper, comme s'il se préparait à encaisser un coup.

— Quoi donc ?

Nina se détacha de lui et alla s'asseoir sur l'une des chaises de la cuisine. Trop gênée pour le regarder, elle fixa son pouce dont elle avait à moitié arraché la cuticule.

— Je ne pense pas que cela risque de s'ébruiter, mais si c'est le cas… Mon père a détourné des fonds de sa société avec l'aide de TJ, le P.-D.G. – qui est aussi le père de Tim, soit dit en passant. TJ va partir en retraite. Je le lui ai demandé.

Rafael laissa échapper un petit sifflement.

— Ah oui, quand même, dit-il en s'asseyant à côté d'elle. Qu'est-ce qui a pris à ton père ?

— Il a agi par orgueil. Il voulait sauver son honneur.

— C'est insensé…

— Il avait commencé à rembourser les sommes détournées, enfin plus ou moins, mais le problème reste le même. Si quelqu'un l'apprend, je deviendrai un handicap pour ta campagne. Mac te dirait de ne surtout pas sortir avec moi.

Tous les muscles de son corps se raidirent tandis qu'elle attendait sa réponse.

Il n'hésita pas un instant et se pencha pour l'embrasser.

— Mes ambitions politiques ne passent pas avant mon bonheur. J'étais heureux dans mon métier d'avocat et je pourrais l'être aussi en faisant d'autres choses. Mais pas si j'étais le genre d'homme capable d'abandonner une femme à cause d'une faute commise par son père. Ce qu'il a fait ne change rien à ce que j'éprouve pour toi.

Nina se rapprocha de lui et déposa un baiser dans son cou.

— Je crois bien que tu es la meilleure personne que j'aie jamais rencontrée, murmura-t-elle.

— Si c'est vrai, c'est parce que tu fais ressortir ce qu'il y a de meilleur en moi.

Elle lui prit alors la main et l'entraîna à l'étage.

68

— Tu sais, on n'est pas obligés de coucher ensemble ce soir, dit Rafael en entrant avec elle dans la suite parentale, où le lit occupait une place centrale difficile à ignorer.

Nina inclina la tête pour l'embrasser encore. Cette fois, son baiser eut la douceur d'un remerciement mêlé à une invitation.

— On est libres de faire ce qu'on veut, répondit-elle. On n'a pas à s'inquiéter – il n'y a personne à part nous ici.

Elle était émerveillée par cet homme assez bienveillant pour l'accepter telle qu'elle était et pour lui pardonner les casseroles qu'elle traînait derrière elle.

— Et c'est fou comme ça fait du bien ! avoua-t-il en s'avançant dans la pièce.

— Je sais. Je comprends maintenant pourquoi ma mère aimait tant venir ici. C'était en quelque sorte sa cachette secrète.

— Tu as grandi dans cette maison ? demanda-t-il en prenant la photo qui la montrait endormie dans les bras de sa mère peu après sa naissance.

— En partie. Ma mère l'avait reçue en cadeau de mon père, mais on a arrêté d'y aller après sa mort.

Rafael s'approcha d'elle et lui caressa légèrement le bras. Elle s'appuya contre lui en fermant les yeux.

— *Se te están pegando las pestañas*, dit-il en ramenant ses cheveux derrière ses oreilles.

Ils étaient juste assez longs désormais pour y rester.

Elle sourit. Il y avait des années qu'elle n'avait pas entendu cette expression. *Tes paupières se collent l'une à l'autre.* C'était ce que sa mère lui disait autrefois quand elle luttait contre le sommeil alors même que l'heure de son coucher était déjà passée et qu'elle dormait presque debout. Cela lui fit prendre conscience de sa fatigue.

— Je suis épuisée, c'est vrai, dit-elle en réprimant un bâillement.

— Et moi aussi. Il est tard. On ferait peut-être mieux d'aller se coucher.

Nina savoura cette familiarité, cette intimité entre eux. Tout en imaginant ce que ce serait de se retrouver dans ses bras sous les couvertures, elle s'écarta d'un pas et tourna la tête vers lui.

— Tu veux bien descendre ma fermeture Éclair ?

Elle sentit ses doigts chauds sur son cou lorsqu'il attrapa la tirette. Elle hésitait à enlever sa robe devant lui quand il traversa la pièce pour accrocher sa veste au dos du rocking-chair. Puis il défit sa chemise, dévoilant la pierre de jais de sa grand-mère accrochée au col. Elle se décida à ce moment-là à faire glisser sa robe sur ses épaules et la laissa tomber par terre, avant d'ôter ses escarpins et d'enjamber le petit amas de satin. Elle ne portait plus qu'un soutien-gorge couleur chair et une culotte en dentelle blanche.

— Je te découvre enfin, dit-il en se débarrassant de son pantalon.

— Et moi aussi.

Une vague de chaleur l'envahit lorsqu'elle le vit simplement vêtu d'un boxer gris. Après ce qu'elle lui avait dit, après ce qu'il lui avait dit…

— Au lit ? lança-t-elle en allant s'allonger sous les draps.

— Au lit.

Elle éteignit la lumière, heureuse d'être avec lui et de voir cette journée se terminer ainsi. Il faisait nuit noire dans la chambre, si bien qu'elle mit quelques instants à distinguer le profil de Rafael à côté d'elle. Elle tendit la main pour suivre les contours de son corps en descendant jusqu'à sa hanche.

À son tour, il fit courir ses doigts sur elle.

Elle roula sur le côté, face à lui.

— J'ai un peu le trac, dit-elle, l'obscurité rendant ce genre d'aveu plus facile.

— Je pensais justement la même chose. C'est comme si j'allais de nouveau perdre ma virginité.

Elle éclata de rire.

— Qui était-ce ? demanda-t-elle.

— Elle s'appelait Brenda Caruso. C'était tout à la fin du lycée, l'année où l'équipe des Cyclones de Brooklyn a commencé à jouer au PCU Park. On avait tous les deux décroché un job d'été en tant que vendeurs de glaces à Coney Island. On s'est envoyés en l'air sous la promenade du bord de mer, comme dans la chanson des Drifters.

Nina éprouva une pointe de jalousie.

— On pourra faire ça, nous aussi ?

— Eh bien, peut-être pas à Coney Island, mais on arrivera bien à trouver une promenade un peu plus isolée quelque part. Et toi ? C'était comment ?

— Oh, moi je suis barbante. J'ai sauté le pas avec mon petit copain de la fac, Max. On s'est rencontrés durant ma première année et on a couché ensemble dans sa chambre universitaire un week-end où son colocataire était parti. C'était la première fois pour nous deux. Il a fait semblant de ne pas être nerveux, mais on s'est avoué un peu plus tard qu'on était en réalité morts de trouille à l'idée que ce soit nul, ou bien qu'on soit nuls et qu'on déçoive l'autre.

Rafael s'approcha d'elle. Elle sentit le matelas s'enfoncer sous son poids.

— C'est ce que tu voulais dire en parlant de ton trac ? Tu as peur qu'on se déçoive mutuellement ?

Presque, songea-t-elle.

— Peut-être.

Rafael l'embrassa sur le haut du crâne, puis sur ses paupières closes.

— J'ai surtout peur que ce soit moi qui te déçoive, chuchota-t-elle. J'ai peur de faire ou de vouloir quelque chose qui ne te… qui ne te paraîtra pas…

Il étouffa ses craintes d'un baiser.

— Jamais de la vie.

Et il l'embrassa encore, plus fort cette fois, puis dévia vers son cou tout en passant sa main dans ses cheveux et sur son visage. Elle tourna la tête pour attraper l'un de ses doigts entre ses lèvres.

— Tu es si bandante…

Elle sourit tandis qu'il retirait son doigt de sa bouche.

— C'est agréable de provoquer un tel désir, dit-elle.

— Et comment ! Ça faisait longtemps que quelqu'un n'en avait pas eu autant pour moi.

— Ce n'est pas vrai. J'avais envie de toi. Simplement, je suis restée discrète.

— Idem.

Occupée à explorer son corps, elle sentit son sexe se durcir sous ses caresses. Il l'embrassa avec toujours plus d'ardeur et enfonça ses doigts en elle. Un gémissement échappa à Nina tandis qu'elle le serrait plus fort dans sa main.

Ils continuèrent à s'exciter mutuellement en frissonnant de plaisir, mais elle voulait plus encore.

— On peut ? dit-elle en le guidant vers elle.

Il acquiesça, et elle enroula une jambe autour de lui en même temps qu'il la pénétrait.

C'était comme s'ils étaient faits l'un pour l'autre – leurs corps, leurs esprits, leurs envies. Chacun devinait d'instinct ce que l'autre désirait.

Au moment de jouir, le corps de Nina fut agité d'un tel spasme qu'elle se demanda après coup si elle pouvait qualifier d'orgasme tout ce qu'elle avait connu avant lui. Ou peut-être avait-elle besoin de créer un nouveau mot pour décrire cette sensation d'un plaisir si dévorant qu'il ne laissait de place à rien d'autre.

Après que Rafael eut joui lui aussi, ils restèrent allongés sur le lit.

— Tu te rappelles ce truc qui t'inquiétait tout à l'heure ? dit-il en s'efforçant de reprendre son souffle.

— Mmm.

— Tu n'as vraiment plus de souci à te faire. Je ne vois pas comment tu pourrais jamais me décevoir.

Et malgré tout ce qu'elle avait enduré ce jour-là – et tout ce qu'elle aurait peut-être encore à endurer à l'avenir –, Nina Gregory s'endormit le sourire aux lèvres.

69

En dépit de l'heure tardive à laquelle ils s'étaient couchés, ils se réveillèrent tôt le lendemain matin.

Nina se tourna vers Rafael. À la vue de ses cheveux en bataille et de son sourire, elle éprouva une envie irrésistible de l'embrasser – ce qu'elle fit.

— C'est une façon agréable de démarrer la journée, dit-il d'une voix encore lourde de sommeil.

Elle avait eu peur de se sentir mal à l'aise en se retrouvant au petit matin à côté d'un autre que Tim, mais il n'en était rien, en fait. Cela lui semblait naturel. Comme si elle était à sa place auprès de Rafael.

— Je peux te ramener en voiture, offrit-il.

— Non, je prendrai le train. Il faut qu'on fasse plus attention. Jane et Mac m'écorcheraient vive si quelqu'un nous repérait ensemble.

Une main sur ses seins, Rafael commença à s'aventurer plus bas sous le drap, et elle s'abandonna avec délice à ses caresses.

— Je ne les laisserai jamais faire ça, dit-il en l'attirant plus près. Je suis si content que tu aies postulé pour faire partie de mon équipe de campagne, et plus encore que tu aies démissionné.

— Moi aussi, répondit-elle, avant de jeter un coup d'œil à l'horloge de la chambre. Je crois qu'on a un peu de temps devant nous avant de devoir rentrer à New York. On pourrait aller courir un peu ou…

Il la réduisit au silence par un baiser.

— Ou on pourrait faire ça.

70

— Au moins, on n'aura pas à se cacher trop longtemps, dit Rafael pendant qu'ils se rhabillaient. Les élections seront passées d'ici trois semaines et demie. Ensuite, tu sortiras soit avec le maire de New York, soit avec un avocat au rêve brisé.

Il marqua une pause et l'observa.

— Tu voudras toujours de moi si je perds ?

— Quelle question !

Mais ce n'était pas l'hypothèse de sa défaite qui préoccupait Nina. C'était plutôt celle de sa victoire. Être la compagne du maire de New York impliquerait de vivre encore plus sous le feu des projecteurs. Inconsciemment, elle se raidit.

— Qu'y a-t-il ?

— Rien, répondit-elle, décidée à ne pas trop s'inquiéter pour l'instant. On ferait mieux de finir de se préparer et de rentrer en ville. J'ai un nouveau boulot maintenant, il faut que je me dépêche.

— *Buena suerte*, dit-il alors qu'elle se penchait pour enfiler ses escarpins.

— *Gracias.*

Lorsqu'elle se redressa, il l'embrassa encore.

Une demi-heure plus tard, Rafael la déposa à la gare de Cold Spring.

— Tu me manques déjà ! lui lança-t-elle depuis le quai tout en lui faisant un dernier signe d'au revoir.

Même dans l'air froid, son corps gardait un peu de la chaleur de Rafael. Elle avait les muscles endoloris après leurs ébats mais, grâce à lui, elle avait pu surmonter le choc d'avoir découvert les malversations de son père. Il l'avait emmenée loin de son quotidien, loin de tout, et lui avait permis de se sentir aimée, comprise, estimée.

Son téléphone tinta. Ce n'était pas Rafael, comme elle s'y attendait, mais Tim.

J'ai réfléchi, lui disait-il. *On a fait une énorme erreur. Tu m'as manqué hier soir. Et notre avenir ensemble aussi. Je sais que je t'ai demandé de ne pas me contacter, mais peut-on se parler ? Je suis prêt à accepter la nouvelle Nina – du moins en grande partie.*

Nina fixa son écran. Elle n'avait pas autant souffert de son absence que lui de la sienne. Elle avait couché avec un autre homme et se sentait mieux que cela ne lui était pas arrivé depuis bien longtemps. Il n'y avait aucun moyen de lui répondre sans le blesser, aussi opta-t-elle pour la vérité.

Je suis désolée de t'avoir manqué, écrivit-elle au moment où son train s'ébranlait. *Mais j'ai réfléchi moi aussi, et je pense avoir pris la bonne décision.* Puis elle ajouta : *Tu me diras quand tu auras prévenu tes parents ?*

Tim ignora sa question.

Elle comprenait. Elle méritait son silence, et même pire encore. Il s'était persuadé qu'elle serait sa femme, et elle l'avait laissé le croire. Elle était devenue une personne qu'il ne reconnaissait plus. Tout juste pouvait-elle espérer qu'il conserverait de bons souvenirs d'elle, et que dix mois de relation amoureuse ne réduiraient pas à néant trente-trois années d'amitié.

71

De retour dans les locaux de la Gregory Corporation, Nina ressentit de nouveau le poids que les actes de son père faisaient peser sur elle – d'autant plus que Rafael n'était plus là pour la distraire. Mais c'était un poids étrange, parce qu'il n'y avait rien qu'elle puisse faire pour s'en délester. Elle avait envisagé de rembourser la société, mais cela aurait supposé de reconnaître publiquement les détournements de fonds dont son père et TJ s'étaient rendus coupables, et l'entreprise en aurait encore plus pâti. À la place, elle décida de s'attaquer à un problème plus simple à résoudre : le recrutement d'un futur P.-D.G. Elle épluchait le répertoire de son père lorsque Melissa l'appela.

— Caroline Calder souhaite vous voir. Êtes-vous disponible ?

— Oui, répondit Nina en se demandant si Tim avait annoncé leur rupture à sa mère et si c'était la raison pour laquelle Caro voulait lui parler.

En entrant dans son bureau, cette dernière ne laissa paraître aucune émotion particulière.

— Ça te dit d'aller marcher un peu ? J'ai eu une petite conversation avec mon mari ce matin.

Nina remarqua ses poings serrés. Caro était bouleversée, même si elle s'efforçait de ne pas le montrer.

— Bien sûr. Allons-y.

Elles prirent l'ascenseur jusqu'au rez-de-chaussée.

— Central Park ? proposa Nina en se dirigeant vers le nord.

— Là ou ailleurs, peu importe.

Elles avancèrent d'un bon pas, mais Caro attendit qu'elles se soient bien éloignées du siège de la société pour enfin briser le silence.

— Il semblerait que ton père et mon mari aient pris quelques décisions malencontreuses.

C'était donc de ça qu'elle voulait lui parler. Pas de Tim.

— On peut voir les choses sous cet angle, répondit Nina, curieuse de savoir ce que TJ lui avait raconté au juste.

Caro se tourna vers elle, les larmes aux yeux.

— Bon sang, comment ont-ils pu être si stupides ? Il n'y a pas que le côté illégal, dissimulé et inqualifiable de leur comportement qui me choque. Il y a aussi le fait que leurs foutus egos comptaient plus que la morale. Plus que tout le reste, au fond.

TJ lui avait donc tout avoué.

— Oui, je sais. Mais comment peut-on se sortir de ce pétrin ? Comment régler le problème ? Il y a une solution d'après toi ?

— Je ne crois pas, répondit Caro. Je pense qu'il est préférable de se taire. Nous sommes les seuls à être au courant.

Elles atteignirent le parc au niveau de la porte des Artistes et bifurquèrent sur la gauche. Nina songeait qu'elle allait devoir garder ce secret toute sa vie. Et demander à Rafael d'en faire autant. Elles, ou plutôt *ils* n'avaient pas le choix.

— Tu as eu raison d'exiger que TJ prenne sa retraite, enchaîna Caro. Si le scandale éclate un jour, il assumera ses responsabilités, évidemment. C'est ce que je lui ai dit. Mais j'espère qu'on n'en arrivera pas là.

Nina avait le cœur ravagé. Tant d'événements s'étaient produits en l'espace de six semaines. Elle se rappela la personne qu'elle était et la vie qu'elle menait le jour des primaires, et tout cela lui parut si étranger, comme si cette femme n'était plus désormais que le personnage principal d'un livre qu'elle aurait lu longtemps auparavant. Il y avait beaucoup de choses qu'elle aurait voulu dire, sans savoir comment les formuler. Peut-être appellerait-elle Leslie un peu plus tard. Son amie l'aiderait à démêler tout ça.

— Tu as pris ta journée ? dit-elle à Caro. Tu veux que je te raccompagne chez toi ?

— On peut continuer à avancer dans cette direction. Mais je crois que je dormirai à l'hôtel ce soir. Pour moi, cette affaire ne concerne pas que les hôtels Gregory. J'aurais aimé que TJ m'en parle. Qu'il me fasse confiance. S'il m'avait consultée, j'aurais pu le dissuader d'agir ainsi.

Nina s'en voulut de ne pas l'avoir compris plus tôt. L'honnêteté. Le soutien entre partenaires. Caro venait de voir s'effondrer les deux piliers de son couple.

— Tu peux dormir chez mon père si tu veux. L'appartement est vide.

— Merci. Je préférerais, en effet. Les gens poseront moins de questions.

Caro secoua la tête d'un air désabusé avant de poursuivre :

— Après presque quarante ans de mariage, on se dit qu'on connaît bien la personne avec qui on vit, mais j'imagine que ce n'est pas toujours vrai.

Nina observa le flot des cyclistes et des joggeurs autour d'elles, ainsi que les femmes – et les quelques hommes – qui promenaient leur bébé dans une poussette. Elle se demandait souvent quelles histoires les gens portaient en eux. Personne n'aurait pu deviner le sujet de sa conversation avec Caro – aux yeux de tous, elles renvoyaient probablement l'image d'une mère et sa fille de sortie au parc.

— Tant qu'on parle de secrets…

Elle hésita un court instant avant de se fier à son instinct et de poser la question qui la taraudait.

— Sais-tu ce qui s'est passé le jour où ma mère est morte ? J'ai trouvé une lettre d'elle dans sa maison où elle évoque une liaison de mon père.

Caro se tourna vers elle, l'air alarmé.

— Oh, Nina, je suis désolée que tu aies découvert ça.

— Tu étais donc au courant.

— Oui. Ton père n'estimait pas utile que tu l'apprennes. Il s'en voulait beaucoup.

— Franchement, c'est le cadet de mes soucis en ce moment.

À l'approche d'un terrain de jeux, la brise souffla vers elles des rires d'enfants.

— J'ignore ce que tu as lu au juste, dit Caro, mais ton père avait une liaison avec la propriétaire anglaise d'une galerie d'art qu'il avait rencontrée durant ses études à Oxford. Veronica quelque chose – je ne me souviens pas de son nom de famille. Elle avait déménagé à New York après un divorce pour y ouvrir une galerie.

Nina concevait très bien l'attirance de son père pour une galeriste diplômée d'Oxford. Comme avec sa mère, il ne résistait pas à l'intelligence quand elle s'alliait à un esprit un peu bohème.

— Il comptait nous quitter pour elle ? dit-elle, en se sentant redevenir la petite fille qu'elle avait été autrefois.

Caro s'arrêta et la regarda bien en face.

— Il ne t'aurait jamais quittée, ma chérie. Même si ta mère et lui avaient divorcé. Il avait peut-être des défauts, mais il t'aimait plus que tout au monde. Et d'après ce qu'il m'a raconté, c'était la réponse qu'il avait faite à Veronica quand elle lui avait suggéré de divorcer et de partager son temps avec elle entre New York et Londres, où il n'aurait eu qu'à ouvrir un hôtel Gregory. Il avait refusé, mais elle lui a quand même déposé un cadeau de Noël en rentrant passer les fêtes chez elle en Angleterre. C'est ça qui a tout déclenché.

— Vraiment tout, dit Nina en reprenant sa marche.

Qu'aurait été sa vie si son père n'avait pas eu cette liaison ? Ou si Veronica n'avait pas déposé ce cadeau chez eux ? Ou si elle-même ne l'avait pas mis sous le sapin de Noël ? Ou si sa mère n'avait pas décidé d'aller se réfugier dans sa maison de campagne ce jour-là ?

— Ton père n'a plus jamais revu Veronica après ça. Il s'en voulait trop.

Nina n'osait imaginer ce qu'il avait éprouvé. La culpabilité qu'il avait dû porter pendant des décennies. Elle avait eu un aperçu de ce que cela pouvait être en rompant avec Tim. Tim, dont la mère discutait avec elle à cet instant comme si elle était la sienne…

— Si jamais… si jamais Tim et moi, on cessait de sortir ensemble, est-ce que tu… est-ce que tu resterais…

— Oh, ma chérie, bien sûr que oui. On forme une famille. C'est toujours tendu, entre vous deux ? J'espérais que vous aviez réussi à vous réconcilier après le dîner de mardi. Je me souviens quand ma sœur est morte, TJ ne disait et ne faisait jamais rien de ce qu'il fallait. Ça a duré des mois. On n'est pas obligées d'en parler si tu n'en as pas envie, ou si ça te paraît trop bizarre de le faire avec moi. Mais, sinon, je ne demande pas mieux que de t'écouter et de t'offrir mes conseils.

— J'ai rompu avec lui, annonça doucement Nina. Hier matin. Il veut qu'on reste tels qu'on a toujours été, seulement… je ne suis plus la même aujourd'hui.

Nina attendit une réponse. Devant son regard implorant, le visage impassible de Caro finit par s'éclairer d'un sourire triste.

— Si tu étais ma fille, je te dirais d'aller vers ce qui te rend heureuse.

Nina la serra dans ses bras, prise d'une envie soudaine de pleurer. Caro lui avait pardonné. Elle l'aimait malgré tout. À travers ses larmes, elle se laissa aller à croire que son père aurait fait de même.

72

Ce samedi-là, le troisième du mois, Nina mit l'une de ses vieilles robes noires, le collier de perles de sa grand-mère et les clous d'oreilles en diamants de sa mère. *Prête-moi ta force, maman*, pensa-t-elle en enfilant une paire d'escarpins noirs.

Caro l'avait appelée la veille pour lui dire qu'elle allait rester quelque temps à l'appartement 21-B, et elles avaient décidé au cours de la conversation que le brunch des Gregory du lendemain ne réunirait qu'elles. Nina avait demandé à Gene de passer la prendre, puis d'aller chercher Caro afin qu'elles puissent faire leur entrée ensemble au restaurant.

— Bonjour, ma chérie, dit Caro en montant dans la voiture, les yeux cachés derrière de grosses lunettes de soleil aux montures en écaille.

Elle ne les ôta qu'une fois à l'intérieur. Son maquillage était impeccable, comme toujours, mais il ne parvenait pas à masquer ses yeux gonflés et sa lèvre à vif. Elle avait dû s'arracher de petits bouts de peau – chose que Nina ne l'avait jamais vue faire.

— Tu n'es pas obligée de venir, lui dit-elle. Je peux passer un coup de fil à Priscilla. Je suis sûre qu'elle serait ravie de bruncher avec moi.

— J'ai si mauvaise mine ?

— Il n'y a que moi qui puisse m'en rendre compte, mais si tu veux rentrer…

— Non, ça ira. Et je ne te laisserai pas toute seule un jour pareil. Je n'arrête pas de penser à ta mère et à ce qu'elle dirait de tout ça.

Parvenu devant l'hôtel, Gene se gara et sortit leur ouvrir la portière.

— Qu'aurait-elle dit, à ton avis ? demanda Nina.

Caro soupira et remit ses lunettes avant de descendre de voiture.

— Je ne crois pas qu'elle aurait été surprise.

Le brunch s'avéra aussi pénible que Nina l'avait imaginé. Dès l'instant où elle s'avança dans le restaurant, des clients se pressèrent autour d'elle pour lui serrer la main, lui présenter leurs condoléances, lui raconter des anecdotes sur l'hôtel ou sur son père.

Elle réussit tout de même à tenir en bride ses émotions contradictoires et à garder la tête haute. Dégonfler le mythe autour de son père l'avait aguerrie. Ouvrir les yeux sur ses défauts l'avait fait mûrir. Ainsi armée, elle trouva en elle la force de jouer son rôle d'hôtesse aimable et de fille éplorée – comme on l'attendait d'elle.

Ni elle ni Caro ne touchèrent à leur assiette, mais elles firent bonne figure jusqu'au bout.

En repartant, Caro l'embrassa avec une ferveur inhabituelle.

— N’hésite pas à m’appeler si tu as besoin de moi. Tu m’entends, ma chérie ?

— D’accord. Et ça vaut pour toi aussi, OK ?

Caro hocha la tête en serrant les dents, et Nina comprit qu’elle luttait pour ne pas pleurer derrière ses lunettes de soleil.

73

Quelques jours plus tard, elle eut Rafael au téléphone à son retour d'un nouveau dîner organisé en soutien à sa campagne.

— Toutes ces manœuvres pour échapper aux paparazzis me fatiguent, dit-il.

— Moi aussi.

Elle imagina ce que ce serait d'être libre de marcher main dans la main avec lui à Central Park. De s'asseoir à ses côtés dans un bar et d'y savourer un verre de vin. De manger un hamburger et un dessert glacé au Shake Shack de Madison Square Park. Le son de sa voix rendait son absence insupportable et faisait de cette conversation téléphonique une exquise torture.

— Où voudrais-tu aller si on pouvait se retrouver là, tout de suite ? demanda Rafael.

Elle réfléchit un instant.

— Dans un musée peut-être. On regarderait des tableaux ensemble et on s'éclipserait ensuite dans un coin pour se rouler des pelles comme des ados.

— Je ne connais pas beaucoup d'ados qui vont se rouler des pelles au musée.

— Je l'ai fait, moi, dit-elle en se rappelant le jour où son petit ami du lycée et elle s'étaient embrassés au MoMa juste à la sortie de la salle consacrée à Jackson Pollock.

— Je n'en doute pas.

— Et pourquoi ça ?

— Parce que vous avez la classe, mademoiselle Gregory. Vous êtes beaucoup trop bien pour moi.

— Ce n'est pas vrai !

Elle l'entendit soupirer au bout du fil.

— Palabrecita, j'adorerais admirer des œuvres d'art avec toi et t'embrasser dans un coin.

Occupée à aller et venir dans son appartement en même temps qu'elle lui parlait, Nina s'arrêta devant le tableau de De Kooning qu'elle s'était offert pour son trentième anniversaire. Sa vue lui donna une idée.

— Je connais un endroit où on pourrait faire ça sans attirer l'attention de personne, mais ça suppose encore un long trajet en voiture.

Elle repensait à ce que Tim lui avait dit après la mort de son père sur la légitimité d'utiliser son pouvoir et son argent pour arracher un sourire à la personne qu'on aimait. Peut-être avait-il raison.

— Quel endroit, Palabrecita ?

— Je n'ai pas hérité que de la maison de ma mère, dit-elle en grimaçant. Ma grand-mère collectionnait les œuvres d'art et la majeure partie d'entre elles sont rassemblées dans notre maison d'East Hampton. On peut aller là-bas. Je n'ai qu'à réserver une voiture pour nous deux, ou bien te rejoindre sur place si tu préfères t'y rendre par tes propres moyens. Je peux même conduire aussi. La voiture de mon père est dans un garage pas très loin de chez toi.

Il y eut un silence au bout du fil, et elle se demanda ce qui le gênait dans ce qu'elle venait de dire. Était-ce la perspective d'un long trajet en voiture ? Le fait qu'elle ait une autre résidence secondaire ? Ou qu'il soit déjà plus de 22 heures ?

— Et puis merde, dit-il enfin. Faisons ça, oui. Tu veux bien prendre la voiture de ton père et me retrouver près du Franklin Delano Roosevelt Drive ? Si je vois qu'un photographe me suit, je te préviendrai et on avisera.

— La situation a encore empiré ?

— Ce n'est pas terrible. Mais, à cette heure-ci, on me laisse tranquille en général. On en reparlera quand on sera en voiture. Ou au musée Gregory.

— Ce n'est pas un musée, dit-elle. J'ai peut-être un peu exagéré. Ce n'est qu'une maison.

— Ben voyons, dit-il en riant.

Nina adorait son rire, qu'elle sentait résonner jusqu'au plus profond d'elle-même.

— OK, à tout à l'heure.

— À tout à l'heure.

74

Lorsqu'ils sortirent de la voiture en arrivant à destination, Nina prit Rafael par la main pour l'entraîner à sa suite, mais il resta figé sur place.

— Cette maison est incroyable, dit-il.

Elle tenta de la percevoir comme lui. La propriété était très différente de celle de sa mère. C'était un véritable manoir typique de Georgica Pond, avec sept chambres, neuf salles de bains, une piscine, un court de tennis, un accès à la plage et un embarcadère. Pour elle, cela n'avait jamais été que l'endroit où elle avait l'habitude de séjourner en vacances. Mais, en essayant de le voir avec les yeux de Rafael, elle songea qu'il y avait peut-être de quoi être soufflé, en effet.

— Viens. C'est encore mieux à l'intérieur.

Elle n'avait pas averti Richard qu'elle passerait ce soir-là, si bien qu'il n'avait rien préparé, comme il le faisait en temps normal en disposant des bouquets de fleurs sur les tables, en mettant la chaîne hi-fi en marche et en remplissant le frigo de nourriture.

— C'est plus sympa la journée, quand le soleil entre par toutes les fenêtres, ajouta-t-elle.

Rafael observa les lieux – les œuvres d'art accrochées aux murs, la statue dans un coin, le grand escalier menant au premier étage.

— Déjà là, ce n'est pas mal du tout, fit-il remarquer. L'appartement où j'ai grandi tiendrait tout entier dans ce vestibule.

Nina sentit qu'il ne s'était jamais vraiment interrogé jusqu'alors sur l'étendue de sa fortune.

— J'espère que cette maison ne changera pas ton regard sur moi, dit-elle en lui serrant la main plus fort. Je suis toujours la même.

Il la scruta de la tête aux pieds et sourit.

— Yep, tu es toujours la même.

Puis il se pencha pour l'embrasser.

— C'est le moment de la soirée où on peut commencer à se rouler des pelles comme des ados ? demanda-t-il.

— Je t'ai promis des œuvres d'art. Un rancard en bonne et due forme.

— Ah oui, c'est vrai. Les œuvres d'art. Le rancard.

Tout en parlant, il glissa une main dans son jean et se faufila sous sa culotte en dentelle.

— Il y a d'autres œuvres que celles autour de nous ?

— Il y en a dans toute la maison, répondit-elle, les lèvres contre son cou.

Il enfonça un doigt en elle.

— Dans les chambres aussi ?

— Dans les chambres aussi, confirma-t-elle en haletant.

Ils semèrent leurs vêtements à mesure qu'ils avançaient – les manteaux au rez-de-chaussée, les pulls dans l'escalier, les chaussures dans le couloir, jusqu'à ce qu'ils entrent en trébuchant dans la chambre la plus proche.

— On est où ? dit Rafael en jetant un coup d'œil aux boiseries chaulées et à la représentation de Venise accrochée en face du lit.

— Dans la chambre d'amis. On l'appelle la chambre Grubacs, du nom de l'artiste qui a peint ce tableau. Tu vois, on va bien admirer des œuvres d'art ensemble.

Rafael étudia un court instant le Grubacs avant de se retourner vers elle.

— Je préfère t'admirer, toi, dit-il en la guidant vers le lit.

— Moi aussi.

Penchée au-dessus de lui, elle caressa son torse et ses épaules, l'embrassa sur le ventre, puis déboutonna son pantalon, qu'elle fit glisser en même temps que son boxer. Puis elle se retourna, les jambes calées sur l'oreiller, prit son sexe dans sa bouche et le titilla avec sa langue pendant qu'il lui ôtait son jean et ses sous-vêtements. L'instant d'après, il lui rendait la pareille. Guidée par son instinct, le corps inondé de plaisir, elle parvint bien trop tôt à l'orgasme. Ses muscles se contractèrent autour de Rafael tandis qu'un goût salé se répandait dans sa bouche. Elle s'écarta alors et s'appuya sur un coude en souriant. Lui ne souriait pas du tout, en revanche. Il avait une expression… indéchiffrable.

— Qu'y a-t-il ?

Elle s'inquiéta brusquement. C'était à cause de la maison. À cause d'elle. Elle s'y était mal prise. Elle avait trop demandé.

— Tu veux la vérité ? dit-il.

— Toujours.

Elle craignait de l'entendre, mais elle savait aussi qu'elle en avait besoin.

— Je… j'ai peur.

— De moi ? dit-elle avec perplexité.

— Non, de te perdre. De trop souffrir. Quand je te vois dans cette maison… je ne suis pas du tout sûr de réussir à te garder.

— Qu'est-ce que tu veux dire ?

— Tu connais l'histoire de mon divorce ?

Elle essaya de suivre sa logique. Elle était censée savoir comment fonctionnait son cerveau – cela avait été son boulot, après tout. Mais, à cet instant, elle ne saisissait pas où il voulait en venir.

— Il y avait un truc avec un hélicoptère, je crois…

— Ça, c'est la partie dont tout le monde se souvient. J'ai effectivement emmené mon ex-femme faire un tour en hélicoptère au-dessus de Manhattan pour notre troisième anniversaire de mariage, mais c'était parce que j'avais conscience qu'un fossé grandissait entre nous. Je sentais qu'elle n'était pas heureuse. Et quand on a parlé le lendemain matin, elle m'a annoncé qu'elle voyait quelqu'un d'autre.

— Je suis désolée.

— Ça m'a pratiquement détruit. J'ai pris un congé professionnel. Je me suis mis à boire. J'ai regardé à la chaîne des épisodes de *New York, police judiciaire*. Je me considérais comme un idiot. Un raté. Et je ne m'expliquais pas comment elle avait pu me faire ça.

Nina avait le cœur qui saignait pour lui, et elle en voulut à cette femme de l'avoir blessé ainsi – tout en éprouvant une pointe de jalousie, voyant l'amour que Rafael lui avait porté. Elle se demanda si, à l'avenir, Tim raconterait leur relation en lui faisant jouer le rôle ingrat de la garce qui l'avait anéanti.

— Je me disais que tout était la faute de cet autre type. De ce connard qui l'avait éloignée de moi. Mais j'ai fini par voir que ce n'était pas leur liaison le vrai problème. Elle n'était pas la maladie, juste un de ses symptômes. À ce moment-là, j'ai pu prendre du recul et réfléchir à tout ce qui n'allait pas entre nous. À toutes les infections qui sapaient notre couple. Et j'ai tourné la page. Je m'en suis remis. Mais je n'ai pas envie de repasser par là, et maintenant que je découvre le monde dans lequel tu as grandi… Comment pourrais-je te rendre heureuse ?

— Tout d'abord, le bonheur de notre couple ne dépend pas de la manière dont chacun de nous a grandi. Et ensuite, les infections peuvent être traitées et guéries. Il faut juste qu'on soit vigilants. Qu'on veille à les soigner au plus vite, avant qu'elles aient la possibilité de s'étendre.

Rafael lui prit la main.

— Tu me jures qu'on le fera ?

— Je te le jure. Je n'ai pas envie que tu aies peur de moi.

— Moi non plus.

Elle l'embrassa, d'abord sur le front, puis sur le nez, puis sur la bouche. Elle était si contente de l'avoir persuadé de rester, de ne pas l'avoir fait fuir. Il était son rocher au cœur de la tempête. Sa force, son centre de gravité, son *fuertrado*.

— Je comptais t'emmener dans ma chambre, dit-elle, mais elle est à l'autre bout de la maison. Si on dormait ici ce soir ?

— Ça me va, du moment que je me réveille à côté de toi.

— C'est promis.

Rafael s'endormit dans ses bras. En le regardant respirer, elle s'aperçut qu'il avait un charme comparable à celui de son père. Une assurance et un magnétisme alliés à un sourire irrésistible. Mais, au fond de lui, il était tout aussi meurtri que n'importe qui – peut-être même plus.

Elle songea à son père. Son infidélité n'était pas non plus le vrai problème avec lui, mais juste le symptôme d'un mal plus profond. *Idem* avec Manxome Consulting. Comme elle, Joseph Gregory avait hérité de cette pression indissociable de leur nom de famille : celle de faire croire au monde entier que tout allait bien, même quand ce n'était pas le cas. Celle de masquer ses sentiments. De redouter l'échec, pas parce qu'on était incapable de le surmonter, mais par peur du qu'en-dira-t-on. Une telle pression pouvait vous briser, et c'était ce qui lui était arrivé. Elle le voyait bien désormais.

Cette prise de conscience fit retomber la colère qu'elle avait éprouvée contre lui. Elle n'acceptait toujours pas ce qu'il avait fait, mais elle pouvait au moins essayer de comprendre ses actes et de les replacer dans leur contexte. Et aussi faire attention à ne pas répéter ses erreurs.

Serrant toujours Rafael contre elle, elle se détendit et ne tarda pas à s'endormir.

75

Le lendemain, après avoir quitté les Hamptons de bonne heure pour permettre à Rafael d'honorer un rendez-vous matinal, Nina rentra chez elle avant de rejoindre le siège de la Gregory Corporation.

Elle devait se préparer à présider la réunion du conseil d'administration prévue ce jour-là. TJ annoncerait son départ en retraite, et elle-même comptait évoquer certains changements qu'elle souhaitait apporter dans le fonctionnement des hôtels Gregory. Parce qu'elle n'avait pas l'intention de vendre ses parts. Elle avait compris durant le trajet de retour qu'elle ne pourrait jamais se séparer de l'entreprise familiale. Elle avait fini par accepter l'homme qu'était son père, sans cesser de l'aimer malgré ses défauts. Cela lui avait facilité ses premières décisions, notamment concernant la manière dont elle dirigerait la société. Elle avait confié ses idées à Rafael : aménager des jardins sur les toits en terrasse de façon à approvisionner directement les restaurants, mettre en place un partenariat avec des centres d'hébergement réservés aux sans-abri pour leur distribuer les doses de shampooing et de savon inutilisées par les clients, et enfin créer une fondation philanthropique dont elle s'occuperait personnellement et qui aurait vocation à financer des associations d'aide aux jeunes entrepreneurs. Ce serait sa façon à elle de s'excuser pour les actes de son père. Elle baptiserait cette fondation Vorpal Sword – « la vorpaline épée » –, en référence au poème de Lewis Carroll. Il n'était pas nécessaire qu'elle lui donne son nom, après tout. Celui-là lui rappellerait qu'elle était capable de terrasser le monstre manxiquais – comme tous ceux qui surgiraient sur son chemin. Elle était la fille de son père, mais elle n'était pas son père. Et elle n'avait pas besoin de s'engager en politique pour contribuer à changer le monde. Telles étaient les décisions qu'elle avait prises en cours de route. Des décisions qui lui avaient paru si bien fondées qu'elle en avait ajouté une autre. Pendant que Rafael conduisait le long de Grand Central Parkway, elle avait sorti son téléphone et tapé le nom de Daphne Lukas dans Google. Sa tante était morte d'une crise cardiaque trois ans plus tôt.

Cela ne l'avait pas tant attristée que mise en colère.

La vie était si injuste parfois. Encore une personne qui disparaissait à jamais de son monde. Mais, à la fin de la notice nécrologique, elle avait lu cette phrase : *Daphne Lukas Harrison laisse derrière elle sa fille, Clio Harrison, résidant à Denver, Colorado.* C'était sa cousine. Celle qu'elle n'avait jamais rencontrée.

En effectuant une nouvelle recherche, Nina était tombée sur son adresse mail à la Mountain School, un lycée public d'excellence où Clio enseignait la biologie.

— Tu vas lui écrire ? avait demandé Rafael.

— Il faut que j'y réfléchisse, avait-elle répondu en s'appuyant contre lui.

— Je sais que ça ne me regarde pas, mais je pense que tu devrais. Pas forcément aujourd'hui, mais un jour, quand tu te sentiras prête.

Nina l'avait embrassé sur la joue. Peut-être le ferait-elle, oui. Un jour. Quand elle se sentirait prête.

Un peu plus tard ce jour-là, Caro passa dans son bureau lui dire que TJ et elle avaient décidé de vivre séparément quelque temps. Lorsqu'elle lui demanda si elle pouvait continuer à occuper l'appartement de son père en attendant d'en trouver un, Nina prit une décision supplémentaire. Elle envoya un texto à Tim en lui disant que, s'il voulait parler de ses parents, s'il avait besoin d'une amie, elle était toujours là pour lui. Son message resta sans réponse, mais elle ne lui en voulut pas.

76

Le vendredi précédant les élections, dans la soirée, Nina se rendit pour la première fois chez Rafael, sur Central Park North. Ce n'était pas raisonnable, ils le savaient, mais le week-end s'annonçait trop chargé pour leur permettre de filer en douce dans le nord de l'État ou à East Hampton, et Rafael ne supportait pas d'être séparé d'elle une nuit de plus. Elle était donc arrivée chez lui avec des dossiers cartonnés plein les bras pour se dissimuler derrière si nécessaire et était allée jusqu'à passer par l'arrière de l'immeuble. Par chance, aucun photographe n'était posté à cet endroit. La plupart faisaient le pied de grue devant l'entrée principale lorsqu'ils épiaient Rafael.

Son appartement se trouvait dans un immeuble récent de la 110ᵉ, et une grande baie vitrée – teintée pour garantir son intimité – occupait tout le mur donnant sur le parc. Nina s'étonnait encore devant toutes les vues magnifiques que New York avait à offrir.

À son arrivée, Rafael avait déjà une bouteille de vin rouge à la main. Elle laissa tomber son sac et ses dossiers à côté d'une guitare appuyée contre un mur et ôta son manteau.

— Je te sers un verre ? Personnellement, ça ne me ferait pas de mal.

— Pourquoi donc ?

— Je suis en baisse dans les sondages.

— Quoi ? Tu as les chiffres par catégorie ?

Il lui tendit la bouteille le temps de sortir un dossier de son attaché-case.

— Tiens, dit-il. Je suis en recul chez les seniors. Les seniors blancs de sexe masculin, pour être plus précis. D'après Mac, c'est à cause de la taxe que j'ai évoquée lors du dernier débat. Elle servira à financer des écoles maternelles pour tous, mais tu sais ce que c'est, les taxes sont toujours un sujet épineux.

Nina étudia les chiffres.

— Les seniors blancs de sexe masculin ? répéta-t-elle.

Il acquiesça avant de lui remplir un verre et d'avaler une gorgée du sien.

— Est-ce que Mac et toi, vous avez envisagé de mettre en avant tes origines irlandaises pour enrayer cette baisse ?

Rafael et elle en avaient rediscuté un peu depuis la première fois qu'elle avait abordé le sujet avec lui, mais Jane et Mac s'y étaient farouchement opposés. Selon eux, il était inutile de changer quoi que ce soit à leur stratégie dans la mesure où Rafael était à ce moment-là tellement en avance dans les sondages que sa victoire semblait presque acquise. Sauf que ce n'était plus le cas.

— Oui, dit-il, mais Mac a peur que je me coupe d'une autre partie de mes électeurs.

— Qu'en penses-tu, toi ?

— Au fond de moi ? *En mis tripas ?*

— Oui, dans tes tripes. OK, ça sonne mieux en espagnol.

— Au fond de moi, je pense que tu as raison. Que je gagne ou pas, il vaut mieux que ce soit en montrant ce que je suis vraiment. Et puis, si on se contente de croiser les doigts et d'espérer, les sondages me promettent une défaite avec un écart de deux points par rapport à mon adversaire. Qu'est-ce que j'ai à perdre ?

Nina l'embrassa. Ses lèvres avaient un goût de vin rouge et de détermination.

— Les sondages n'ont pas la science infuse, mais c'est ta campagne électorale. C'est toi le chef.

— Je sais. J'ai juste peur de décevoir tout le monde. Mon équipe s'est tellement investie dans ces élections. Elle y a mis tant de passion. Ils croient tous en ma victoire et je n'ai pas envie de me planter – pour eux encore plus que pour moi.

— Ça n'arrivera pas.

Depuis leur escapade dans les Hamptons, Nina s'habituait à cette part plus vulnérable de Rafael. Cela équilibrait en quelque sorte leur relation. Il avait besoin d'elle tout comme elle avait besoin de lui.

— J'y crois, moi. *En mis tripas*.

Rafael lui sourit.

— Au fait, je m'occupe de faire à manger ce soir, dit-il.

— Ah oui ?

À plusieurs reprises au cours des semaines précédentes, il avait été son commis de cuisine dans la maison de sa mère et dans celle des Gregory au bord de la mer – en général tard le soir, quand il en avait fini avec ses obligations de la journée. Mais il n'avait encore jamais rien préparé seul.

Il brandit un sac en plastique.

— J'ai acheté de quoi faire un picadillo en rentrant, suivant la recette de ma grand-mère.

Nina accepta d'être son assistante et commença à émincer des poivrons. Une demi-heure plus tard, tous deux étaient assis à la table de la cuisine devant des assiettes fumantes.

— C'est délicieux, dit-elle.

— *Gracias*, répondit-il, avant de marquer une pause. Traduis-moi ce que tu viens de dire en espagnol.

— Pourquoi ?

— Parce que je te trouve carrément sexy quand tu parles cette langue. Ta pointe d'accent castillan me rend dingue.

— *Delicioso, gracias*, dit-elle en veillant à prononcer les *c* comme des *z*.

— Qu'ai-je fait pour avoir autant de chance ?

— Qu'avons-*nous* fait pour avoir autant de chance ? répliqua-t-elle.

À la fin de la soirée, ils se retrouvèrent allongés dans les bras l'un de l'autre. Rafael avait un lit king-size, mais ils n'occupaient même pas un mètre de sa largeur, tous deux blottis l'un contre l'autre, les jambes entremêlées. De l'aveu même de Rafael, il n'y avait que lorsque Nina était avec lui qu'il parvenait à dormir jusqu'au matin.

77

Le lendemain matin, Nina quitta l'immeuble par l'arrière et Rafael par la porte principale – une sage décision, car le photographe qui les avait piégés au Dublin Pub était là pour le prendre en photo dans sa tenue de sport. Nina découvrit les clichés sur Twitter en arrivant chez elle : *Rafael O'Connor-Ruiz calme sa nervosité préélectorale en allant courir à Central Park*. Elle comprit à cet instant que telle était la vie qui l'attendait s'il gagnait. Sa photo dans les journaux. Ses choix vestimentaires analysés dans le *New York Post*. Comme il aurait été malvenu de sa part de confier ses craintes à Rafael à ce stade de la campagne, elle appela Leslie.

Celle-ci lui avait manifesté le même soutien qu'à son habitude lorsqu'elle l'avait informée de tout ce qui s'était passé depuis leur dernière conversation. Sa rupture avec Tim. Sa relation naissante avec Rafael. La volonté de ce dernier de rester avec elle malgré les malversations financières de son père. Car elle n'avait rien tu – elle aurait été gênée d'avoir des secrets pour sa meilleure amie. Et si Leslie avait été choquée au début, elle aussi avait fini par accepter Joseph Gregory tel qu'il était.

— Tatie Nina ! cria Cole d'une voix surexcitée en s'emparant du combiné. Ma maman dit qu'on pourra bientôt aller chez toi. On ira voir tous les dinosaures !

— C'est génial, mon chéri. J'ai hâte. Et tu sais ce qu'il y a d'autre dans le musée des dinosaures ?

— Quoi ?

— La plus grosse baleine que tu aies jamais vue de toute ta vie.

— Même une petite, j'en ai jamais vu.

— Alors ce sera ton jour de chance quand tu viendras. Ta première baleine sera énorme.

— On peut y aller demain, maman ? l'entendit-elle demander à sa mère. Ou même aujourd'hui ?

— Plutôt dans quelques semaines, répondit Leslie. Si tu dessinais une baleine pour tatie Nina en attendant ? Comme ça, on pourra la lui envoyer.

Un fracas au bout du fil fit comprendre à Nina que Cole avait laissé tomber le téléphone par terre.

— Hé, dit Leslie en le reprenant. J'envisageais de venir passer Thanksgiving avec toi cette année, vu que ce sera le premier sans ton père.

— C'est une super idée, dit Nina, très émue, en s'asseyant sur le canapé de son salon. J'ai évité jusqu'à maintenant de trop penser à cette journée, mais je crois qu'il est temps que je l'affronte.

— De toute façon, elle finira par arriver.

— Comme la mort et les impôts.

Leslie éclata de rire.

— Mais avec plus de calories. Bon, et sinon, quoi de neuf ? Comment va ton bel amant secret ?

— Il s'est fait prendre en photo par un paparazzi ce matin, soupira Nina.

— Yerk.

— C'est la vie qui m'attend avec lui, Leslie. Même s'il n'est pas élu maire cette fois-ci, il reste un homme politique. Il continuera à se présenter. Il prétend qu'il pourrait être heureux en faisant autre chose, mais j'en doute un peu. Ou, du moins, je ne suis pas sûre qu'il serait aussi heureux.

— Et ?

Aux bruits qui lui parvenaient, Nina devina que Leslie faisait la vaisselle tout en lui parlant.

— Quand j'étais petite, j'ai tellement détesté être en photo dans les journaux et les magazines l'année où ma mère est morte. Elle aussi détestait ça. Je ne peux pas m'empêcher de penser que c'est en partie ce qui a sapé la relation de mes parents. Et s'il nous arrivait la même chose, à Rafael et à moi ?

Leslie ferma son robinet.

— Écoute, Nina, je ne t'ai jamais vue aussi heureuse qu'avec lui. Et tu as grandi. Tu es bien plus forte que tu ne l'étais à huit ans. Sans compter que tu as toujours évolué dans ce monde, contrairement à ta mère. Tu as des armes dont elle ne disposait pas. Et tu sais dans quoi tu t'engages. Quelle est ton alternative ? Rompre avec Rafael ?

En regardant la situation sous cet angle, en effet, les paparazzis ne semblaient plus aussi terribles. Nina se rappela le sentiment que lui donnait Rafael d'être désirée, adorée, indispensable. Et aimée pour tout ce qu'elle était. Elle n'avait pas envie d'y renoncer.

— Tu as raison. Merci de m'avoir évité une grosse bêtise.

— Les amis sont là pour ça, non ? Et… mon avis vaut ce qu'il vaut, mais je suis sûre que tu feras une très bonne Première Dame de New York.

— Tu es ridicule !

— C'est bien pour ça que tu m'apprécies.

Tandis que leur conversation se prolongeait, Nina songea à toutes les personnes qu'elle aimait. Leslie se réjouissait du couple qu'elle formait avec Rafael, et Caro aussi avait été convaincue après avoir déjeuné avec eux. Mais Tim ne s'était toujours pas manifesté et, malgré tout son amour pour Rafael et son envie de le crier sur les toits, Nina se désolait d'avoir dû choisir entre les deux.

78

Le soir de l'élection, Nina aida Rafael à se préparer dans la salle de conférences du QG de campagne. Une nouvelle offensive médiatique avait été lancée la veille durant l'après-midi, avec des spots diffusés à la radio sur toutes les stations locales, de nouveaux discours en anglais et en espagnol dans lesquels il évoquait ses doubles origines, des publicités ciblées sur tous les réseaux sociaux et des interviews réalisées pour presque tous les médias de la ville.

Ils ne savaient pas si cela avait marché – il fallait attendre pour ça que les votes soient comptabilisés –, mais ils faisaient preuve d'optimisme. Ou du moins ils essayaient.

Seule avec Rafael, Nina résista à l'envie de passer les doigts dans ses cheveux abondamment aspergés de laque.

— Prêt ? demanda-t-elle en ajustant son col.

— Et toi ?

— Aussi prête que possible.

Mais elle était si nerveuse qu'elle n'avait rien pu manger de la journée.

Il sourit et l'embrassa sur la joue – ce n'était pas le moment de provoquer un nouveau drame avec son rouge à lèvres.

— Tu n'as pas oublié ta pierre de jais, n'est-ce pas ?

— Jamais, répondit-il en tapotant le col de sa chemise blanche. Mais ce ne sera pas la fin du monde si je perds.

— Bien sûr que non.

La veille, ils avaient évoqué ce qui se passerait en cas de victoire, mais aussi de défaite, et à partir de quand ils officialiseraient leur relation dans les deux cas. La meilleure façon de procéder, selon eux, était d'y aller lentement : d'abord un rendez-vous ou deux en public, puis plus souvent, et enfin une annonce sur le compte Twitter de Rafael. Les gens auraient ainsi le temps de s'y habituer. Cela supposait de garder encore un peu le secret et de faire attention aux instants qu'ils s'accorderaient ensemble, mais ils pouvaient être patients.

— Connais-tu la théorie du multivers ? demanda Rafael en prenant Nina par la taille.

— Comme dans *Retour vers le futur*, où l'année 1985 est vécue deux fois ?

— Plus ou moins. C'est l'idée que, chaque fois qu'un événement important se produit, chacune de ses issues possibles donne naissance à un nouveau monde. Il en existe un dans lequel j'ai étudié le droit, et un autre dans lequel je ne l'ai pas fait. De même, il y a un monde parallèle dans lequel ton grand-père n'a jamais acheté d'hôtel, un autre dans lequel ton père n'a jamais rencontré ta mère à Barcelone…

— Et où elle ne s'est pas tuée en voiture. Ou bien encore un monde dans lequel il n'a pas eu de liaison.

— Exact. J'ai découvert ce concept après la mort de mon père et jc l'ai trouvé réconfortant. J'aimais bien l'idée qu'il y ait un autre univers quelque part – et peut-être même plusieurs – dans lequel il était toujours vivant. Si je perds cette élection, il y aura un autre monde dans lequel une version différente de moi aura gagné. Mais si ce Rafael-là n'a pas la chance d'être avec toi… alors je ne lui envie pas sa victoire. Il peut bien la garder.

— Effectivement, il y a quelque chose de réconfortant là-dedans, dit-elle en lissant les revers de sa veste – c'était plus fort qu'elle, elle ne pouvait s'empêcher de le toucher. On vit juste une version possible du présent, mais les autres se déroulent quelque part loin d'ici, et toutes auraient existé quels que soient nos choix.

— Exactement. Tous les scénarios possibles de cette élection se réaliseront quoi qu'on fasse. Et nous, on ne connaîtra que l'un d'eux.

Il conclut en l'embrassant sur le front, ce qui la laissa frustrée. Il faudrait peut-être à l'avenir qu'elle songe à ne plus mettre de rouge à lèvres…

Quelqu'un frappa alors à la porte.

— Les résultats vont tomber ! lança Jane.

Rafael sortit en premier, suivi quelques minutes plus tard par Nina. Le reste de l'équipe s'était réuni autour d'un téléviseur installé dans un coin.

— Ça y est ! s'exclama Mac.

Rafael s'approcha du poste.

— 94 % des bulletins de vote ont été dépouillés, annonça le présentateur. Et… les résultats sont encore trop serrés pour désigner un vainqueur.

Un concert de protestations s'éleva parmi les personnes présentes. Énervé, Mac quitta la pièce.

— Ce n'est pas grave si je perds, dit Rafael en semblant se parler à lui-même autant qu'à son équipe. Dans ce cas-là, un autre Rafael ailleurs dans l'univers aura remporté une victoire à laquelle vous aurez tous participé.

Jane le regarda bizarrement.

— Il fait allusion à la théorie des multivers, tenta d'expliquer Nina.

— Flash info ! retentit la voix du présentateur à la télé. 96 % des bulletins de vote ont à présent été dépouillés, et nous sommes en mesure cette fois de vous dire qui a remporté la course à la mairie de New York !

Toute l'équipe de campagne retint son souffle. Leur dernière offensive médiatique avait pu tout changer… ou pas.

— Le nouveau maire de New York est…

— Je n'en peux plus ! s'écria Jorge.

— Rafael O'Connor-Ruiz !

Jane se mit à pleurer, et Nina sentit des larmes lui monter aux yeux à elle aussi – des larmes de stupéfaction, de soulagement et de bonheur.

Rafael traversa la pièce en quelques pas et la renversa en arrière dans ses bras pour l'embrasser.

— On était censés rester discrets, dit-elle en essayant de s'écarter tandis que les flashes des smartphones s'activaient autour d'eux.

— Tu te souviens quand j'ai décidé de me présenter tel que je suis vraiment ? Eh bien j'ai gagné, et la personne que je suis se définit aussi par sa relation avec toi. Je veux que le monde entier le sache.

— Je peux poster ça ? lança Samira.

Rafael consulta Nina du regard. Elle hocha lentement la tête.

— Allez-y, dit-il.

La photo serait visible partout sur Internet quelques secondes plus tard, mais Nina s'en moquait. Quoi qu'il arrive, elle serait capable de gérer la situation. Ils seraient capables de la gérer ensemble. Ils formaient une équipe. Les larmes de Rafael mouillaient sa joue, et elle se demanda si son baiser visait à empêcher les autres de les voir.

Elle s'écarta légèrement de lui – juste assez pour détacher ses lèvres des siennes sans que leurs nez cessent de se toucher.

— Je t'aime, Rafael, murmura-t-elle si bas que même au milieu de tous ces gens, lui seul put l'entendre.

C'était la première fois qu'elle le lui disait – et la première fois aussi qu'elle faisait cette déclaration à quelqu'un en toute sincérité, comprit-elle.

— Je t'aime, Nina.

Puis il s'essuya les joues et se tourna vers les membres de son équipe pour les remercier avant que tous rejoignent le lieu où ils avaient prévu de fêter leur victoire. Nina savait qu'elle y rencontrerait les parents de Rafael. Elle regretta que son père ne soit plus là, mais au moins y aurait-il Caro. Et aussi Priscilla et Brent. Sa famille à elle, forgée par les liens du cœur plutôt que par ceux du sang.

79

Une semaine après que Rafael eut remporté la mairie de New York et officialisé sa relation avec Nina, la fondation philanthropique Vorpal Sword obtint le statut 501(c) (3) accordé par l'administration fiscale aux organisations à but non lucratif.

« Comment voudras-tu fêter ça ? avait demandé Rafael à Nina quelques jours plus tôt, un soir qu'il dînait chez elle. J'ai un planning de dingue, mais je devrais avoir une heure et demie de libre samedi. On pourrait peut-être faire quelque chose. »

Même avec tous ses rendez-vous, il s'arrangeait pour lui consacrer un peu de temps chaque fois qu'il le pouvait – et elle adorait ça.

« Tu as vu les gens qui s'initiaient au trapèze le long de l'Hudson ? avait-elle répondu.

— Oui. Mais je ne me suis jamais risqué à en faire.

— Moi non plus, et ça me fiche une peur bleue d'ailleurs, mais j'ai envie d'essayer. On va marquer le coup en volant sur un trapèze. »

En apprenant son projet, Leslie et Priscilla avaient tenu à être de la fête elles aussi. Leslie avait même pris toute la semaine de Thanksgiving et était arrivée tôt à Manhattan avec Cole et Vijay. Et Caro avait déclaré qu'elle adorerait voler du moment qu'elle n'était pas trop vieille pour ça – ce sur quoi Nina l'avait rassurée. De son côté, elle-même avait appelé Tim et lui avait laissé un message pour lui proposer de venir, mais il n'avait pas répondu.

« Ça ne m'ennuie pas si tu veux inviter TJ aussi, avait dit Caro, qui avait renoué le dialogue avec son mari et cherchait avec lui comment ils pourraient se réconcilier. Je sais que tu lui manques. »

Mais Nina n'était pas encore prête.

« On verra à Thanksgiving. »

En parvenant à la jetée n° 40, elle leva les yeux vers l'échelle qui menait à la plate-forme d'où elle devrait sauter.

— Ce n'est peut-être pas la meilleure idée que j'aie jamais eue, dit-elle.

— Tu plaisantes ? répliqua Leslie. Au contraire ! Après celle de fonder une organisation caritative avec l'argent de ta famille. Nous allons voler, Nina !

— Je vais être un super héros ! clama Cole à côté d'elle.

Il portait un T-shirt sur lequel il avait lui-même dessiné un grand C de travers et affirmait déjà que cette journée était la plus belle de sa vie parce qu'il avait pu rencontrer des membres des forces de police new-yorkaises attachés à la sécurité de Rafael.

Celui-ci laissa son escorte derrière lui et s'approcha de Nina. Elle remarqua quelques personnes qui les prenaient en photo à la dérobée, mais ne s'en formalisa pas. Rafael et elle avaient décidé de ne pas se cacher.

Ils se montreraient tels qu'ils étaient, joueraient la carte de la transparence et vivraient le plus naturellement possible sous le feu des projecteurs en espérant que cette authenticité les rendrait plus réels aux yeux de tous. Il n'y aurait pas de faux-semblants, pas de strass ni de paillettes. Et tant pis si on les critiquait. Il était bien plus facile de mener une vie aussi publique quand on ne gardait rien secret et qu'on restait tout simplement soi-même.

— Je t'aime, murmura Rafael dans ses cheveux.

— Et moi plus que tout au monde.

Mais bien que ce soit vrai, bien qu'elle l'aime vraiment plus que tout au monde, elle ne pouvait oublier Tim. Elle aurait tant voulu qu'il soit là, lui aussi. Elle regarda autour d'elle en espérant le voir apparaître malgré tout.

— Il ne viendra pas, ma chérie, dit Caro en comprenant qui elle cherchait.

Au fond d'elle, Nina le savait déjà, et elle sentit la tristesse l'envahir jusqu'à ce que Rafael pose une main sur sa hanche.

— Prête ?

Elle rejeta les épaules en arrière et leva le menton.

— Prête.

Le cœur battant, elle gravit l'échelle. *Je peux le faire*, se répéta-t-elle en faisant appel à toute sa volonté pour obliger ses mains et ses pieds à passer d'un barreau à l'autre. Elle avait surmonté tant d'épreuves en l'espace de deux mois – elle avait perdu son père, rompu avec Tim, pris la tête d'une entreprise, bâti quelque chose de nouveau en partant de zéro et entamé une relation avec un homme qu'elle aimait tant que cela lui donnait parfois le vertige. Alors elle pouvait bien jouer les acrobates.

Lorsqu'elle atteignit la plate-forme, l'un des moniteurs lui tendit le trapèze.

— Accrochez-vous bien, dit-il. Et à trois, sautez !

Le cœur de Nina battit encore plus vite. C'était comme si toutes les fibres de son corps lui avaient intimé de ne pas le faire.

— Tu en es capable, Palabrecita, cria Rafael. Tu es Wonder Woman !

— Vas-y, Nina ! renchérit Priscilla.

Nina baissa les yeux vers ses amis – sa famille, en réalité – et sourit. Puis elle sauta dans le vide et s'éleva au-dessus de Manhattan, ivre d'une joie, d'une force et d'une liberté nouvelles.

Et tandis qu'elle contemplait cette ville qu'elle adorait, le temps s'étira. Elle songea au passé, au présent et à l'avenir. Malgré tout ce qu'elle avait enduré, elle était contente de vivre dans ce monde.

C'était un jour nouveau.

NOTE EXPLICATIVE

Il est fait référence tout au long de ce roman au « Jabberwocheux », de Lewis Carroll. C'est un poème qui compte beaucoup pour le père de Nina et pour Nina elle-même. Tout comme elle, j'ai grandi en entendant citer ce poème. Et tout comme Joseph Gregory, mon grand-père avait un bateau amarré à East Hampton (beaucoup plus petit que celui de mon personnage cependant) qu'il avait baptisé *Mimsy* en hommage à ma grand-mère – laquelle devait ce diminutif au poème. Mildred de son vrai nom fut en effet surnommée Mimsy dès sa naissance parce que son propre père était un grand fan de Lewis Carroll. Pour cette raison peut-être, elle le fut elle aussi. J'ai toujours l'exemplaire de *De l'autre côté du miroir* qu'elle a acheté à mon père lorsqu'il était enfant. C'est à l'intérieur que l'on trouve le « Jabberwocheux », ainsi qu'une explication sur la manière de prononcer ses mots-valises. Quand j'ai cherché un poème à même de sous-tendre l'intrigue d'*Un jour nouveau*, celui-ci m'est venu à l'esprit à cause de l'histoire que j'avais toujours imaginée en le lisant – celle d'un garçon, d'un fils, qui était chargé de tuer seul un monstre fantastique et qui n'avait droit à un peu d'amour qu'après avoir accompli cet exploit. Dans mon esprit, c'était ce que Joseph Gregory avait éprouvé enfant : le sentiment de ne pouvoir être aimé qu'une fois qu'il aurait accompli ce qu'on attendait de lui. Voilà pourquoi j'en ai fait un homme si attaché à ce poème. Quant à mon arrière-grand-père, j'ignore ce qu'il voyait au juste dans le « Jabberwocheux », mais je regrette de ne pas pouvoir remonter le temps pour lui poser la question.

JABBERWOCHEUX[1]

Il était reveneure ; les slictueux toves
Sur l'allouinde gyraient et vriblaient ;
Tout flivoreux vaguaient les borogoves
Les verchons fourgus bourniflaient.

« Au Jabberwoc prends bien garde, mon fils !
À sa griffe qui mord, à sa gueule qui happe !
Gare l'oiseau Jeubjeub, et laisse
En paix le frumieux, le fatal Bandersnatch ! »

Le jeune homme, ayant ceint sa vorpaline épée,
Longtemps cherchait le monstre manxiquais,
Puis, arrivé près de l'arbre Tépé,
Pour réfléchir un instant s'arrêtait.

Or, tandis qu'il lourmait de suffèches pensées,
Le Jabberwoc, l'œil flamboyant,
Ruginiflant par le bois touffeté,
Arrivait en barigoulant !

1. Traduction Henri Parisot, *op. cit.*

Une, deux ! une, deux ! Fulgurant, d'outre en outre,
Le glaive vorpalin perce et tranche : flac-vlan !
Il terrasse la bête et, brandissant sa tête,
Il s'en retourne galomphant.

« Tu as tué le Jabberwoc !
Dans mes bras, mon fils rayonnois !
Ô jour frableux ! callouh ! calloc ! »
Le vieux glouffait de joie.

Il était reveneure ; les slictueux toves
Sur l'allouinde gyraient et vriblaient ;
Tout flivoreux vaguaient les borogoves
Les verchons fourgus bourniflaient.

Lewis Carroll

REMERCIEMENTS

J'ai consacré presque deux ans à l'écriture d'*Un jour nouveau*, et ce roman a plus évolué au cours du temps que tout autre projet sur lequel j'aie jamais travaillé. J'ai d'abord situé l'intrigue à Washington, D.C., puis à Ithaca, dans l'État de New York, et enfin à New York même. Les personnages ont eu différentes professions, différentes orientations sexuelles, différents rôles dans la vie les uns des autres. Certains, déjà morts au début du roman dans une version donnée, finissaient par être en vie dans la suivante, et *vice versa*. D'autres ont également disparu avant de réapparaître sous une forme légèrement modifiée. Je n'aurais pas pu venir à bout de ce livre sans l'aide d'une large communauté d'amis et de parents qui ont discuté de l'histoire avec moi, qui en ont lu plusieurs moutures et qui ont su comprendre quand je cessais de donner tout signe de vie pour me plonger dans mon travail.

Ce livre a été écrit après la mort de mon père dans un accident de voiture, et alors même que de nombreuses personnes auxquelles je tiens beaucoup luttaient contre un cancer. Je n'ai cessé de penser à elles et à leurs proches à mesure que j'avançais. Le personnage de Leslie doit son nom à mon remarquable professeur d'espagnol au lycée, Leslie Walker, qui a perdu sa bataille contre le cancer en septembre 2016. Et bien que Joseph Gregory et mon père, John Santopolo, aient peu de points communs, ils aimaient leur progéniture et avaient le même goût prononcé pour les voitures de collection. Ce livre est dédié au second parce qu'il m'a montré combien l'amour entre un père et une fille peut être fort. Et combien la perte d'un père bien-aimé peut changer radicalement votre monde.

Je n'aurais jamais terminé *Un jour nouveau* sans Miriam Altshuler, mon super agent littéraire, qui est aussi une amie chère à mon cœur. Merci à toi, Miriam, d'avoir été là chaque fois que j'avais besoin d'un encouragement, d'une dose de réalisme, de quelqu'un sur qui passer mes nerfs – ou pleurer – et sur qui compter pour nous défendre, mon œuvre et moi. Tu es vraiment la meilleure personne que je connaisse. Quant à toi, Tara Singh Carlson, je n'oublierai jamais que tu as mis tous tes talents de guerrière éditoriale au service de ce livre. Je suis quasiment certaine aujourd'hui que tu es née en même temps que Wonder Woman sur l'île de Themiscyra et que tu disposes toi aussi d'un lasso de vérité, de bracelets pare-balles et d'une épée d'Amazone avec lesquels tu pourfends les manuscrits récalcitrants. Je suis également reconnaissante envers l'équipe de chez Putnam, qui a travaillé sans relâche à promouvoir *Ce qui reste de nous* pendant que j'écrivais ce deuxième roman, et qui a corrigé, fabriqué, commercialisé et promu mes deux livres avec tant de soin. Je citerai en particulier Ivan Held, Christine Ball,

Sally Kim, Helen Richard, Leigh Butler, Tom Dussel, Kate Boggs, Alexis Welby, Ashley Hewlett, Stephanie Hargadon, Madeline Schmitz, Ashley McClay, Brennin Cummings, Jordan Aaronson, Kelly Gildea, Katie Punia, Sanny Chiu, Anthony Ramondo, Monica Cordova, Ben Lee, Andrea St. Aubin et Maija Baldauf. S'y ajoute l'équipe de Penguin Young Readers – et notamment de Philomel Books –, qui m'a apporté un soutien précieux pendant que je jonglais entre l'écriture de ce livre, la promotion du précédent et trente-six mille autres choses. Plus Reese Witherspoon, Emma Roberts, Karah Preiss, Danielle et Carly, les cofondatrices de theSkimm, et tous les auteurs, critiques, éditeurs et lecteurs partout dans le monde qui ont souscrit sans réserve à mon premier roman.

J'adresse un merci spécifique à toutes les personnes qui ont lu les premiers jets d'*Un jour nouveau* et celles qui m'ont fourni les informations dont j'avais besoin en cours de route : les membres de mon atelier d'écriture – Marianna Baer, Anne Heltzel, Marie Rutkoski et Eliot Schrefer – pour tous leurs commentaires utiles sur les multiples versions de cette histoire ; mes amis Talia Benamy, Gillian Engberg, Sarah Fogelman, Kimberly Grant, Nick Schifrin et Ruby Shamir, qui m'ont si gracieusement proposé de lire une version ou deux du roman et qui m'ont éclairée sur l'amour, le deuil, la politique, New York et tant d'autres sujets encore ; ma sœur Alison May, qui a effectué un voyage de recherche avec moi, qui m'a fait profiter de son expertise médicale et qui a annoté ce récit elle aussi ; Rebecca Bloom et Eleanor Coufos, qui ont répondu à mes questions sur Brearley et Bronx Science ; Matthew

Grieco, qui s'est assuré que je ne commettais pas d'erreur dans les passages évoquant le jeu *Jeopardy !* ; Tom Barron, Robyn Bender, Jordan Epstein et mon grand-père Larry Franklin, qui m'ont renseignée sur le fonctionnement des entreprises et sur les pratiques comptables légales – et illégales ; et enfin toutes les personnes avec qui j'ai travaillé en tant que bénévole au sein de Hillary for America, en particulier la merveilleuse équipe de HardCorr, pour m'avoir montré quel genre de personnes fortes et passionnées pouvaient s'impliquer en politique. Vous m'avez tous tellement inspirée. Et merci à tous ceux que j'ai questionnés lors de fêtes, de dîners ou *via* Facebook sur des expressions espagnoles, sur la politique, le monde des affaires ou le New York des années 1980 et 1990 (je pense en particulier à Christina Diaz Gonzales, qui m'a enseigné l'expression *se te están pegando las pestañas*).

Et, comme toujours, je remercie ma famille, en particulier ma mère Beth et mes sœurs Ali et Suzy, d'être des piliers pour moi. Nous sommes plus fortes ensemble, et je suis si heureuse que nous puissions compter les unes sur les autres dans les moments difficiles comme dans les moments de joie. Un dernier mot à l'intention d'Andrew Claster : je t'aime plus que tout et je suis heureuse de vivre dans un monde où nous pouvons être ensemble. Merci d'être toi.